衝刺新日檢 N2 聽解

從考古題突破

前言

新型式的日本語能力測驗（以下稱「新日檢」）的聽解問題，與舊型式日本語能力測驗（到 2009 年為止，以下稱「舊日檢」）相比有幾點不同。

新日檢修正後，測試目標更改為測試應試者的「進行某情境的溝通能力」，與之前著重「文法等語言知識」不同，因此題型便由較為僵化的模式，進一步修改為更能測試應試者是否能在現實生活中活用日文的題型。

N2 其難度與舊日檢的二級大致相同。題數約 32 題，考試時間是 50 分鐘，佔 60 分。一共有五大考題：**「課題理解」（5 題）**、**「要點理解」（6 題）**、**「概要理解」（5 題）**、**「即時應答」（12 題）**、**「統合理解」（4 題）**。

新日檢聽解的問題 1 的題型相當於舊日檢的問題 I 、問題 II ；新日檢聽解的問題 2 的題型則相當於舊日檢的問題 II 一部分；問題 3 的題型相當於舊日檢的問題 I 、問題 II 。問題 4 及問題 5 則是新題型。

因為測試的方針改變，聽解的題目內容也有較大幅度的修改，也就是說，是否能掌握聽解分數，成為是否能通過新日檢的重要關鍵。

以下具體地說明 N2 的聽解題目內容。

聽解問題大致分為二大類形態：**第一種形態是「是否能理解內容」的題目，N2 聽解中的「問題 1」、「問題 2」、「問題 3」屬於此形態。**

問題 1 的「課題理解」中，應試者必須聽取某情境的會話或說明文，然後再判斷接下來要採取的行動，或是理解其重點，繼而從答案選項中選出答案。例如「学生は、授業を休んだとき、どのように宿題を確認するのか」、「出張の準備で、箱に何を入れなければいけないか」等等，應試者根據考題資訊做出判斷。

問題 2 的「重點理解」則是應試者必須縮小情報資訊範圍，聽取前後連貫的日文內容。例如「どうして学校へ行きたくないのか」、「パーティへにいけない理由は何か」等等。這項考題需要能聽取必要資訊的技巧。

問題 3 的「概要理解」中，應試者必須先聽一句完整的發言，再從中理解說話者的主張及想要做什麼等等。因此考題中可能出現話沒說完，需要應試者自行判斷語意的情況，也有需要根據日本人的語言習慣去判斷的情況。

另外，這項題目中，試題冊上沒有提供題目選項，應試者需要聽完對話、題目再選出正確答案。也就是說，應試者必須將內容記在腦袋中，隨時做下筆記，以利在聽題目時可以回想參考。例如「通信販売について、どんな調査をしたのか」、「店員は何の商品について説明しているのか」等等。

舊日檢的聽解問題的出題形式大部份是屬於上述的問題 1 的「課題理解」。

第二種形態是「是否能即時反應」的題目，N2 聽解中的「問題 4」、「問題 5」屬於此形態，舊日檢中沒有這種題型。

問題 4 的「即時應答」則是測試應試者是否能判斷要如何回應對方的發言。例如，如果說話者說「あれ、佐藤さんって、今日、お休みだっけ？」時表示說話者在詢問佐藤在哪裡。另外，像是如果說話者問「今日ちょっと、残って仕事してってもらえない？」是請求對方今天加班的意思。

問題 5 的「統合理解」則是測試應試者是否能依據長篇的語音內容，以及相關的會話進行判斷。例如，家中三人談到父親抽菸一事，結果父親決定戒菸。聽完這一段長篇會話後，回答「お父さんはなぜタバコを吸わないことにしましたか。」等 2 個問題。

第二類的考題測試的是「是否具有實際溝通的必要聽解能力」，所以考題是設定在接近現實情境，可說是最具新日檢特徵的考題。

田中綾子

目 錄

(一) 課題理解

- 正式考題中，「問題 1」是 5 題。
- 在「課題理解」的考題中，試題紙上會列出 4 個答案選項。
- 考試中，首先會播放「問題 1」的說明文。接下來的題目中，會先提示提問問題，再來是一段完整的會話短文，最後會再重複一次提問問題。
- 在問題結束後，會有約 10 秒的作答時間。這時，請從試題冊上的 4 個選項中，選擇最適當的答案。建議大家可以一邊看著試題紙上的文字選項，一邊聆聽考題。

問題 1 001

問題 1 では、まず質問を聞いてください。それから話を聞いて、問題用紙の 1 から 4 の中から、最もよいものを一つ選んでください。

1番 002

1. みんなにメールで補講日を伝える。
2. みんなに金曜日のバイトについて連絡する。
3. 先生にみんなの都合を電話で伝える。
4. 先生に補講の希望日をメールで連絡する。

2番 003

1. 佐藤さんを待つ。
2. 原稿を男の人に渡す。
3. トイレへ行く。
4. 資料をコピーする。

3番 004

1. 文章をもっと多くする。
2. 文章を短くまとめる。
3. 字を大きくする。
4. 内容を訂正する。

4番 005

1. 先生のメールアドレスを、学校のホームページで調べる。
2. 携帯電話で学校に電話して、先生の住所を尋ねる。
3. 学校のホームページを、先生にメールで聞く。
4. 学校の住所を、先生に電話をして教えてもらう。

5番 006

1. 証明写真を撮りに行く。
2. 笑った顔の写真と取り換える。
3. 正式な履歴書用紙に書きなおす。
4. 写真屋で履歴書を作ってもらう。

6番 007

1. 前回のレポートを、先生に提出します。
2. 前回のレポートについて、クラスメートに聞いてみます。
3. 今回のレポートについて、先生に質問してみます。
4. 今回のレポートを、クラスメートに返します。

7番 008

1. 9人(にん)
2. 10人(にん)
3. 11人(にん)
4. 12人(にん)

8番 009

1. 甘(あま)いミルクをコーヒーと取(と)り換(か)える。
2. コーヒーを新(あたら)しいミルクと取(と)り換(か)える。
3. ミルク入(い)りのコーヒーと砂糖(さとう)を持(も)ってくる。
4. 新(あたら)しいコーヒーとミルクを持(も)ってくる。

9番 010

1. 研究（けんきゅう）テーマを増（ふ）やす。
2. 研究（けんきゅう）の説明文（せつめいぶん）を書（か）く。
3. 研究発表（けんきゅうはっぴょう）をする。
4. 研究内容（けんきゅうないよう）をもっと減（へ）らす。

10番 011

1. ゴミを捨（す）てる。
2. 電源（でんげん）を確認（かくにん）する。
3. 古新聞（ふるしんぶん）を切（き）る。
4. 鍵（かぎ）をチェックする。

11番 012

1. 0604 ＃ 2 ＃ 101
2. 0604 ＃ 1 ＃ 203
3. 0608 ＃ 2 ＃ 103
4. 0608 ＃ 1 ＃ 201

12番 013

1. 熱(あつ)いコーヒー
2. 冷(つめ)たいコーヒ―
3. 熱(あつ)い紅茶(こうちゃ)
4. 冷(つめ)たい紅茶(こうちゃ)

13番 014

1. 今月末（こんげつまつ）
2. 2週間後（しゅうかんご）
3. 来月中旬（らいげつちゅうじゅん）
4. 来月末（らいげつまつ）

14番 015

1. 黒（くろ）のLサイズTシャツ、2枚（まい）
2. 黒（くろ）のMサイズTシャツ、4枚（まい）
3. 白（しろ）のLサイズTシャツ、2枚（まい）
4. 白（しろ）のMサイズTシャツ、4枚（まい）

15番 016

1. アンさんの就職活動を手伝ってあげる。
2. アンさんに中国語の家庭教師を断る。
3. アンさんに英語を教えてもらう。
4. アンさんと日本語を練習する。

16番 017

1. 河合さんの病室へ花を送る。
2. 河合さんの入院している病院へ行く。
3. 河合さんの家へお見舞いに行く。
4. 河合さんの奥さんに連絡する。

17番 018

1. 配布資料をコピーする。
2. 参加人数を確認する。
3. 会議室を予約する。
4. 資料の内容を確認する。

18番 019

1. お客様のレポートを英語に翻訳する。
2. 会議の内容を日本語でレポートにまとめる。
3. 英語をほかの社員に教える。
4. 会議で英語の同時通訳をする。

19番 020

1. 本の貸し出し期限を延長する。
2. インターネットで本を返却する。
3. 図書館の貸出カードを郵送する。
4. 図書館へ本を返しに行く。

20番 021

1. 現金をお札と小銭に分ける。
2. 他のスタッフに確認する。
3. レジにある現金を数える。
4. クレジットカードの金額を加える。

21番 (022)

1. 坂本(さかもと)さんの会社(かいしゃ)にメールを送(おく)る。
2. 坂本(さかもと)さんのオフィスに電話(でんわ)する。
3. 坂本(さかもと)さんの携帯電話番号(けいたいでんわばんごう)を探(さが)す。
4. 坂本(さかもと)さんのお母(かあ)さんに聞(き)いてみる。

22番 (023)

1. ケーキの生地(きじ)をかき混(ま)ぜる。
2. 牛乳(ぎゅうにゅう)を買(か)いに行(い)く。
3. お母(かあ)さんに何時(なんじ)に帰(かえ)ってくるか聞(き)く。
4. テーブルの上(うえ)を片(かた)づける。

23番 024

1. スポーツクラブの入会書に記入する。
2. ヨガクラスを見学する。
3. 更衣室で服を着替える。
4. マットとゴムバンドを購入する。

24番 025

1. コンビニへ行く。
2. 銀行でお金を下ろす。
3. 荷物を届ける。
4. 1時間後に電話する。

25番 026

1. 新幹線(しんかんせん)と電車(でんしゃ)で行(い)く。
2. 飛行機(ひこうき)と電車(でんしゃ)で行(い)く。
3. 電車(でんしゃ)と高速(こうそく)バスで行(い)く。
4. 高速(こうそく)バスのみで行(い)く。

26番 027

1. 400円(えん)
2. 500円(えん)
3. 800円(えん)
4. 1500円(えん)

27番 028

1. 今日の午後、佐藤さんが来ると伝える。
2. 今日の午後、松井さんが来ると伝える。
3. 今日の午後、藤田さんが来ると伝える。
4. 今日の午後、吉田さんが来ると伝える。

28番 029

1. 大きな荷物をレジに預ける。
2. 猫をロッカーに入れる。
3. 混んでいるので、次の客が出るまで待つ。
4. 店に入るのをやめる。

29番

1. チラシの字体をパソコンで直す。
2. オフィスに行って、同僚にサンプルを見せる。
3. 印刷会社にクレームの電話をする。
4. 同僚の残業を手伝う。

30番

1. ケーキを1つ持って帰る。
2. ケーキを2つ持って帰る。
3. ケーキを4つ持って帰る。
4. ケーキは持って帰らない。

31番 032

1. 月曜日(げつようび)に出(だ)す。
2. 水曜日(すいようび)に出(だ)す。
3. 木曜日(もくようび)に出(だ)す。
4. 金曜日(きんようび)に出(だ)す。

32番 033

1. ラーメンを作(つく)る。
2. スーパーで卵(たまご)を買(か)う。
3. ゴミを出(だ)す。
4. 本屋(ほんや)へ行(い)く。

33番 034

1. 女の人の好きな言葉
2. お礼の言葉
3. 四字熟語
4. 芸能人を励ます言葉

34番 035

1. 今は予約しないで、後で予約する。
2. ランチバイキングセットを予約する。
3. 1時の予約をする。
4. 2時の予約をする。

35番 036

1. 代金引換で支払う。
2. クレジットカードで支払う。
3. コンビニで支払う。
4. 銀行の ATM で支払う。

36番 037

1. 吉田さんに 修 理してもらう。
2. 駅前の家電店でパソコンを見てもらう。
3. デジタル家電の店に電話する。
4. 大型ホームセンターに聞いてみる。

37番 038

1. 先生に申請書を見せる。
2. 申請に必要な証明書をそろえる。
3. 郵便局で必要書類を送る。
4. 大学へ申請書を持っていく。

38番 039

1. 男の人はコンビニへ行って、女の人は外へ行く。
2. 男の人は先に研究室へ行って、女の人はコーヒーショップで食事した後、研究室へ行く。
3. 男の人はコンビニへ行って、女の人は教室で待っている。
4. 男の人は先に研究室へ行って、女の人は食事したた後、研究室へ行く。

39番 040

1. 参加者名簿を作成する。
2. 座席に置いたパンフレットを回収する。
3. 参加者の名札を座席に置いておく。
4. 受付デスクに置く花を買いに行く。

40番 041

1. 2000円
2. 5000円
3. 5500円
4. 10500円

41番 042

1. 駅までUSBを取りに行く。
2. 会社までパソコンを取りに行く。
3. メールに添付してファイルを送る。
4. 姉からのメールを確認する。

42番 043

1. 山崎君にもう一度電話する。
2. 山崎君を探しに、ホームへ行く。
3. 山崎を残して、先に改札の中に入る。
4. 山崎君が切符売場にいるか見に行く。

43番 044

1. 今(いま)すぐかけます。
2. 今日(きょう)の夜(よる)かけます。
3. 明日(あした)の朝(あさ)かけます。
4. 月曜日(げつようび)の朝(あさ)かけます。

44番 045

1. 1時(じ)です。
2. 1時半(じはん)です。
3. 2時(じ)です。
4. 2時半(じはん)です。

45番 046

1. 入(い)り口(ぐち)で入場券(にゅうじょうけん)を集(あつ)めて、パンフレットを配(くば)ってからいすを戻(もど)します。
2. 入(い)り口(ぐち)で入場券(にゅうじょうけん)を集(あつ)めて、パンフレットを配(くば)ってからコップを洗(あら)います。
3. パンフレットを配(くば)って、入(い)り口(ぐち)で入場券(にゅうじょうけん)を集(あつ)めてからコップを洗(あら)います。
4. パンフレットを配(くば)って、入(い)り口(ぐち)で入場券(にゅうじょうけん)を集(あつ)めてからいすを戻(もど)します。

46番 047

1. 書類(しょるい)に必要(ひつよう)なことを書(か)く前(まえ)に、仕事(しごと)の説明(せつめい)を聞(き)きます。
2. 仕事(しごと)の説明(せつめい)を聞(き)く前(まえ)に、隣(となり)の部屋(へや)に行(い)きます。
3. 仕事(しごと)の説明(せつめい)を聞(き)いたあと、着替(きか)えます。
4. 着替(きか)えたあと、隣(となり)の部屋(へや)に行(い)きます。

47番 048

1. 皆と一緒に友人のコンサートにお祝いに行きます。
2. 皆と一緒に花束をプレゼントします。
3. 自分で花束を注文して、コンサートの会場に送ります。
4. お祝いのカードを書いて、男の人に渡してもらいます。

48番 049

1. 猫や鳥を捕まえます。
2. 管理人さんに言います。
3. 注意を紙に書いて掲示します。
4. 前の日ゴミを捨てる人に、直接注意します。

49番 (050)

1. 火曜日(かようび)
2. 水曜日(すいようび)
3. 木曜日(もくようび)
4. 金曜日(きんようび)

50番 (051)

1. 一(ひと)つ
2. 二(ふた)つ
3. 三(みっ)つ
4. 四(よっ)つ

51番 052

1. 子供一人分払います。
2. 子供二人分払います。
3. 子供三人分払います。
4. 子供料金を払いません。

52番 053

1. 掃除をして商品を棚に並べたあと、レジをチェックする。
2. 商品を陳列して掃除したあと、レジをチェックする。
3. 掃除をして釣り銭を準備したあと、商品を棚に並べる。
4. 商品を陳列して、釣り銭を準備したあと、掃除をする。

53番 054

1. 課長(かちょう)に連絡(れんらく)を取(と)ります。
2. 課長(かちょう)が戻(もど)ってくるのを待(ま)ちます。
3. 課長(かちょう)の連絡先(れんらくさき)を調(しら)べて鈴木(すずき)さんに教(おし)えます。
4. 課長(かちょう)が戻(もど)ったら、伝言(でんごん)のメモを渡(わた)します。

㈡ 要點理解

- 正式考題中，「問題 2」是 6 題。
- 在「要點理解」的考題中，試題紙上會列出 4 個答案選項。
- 考試中，同樣地會先播放「問題 2」的說明文。
- 接下來的題目中，會先提示提問問題，之後會停頓約 20 秒，讓考生閱讀考題上的 4 個答案選項，以確認等一下必須特別注意聽取哪一部分的資訊。20 秒後才會再接上一段完整的會話短文，最後會再重複一次提問問題。
- 在問題結束後，會有約 5 秒的作答時間。這時，請從試題冊上的 4 個選項中，選擇最適當的答案。

問題 2 055

問題 2 では、まず質問を聞いてください。そのあと、問題用紙のせんたくしを読んでください。読む時間があります。それから話を聞いて、問題用紙の 1 から 4 の中から、最もよいものを一つ選んでください。

1番 056

1. 道が混んでいて、バスが遅れているから。
2. バスが 5 時 10 分発しかないから。
3. エアコンの修理の人が遅刻しそうで、もうすぐ来るから。
4. エアコンの修理をしていて家を空けるわけにはいかないから。

2番 057

1. ランチセットには飲み物がついてないから。
2. ランチセットの飲み物の量が少ないから。
3. ランチセットの飲み物は 2 種類しかないから。
4. ランチセットのデザートが、ショートケーキだとは限らないから。

3番 058

1. もうお腹いっぱいだから。
2. 冷めた食べ物は食が進まないから。
3. 家族に食べさせてあげたいから。
4. 弁当より寿司が食べたいから。

4番 059

1. 一日の勤務時間が長すぎるから。
2. 朝早く起きなければいけないから。
3. 残業をしても残業手当がつかないから。
4. 同僚とうまく付き合えないから。

5番 060

1. 歴史学(れきしがく)の授業(じゅぎょう)が楽(たの)しかったから。
2. 他(ほか)の先生(せんせい)より、提出物(ていしゅつぶつ)が少(すく)ないから。
3. 宿題(しゅくだい)をしなくても、テストでいい点数(てんすう)をつけてくれるから。
4. テストの成績(せいせき)が悪(わる)くても、他(ほか)でカバーしてくれるから。

6番 061

1. ハンバーガーが急(きゅう)に食(た)べたくなったから。
2. 早(はや)く食(た)べられる店(みせ)を探(さが)していたから。
3. ファミリーレストランの料理(りょうり)は味(あじ)が悪(わる)いから。
4. ファミリーレストランが休業(きゅうぎょう)していたから。

7番 062

1. 贈り物の時計を探すため。
2. 自宅用の掛け時計を探すため。
3. 腕時計を 修 理するため
4. 時計の 修 理について確認するため。

8番 063

1. 風邪で体 調 が悪いから。
2. 提 出 したアイデアがよくなかったから。
3. 緊 張 しているから。
4. チームのメンバーから外されたから。

9番 064

1. 女の人にもうすぐ子供が産まれるから。
2. 猫のえさなどでお金がかかるから。
3. 女の人のマンションは猫が飼えないから。
4. マンションの大家さんが譲ってほしいと言っているから。

10番 065

1. ツアー参加者が足りなかったから。
2. ツアー参加者が今までの最高人数だから。
3. 来週のツアーに参加するから。
4. 明日はテストがあるから。

11番 066

1. 電車(でんしゃ)が遅(おく)れていたから。
2. 道(みち)で滑(すべ)って、けがをしたから。
3. 雪(ゆき)で歩(ある)きにくかったから。
4. 遅(おそ)く家(いえ)を出(で)たから。

12番 067

1. 帰(かえ)る家(いえ)が、今(いま)アメリカにないから。
2. 香港(ほんこん)に行(い)くつもりだから。
3. 中国(ちゅうごく)で両親(りょうしん)の仕事(しごと)を手伝(てつだ)うから。
4. 日本(にほん)で試験(しけん)を受(う)けたいから。

13番 068

1. 駅が違う。
2. 形が違う。
3. 買った時間が違う。
4. 店が違う。

14番 069

1. レトロ調のパッケージだから。
2. 珍しいパッケージだから。
3. 懐かしい味だから。
4. 新しい味だから。

15番 070

1. 部下に仕事を教えるから。
2. 自分で仕事を片付けたいから。
3. 電話やメールが気になるから。
4. ついでに妻が病院へ行くから。

16番 071

1. ジャネットと待ち合わせがあるから。
2. ジャネットのコンサートがあるから。
3. ジャネットを空港へ見送るから。
4. ジャネットを見に空港へ行くから。

17番 (072)

1. さっきケーキを食べたばかりだから。
2. ケーキは保存がきかないから。
3. 今から24時間以内にケーキを食べるから。
4. おばあちゃんはケーキを食べないから。

18番 (073)

1. 今よりもっと上手になりたいから。
2. 全然しゃべれないから。
3. 英語以外は使わないから。
4. 英語クラスの学費が安いから。

19番 074

1. お土産は十分買えたから。
2. 買いたいものがないから。
3. 値段が空港より高めだから。
4. お金が足りないから。

20番 075

1. コメディ映画は好きじゃないから。
2. 主演男優が好きじゃないから。
3. その映画はもう見たから。
4. DVDでも見られるから。

21番 076

1. 同僚とうまく付き合えないから。
2. 他の会社に転職することになったから。
3. 他に自分に合う仕事がしたいから。
4. デザインが勉強できる学校を探したいから。

22番 077

1. 来週アメリカへ帰国するため。
2. 娘と短期留学するため。
3. 娘を空港へ見送りに行くため。
4. 娘をアメリカから連れて帰ってくるため。

23番 (078)

1. コーヒーを作(つく)るのに時間(じかん)がかかるから。
2. サンドイッチを用意(ようい)するのに時間(じかん)がかかるから。
3. あとで友達(ともだち)が来(く)るのを待(ま)つから。
4. まだお金(かね)を払(はら)っていないから。

24番 (079)

1. 太陽(たいよう)が出(で)ないから。
2. 海(うみ)から北風(きたかぜ)が吹(ふ)くから。
3. 流氷(りゅうひょう)が沿岸(えんがん)に近(ちか)づくから。
4. 防寒対策(ぼうかんたいさく)が不十分(ふじゅうぶん)だから。

25番 080

1. シャツはセール除外品だから。
2. セール対象外の商品があることを知らなかったから。
3. 店員が200円割引するのを忘れていたから。
4. スカートは赤いしるしがついていたから。

26番 081

1. 朝食セットにはポテトがついていると思い込んでいたから。
2. 朝食セットにはポテトがついていないと思い込んでいたから。
3. 朝食セットにはチーズバーガーがあることを知らなかったから。
4. 朝食セットにはホットコーヒーかポテトのどちらかひとつしかついてなかったから。

27番 082

1. ファンから引退を望む声が多くなったから。
2. 年で稽古ができなくなったから。
3. けがを気力でカバーできなくなったから。
4. けがで土俵に立てなくなったから。

28番 083

1. 今朝国道 8 号線で事故があったから。
2. 国道 12 号線を通る車が 8 号線に流れているから。
3. 道路の補強工事が行われているから。
4. 道路は片側一車線が通行できなくなっているから。

29番 084

1. フランスのパンよりもおいしいから。
2. フランスでしか売っていないパンだから。
3. 割引券でかなり安く買えるから。
4. 高級嗜好だと見栄を張りたいから。

30番 085

1. 年会費をもう一度払いたくないから。
2. 会員カードの期限が過ぎたから。
3. その店をあまり利用しないから。
4. 家族も同じ会員カードを持っているから。

31番 086

1. もっと珍しい場所へ行きたいから。
2. お金をあまり使いたくないから。
3. 電車で行きたくないから。
4. バイクで行きたいから。

32番 087

1. 着物は大人っぽく見えるから。
2. 花嫁より目立ちたいから。
3. 洋服のほうが派手だから。
4. 派手な服装にしたくないから。

33番 088

1. どんな問題(もんだい)が出(で)るか、もう知(し)っているから。
2. 今(いま)から勉強(べんきょう)しても、もう効果(こうか)がないと思(おも)っているから。
3. 昨日(きのう)の夜(よる)、十分(じゅうぶん)勉強(べんきょう)しておいたから。
4. 教科書(きょうかしょ)のわからない部分(ぶぶん)を、もう見(み)つけたから。

34番 089

1. つい遅刻(ちこく)を気(き)にしてしまうから。
2. アポイントをしていないから。
3. 早(はや)すぎると、取(と)り次(つ)いでくれない可能性(かのうせい)があるから。
4. 相手(あいて)に負担(ふたん)をかけるかもしれないから。

35番 090

1. 食べ物がおいしいから。
2. 新幹線に乗りたいから。
3. 九州の方言なら理解できるから。
4. お年寄りに写真を見せたいから。

36番 091

1. 修理しても直らないから。
2. 新しいのを買ったほうが安いから。
3. 別のブランド物が欲しいから。
4. リサイクル品を使いたくないから。

37番 092

1. アンさんは誰からも連絡がなかったから。
2. アンさんには誰も教えなかったから。
3. メールを送信することを忘れていたから。
4. メールが送られてきていることに気付かなかったから。

38番 093

1. 書類の翻訳を頼まれたから。
2. 資料の翻訳に問題があったから。
3. 佐藤さんと客の会社へ行くから。
4. 問題の内容を佐藤さんに通訳してもらうから。

39番 094

1. 家に食べ物を残したくないから。
2. 一人では食べたくないから。
3. 気を使って遠慮しているから。
4. 自分で料理できないから。

40番 095

1. 契約期間が長すぎるから。
2. 契約期限が来月以降延長できないと言われたから。
3. 契約量が他の会社より高いから。
4. 契約再延長する理由が特にないから。

41番 096

1. 本日のミーティング予定の変更をお願いするため。
2. 本日のミーティング内容を伝えるため。
3. 契約状況を変更するため。
4. 契約内容の希望をうかがうため。

42番 097

1. 息子の誕生日だから。
2. 女の人が妊娠したから。
3. 妻が出産したから。
4. 息子が産まれたから。

43番 098

1. 店長に叱られたから。
2. 客からクレームがきたから。
3. 店が忙しすぎるから。
4. アルバイトを辞めさせられたから。

44番 099

1. やっと予約が取れたから。
2. 高級料理の割に値段が安いから。
3. 人気のある店だから。
4. 店員のサービス態度が一流だから。

45番 100

1. 第一志望の大学に合格できなかったから。
2. 大学進学はもうあきらめたから。
3. どの大学の経済学部も不合格だったから。
4. 医学部以外は興味がないから。

46番 101

1. 同僚とレストランへ行くから。
2. お客さんとの会議のあと、食べるから。
3. 同僚が昼休みに昼食を作ってくれるから。
4. お客さんの会社が準備してくれるから。

47番

1. 女の人はTシャツを買いたくないから。
2. 女の人は風邪で体調が悪いから。
3. 女の人は風邪の弟を看病するから。
4. 女の人はお母さんの家事を手伝うから。

48番

1. 食べ物のごみだけでいっぱいになっているから。
2. 女の人はごみの分別が面倒だから。
3. 飲み終わった後、片づけない人がいるから。
4. 休憩中に飲み物を飲んではいけないことになっているから。

49番 104

1. この店(みせ)に飽(あ)きたから。
2. この店(みせ)の料理(りょうり)は安(やす)いから。
3. 高級料理(こうきゅうりょうり)が食(た)べたいから。
4. サイコロステーキが嫌(きら)いだから。

50番 105

1. かわいさを表(あらわ)すためです。
2. 優(やさ)しさを身(み)に付(つ)けるためです。
3. この国(くに)では、男女(だんじょ)の服装(ふくそう)に変(か)わりがなかったためです。
4. 敵(てき)から狙(ねら)われないためです。

51番 106

1. 窓が開いているからです。
2. ドアが開いているからです。
3. ドアも窓も開いているからでう。
4. ストーブがついていないからです。

52番 107

1. 車が小さくて、窮屈だからです。
2. 新しい自動車を汚したくないからです。
3. 電車のほうが気楽だからです。
4. 電車のほうが渋滞に巻き込まれないからです。

53番 108

1. 電車(でんしゃ)が遅(おく)れたからです。
2. 駅(えき)でトイレに行(い)ったからです。
3. 寝坊(ねぼう)したからです。
4. まだ電車(でんしゃ)が着(つ)いてなかったからです。

54番 109

1. 仕事(しごと)をやり過(す)ぎたからです。
2. 引越(ひっこ)しで疲(つか)れたからです。
3. 家(いえ)の壁紙(かべがみ)から毒(どく)が出(で)ているからです。
4. その建築業者(けんちくぎょうしゃ)が特(とく)にひどい材料(ざいりょう)を使(つか)ったからです。

55番 (110)

1. 会社の仕事が少なくなったからです。
2. 子供と遊びたいと思うようになったからです。
3. 仕事がなくなって暇になったからです。
4. 母親が子供と遊んで欲しいと言ったからです。

56番 (111)

1. よく似た人で、たばこを吸う人がいるからです。
2. おいしい店ですが、少し高いからです。
3. 店の人がたばこを吸う席に通そうとするからです。
4. 店の人がたばこを吸えない席に通そうとするからです。

57番 (112)

1. 友達に時間がなかったからです。
2. 飛行機が飛ばなかったからです。
3. 船が出なかったからです。
4. 北海道に行くからです。

58番 (113)

1. 本を買っても結局読まないので、よくないです。
2. 落ち着いて読めないので、よくないです。
3. 読みたいときに読めるので、いいです。
4. 早く読み終えることができるので、いいです。

59番 114

1. あまり働かされたくないからです。
2. 重要な仕事をさせてもらえないからです。
3. 社長に叱られたからです。
4. もらえるお金が少ないからです。

60番 115

1. 晴れで暖かいです。
2. 雨で寒いです。
3. 曇りで寒いです。
4. 曇りで暖かいです。

61番 116

1. 新(あたら)しいゲームを買(か)ってもらったからです。
2. 前(まえ)の学校(がっこう)の友(とも)だちが来(き)てくれたからです。
3. 最近(さいきん)引(ひ)っ越(こ)してきたからです。
4. 新(あたら)しい友(とも)だちが来(き)てくれたからです。

62番 117

1. 5万円(まんえん)
2. 4万円(まんえん)
3. 3万円(まんえん)
4. 2万円(まんえん)

63 番 118

1. 二(ふた)つ
2. 三(みっ)つ
3. 四(よっ)つ
4. 五(いつ)つ

64 番 119

1. 2人(ふたり)です。
2. 3人(にん)です。
3. 4人(にん)です。
4. 5人(にん)です。

㈢ 概要理解

- 正式考題中，「問題 3」是 5 題。
- 在「概要理解」的考題中，試題紙上沒有印刷任何插畫或文字選項。考生必需聽取會話內容及題目，並選出適切的答案。
- 考試中，首先會播放「問題 3」的說明文。　接下來的題目中，會先出現該會話的場景說明，之後是一段會話，會話結束後會接著播放 4 個回答選項。在選項後，會有約 5 ～ 8 秒的作答時間。

問題 3 120

問題 3 では、問題用紙に何もいんさつされていません。この問題は、全体としてどんな内容かを聞く問題です。話の前に質問はありません。まず話を聞いてください。それから、質問とせんたくしを聞いて、1 から 4 の中から、最もよいものを一つ選んでください。

(1 番～ 52 番： 121 ～ 172)

㈣ 即時應答

- 正式考題中，「問題 4」是 12 題。
- 在「即時應答」的考題中，試題紙上沒有印刷任何插畫或文字選項。考生必需聽取短句發話，並選出適切的應答。
- 考試中，首先會播放「問題 4」的說明文。接下來的題目中，會先出現對話文中的第一句，之後有 3 個答話的選項。在選項後，會有約 5 ～ 8 秒的作答時間。

問題 4 (173)

問題 4 では、問題用紙に何も印刷されていません。まず、文を聞いてください。それから、それに対する返事を聞いて、1 から 3 の中から、最もよいものを一つ選んでください。

(1 番～55 番： (174) ～ (228))

㈤ 統合理解

- 正式考題中，「問題 5」共有 3 題 4 個題目。「統合理解」是 N1、N2 才有的考題，N1、N2 中沒有 N3 ～ N5 的「發話表現」考題。
- 在「統合理解」的考題中，試題紙上沒有印刷任何插畫或文字選項。
- 第 1 題及第 2 題的說明文是共通的，試題紙上沒有印刷任何插畫或文字選項。但是第 3 題有自己的說明文，試題紙上有印刷答案選項。
- 其中的第 1 題及第 2 題是長篇會話，考題形式和「問題 3」雷同，會先出現該會話的場景說明，之後是一段會話，會話結束後會直接播放 4 個回答選項。在選項後，會有約 5 秒的作答時間。（此部分的問題形式與問題 3 雷同）
- 但是第 3 題的形式就不同。接下來的題目中，會先出現該會話的場景說明，之後是某人獨自針對某主題進行說明。說明結束後，會有與該主題相關的會話。會話結束後，會有 2 道題目（此時答案選項會列在試題冊上）在選項後，會有約 10 秒的作答時間。（本書僅針對這部分的新題型撰寫練習問題）

問題 5 229

問題 5 では、長めの話を聞きます。この問題には練習はありません。メモをとってもかまいません。

1番 230

質問 1

1. 先生が書いた本を、子どもたちが読む授業。
2. 近所の図書館で、おもしろい本を探す授業。
3. みんなで討論して、いい本を 1 冊選ぶ授業。
4. 子どもたちが先生の本読みを聞く授業。

質問 2

1. うちでも簡単にまねできるところ。
2. 親と子どもがコミュニケーションできるところ。
3. 本のストーリーを聞いたあと、内容について話し合うところ。
4. 子どものみならず、親も勉強できるところ。

2番 (231)

質問１

1. ホワイトクリームを１つ。
2. ホワイトクリームを２つ。
3. ホワイトクリームを１つと、ホワイトボトルクリームを１つ。
4. ホワイトクリームを３つと、ホワイトボトルクリームを１つ。

質問２

1. 350円(えん)
2. 500円(えん)
3. 1050円(えん)
4. 1500円(えん)

3番 232

質問1

1. 1人分（ひとりぶん）
2. 2人分（ふたりぶん）
3. 3人分（にんぶん）
4. 4人分（にんぶん）

質問2

1. 900円（えん）
2. 1150円（えん）
3. 3600円（えん）
4. 4600円（えん）

4番 233

質問1

1. 今週(こんしゅう)の火曜日(かようび)
2. 今週(こんしゅう)の水曜日(すいようび)
3. 来週(らいしゅう)の火曜日(かようび)
4. 来週(らいしゅう)の水曜日(すいようび)

質問2

1. 来週(らいしゅう)の日曜日(にちようび)
2. 来週(らいしゅう)の月曜日(げつようび)
3. 来週(らいしゅう)の火曜日(かようび)
4. 来週(らいしゅう)の水曜日(すいようび)

5番 234

質問1

1. 博物館内を見学する。
2. 博物館の外へ行く。
3. 買い物をしに行く。
4. トイレへ行く。

質問2

1. 今いる場所
2. 博物館の外
3. 2階のトイレ
4. バス乗り場

6番 235

質問１

1. 男の人は引っ越しをしたが、女の人はまだ引っ越しをしていない。
2. 女の人は引っ越しをしたが、男の人はまだ引っ越しをしていない。
3. 男の人も女の人も、もう引っ越しをした。
4. 男の人も女の人も、これから引っ越しをするつもりだ。

質問２

1. 必要書類を取り寄せる。
2. 区役所へ住所変更届を出す。
3. 制裁金を支払う。
4. 2週間以内に引っ越しをする。

7番 236

質問1

1. 暖房の火が拡大しないように、2回も3回も消すようにする。
2. 就寝前はエアコンをつけて、朝まで温かくしておく。
3. 夜寝る前には、すべての暖房器具の電源を切る。
4. 暖房器具は、できるだけ少し温めてから電源をつける。

質問2

1. お風呂の電源を確認する。
2. リビングの電源を確認する。
3. お父さんに電話する。
4. おばあちゃんに電話する。

8番 237

質問1

1. 赤いビデオカメラと三脚。
2. 赤いビデオカメラとビデオブック。
3. メタルブルーのビデオカメラとミニ三脚。
4. メタルブルーのビデオカメラとシルバーの三脚。

質問2

1. 自分がお金を払うので、シルバーかメタルブルー以外の色を選ばないでほしい。
2. 女の人がお金を払うなら、女の人の好きな色にしてもいい。
3. ビデオカメラを買うなら、三脚も一緒に購入した方がいい。
4. ビデオカメラに三脚がついていないのなら、購入しないほうがいい。

9番 238

質問 1

1. 大空(おおぞら)をください
2. ひとつの星(ほし)
3. メモリーズ
4. 雨(あめ)

質問 2

1. 大空(おおぞら)をください
2. ひとつの星(ほし)
3. メモリーズ
4. 雨(あめ)

10番 239

質問 1

1. 交通がもっと便利なところに住みたいから。
2. 1 階がレストランなので、騒音と匂いが気になるから。
3. 1K は少し狭く感じてきたから。
4. 周りにコンビニが無くて不便だから。

質問 2

1. 桜アパート
2. 1K でユニットバスのアパート
3. カーサ若葉
4. 中村マンション

11番 240

質問1

1. いちばん遠いところにパンダ館があるから。
2. 行列に並ぶうちに時間が足りなくなり、見られないかもしれないから。
3. パンダは2時半からの見学で、3時半の集合時間に間に合わないから。
4. コアラ館とパンダ館の場所が離れすぎているから。

質問2

1. 女の人はトイレへ行って、男の人は売店へ行く。
2. 女の人は売店へ行って、男の人は先にパンダ館に並ぶ。
3. 二人で動物ランドの奥へ行って、コアラ館に並ぶ。
4. 二人で売店へ行ってから、コアラ館へ行く。

12番 241

質問1

1. チキンコンソメ風味(ふうみ)
2. コーンクリーム風味(ふうみ)
3. 海藻(かいそう)わかめ風味(ふうみ)
4. ちりこしょう風味(ふうみ)

質問2

1. チキンコンソメ風味(ふうみ)
2. コーンクリーム風味(ふうみ)
3. 海藻(かいそう)わかめ風味(ふうみ)
4. ちりこしょう風味(ふうみ)

13番 242

質問１

1. インタビューの前
2. 昼食休憩時間
3. 入学式
4. 寮の説明会

質問２

1. この教室→隣の教室→体育館
2. 体育館→3階→この教室
3. 3階→体育館→食堂
4. 食堂→体育館→この教室

14番 243

質問 1

1. 男の学生も女の学生も、この場で提出する。
2. 女の学生は今すぐ提出するが、男の学生は家で書いてから郵送する。
3. 男の学生も女の学生も、インターネットでエントリーする。
4. 女の学生はあとで郵送して、男の学生は家で書いてからインターネットで送る。

質問 2

1. 研修を休んで、留学する。
2. 留学を辞めて、研修に参加する。
3. 採用が決まる前に、留学する。
4. 採用が決まってから留学するかどうか考える。

15番 244

質問1

1. 卓球をする。
2. 温泉に入る。
3. ビールを飲む。
4. 食堂へ行く。

質問2

1. 好きな卓球ができないから。
2. 男の人にスケートリンクへ行くなと言われたから。
3. 男の人と一緒に何も楽しめないから。
4. 帰りの車の運転をしなければいけないから。

16番 245

質問1

1. 切符を買うのに時間がかかっているから。
2. 男の人が寝坊したから。
3. 浜田駅で事故があったから。
4. 電車が一つ手前の駅に停まったままだから。

質問2

1. もっと早く駅へ行く。
2. 電車をあきらめてタクシーに乗る。
3. 切符の払い戻しの列に並ぶ。
4. 復旧を待って電車に乗る。

17番 246

質問 1

1. うどんを注文(ちゅうもん)する。
2. そばを注文(ちゅうもん)する。
3. ラーメンを注文(ちゅうもん)する。
4. 何(なに)も注文(ちゅうもん)しないで、座(すわ)っている。

質問 2

1. 店(みせ)の外(そと)で待(ま)つ。
2. チャーハンを注文(ちゅうもん)する。
3. ぶっかけうどんを注文(ちゅうもん)する。
4. 何(なに)も注文(ちゅうもん)しないで、座(すわ)っている。

18番 247

質問1

1. 指定席（していせき）
2. ビジネス席（せき）
3. 自由席（じゆうせき）
4. 喫煙席（きつえんせき）

質問2

1. 3号車（ごうしゃ）
2. 7号車（ごうしゃ）
3. 10号車（ごうしゃ）
4. 11号車（ごうしゃ）

19番 248

質問 1

1. 家に息子の青い T シャツがたくさんあるから。
2. 女性用の T シャツを買うのかと思ったから。
3. T シャツはあまり着る機会がないから。
4. 価格はあまり安くないから。

質問 2

1. L サイズの青い T シャツ 2 枚。
2. 息子のではなく、この女性の T シャツを買うのかと思ったから。
3. L サイズの青と黄色の T シャツ各 1 枚ずつと、M サイズの青い T シャツ 1 枚。
4. L サイズの青い T シャツ 2 枚と、L サイズの黄色い T シャツ 1 枚。

20番 249

質問1

1. しだいに晴れてきた。
2. しだいに雨が止んできた。
3. ずっと雨だった。
4. 雨で寒い 1 日だった。

質問2

1. パソコン
2. ジャケット
3. 傘
4. 晩ごはんのお弁当

◉ ㈠ 課題理解

◉ ㈡ 要點理解

◉ ㈢ 概要理解

◉ ㈣ 即時應答

◉ ㈤ 統合理解

スクリプト.㈠課題理解

問題 1 請先聽問題。聽完後面的對話後，再從 1 ～ 4 的答案中，選出一個最適當的答案。

1番 002

学校で男の人と女の人が話しています。男の人はこのあとすぐ、何をしなければなりませんか。

F　：あ、山田君、今日の午後のゼミ、休講になったの、知ってる?

M　：そうなの?じゃあ、来週までなし、か。

F　：ううん、先生が今週中に補講するからって、みんなの都合を聞いていらっしゃったよ。

M　：あ、そうなんだ。僕はだいたい、いつでもいいんだけど、金曜日の午後だけは、バイトがあるんだよなあ。

F　：じゃあ、それ、早く先生に伝えたほうがいいよ。今日中に補講日を決めて、みんなに連絡するっておっしゃってたから。

M　：そっか。先生、今、授業中だよね、よし、メールを送ろう。

F　：うん、でもあとで確認の電話もしといたほうがいいと思う。

M　：ああ、そうだね。

男の人はこのあとすぐ、何をしなければなりませんか。

男同學和女同學正在校園談話，請問男同學之後必須馬上做什麼事？

F　：啊，山田，今天下午的專題課停課，你知道嗎？

M　：是嗎？那到下週之前都沒課嗎？

F　：才不是，老師說這星期要找一天補課，在調查大家可以的時間。

M　：是哦。我大致上都可以，只有星期五的下午有打工。

F　：那最好早一點告訴老師，老師說今天要決定補課的時間，之後要通知大家。

M　：是嗎！老師現在在上課，我先寄 mail 給老師吧！

F　：嗯，但是之後最好再打個電話確認一下。

M　：啊，說的也是。

請問男同學之後必須馬上做什麼事？

1. 用 mail 告訴大家補課的日期。
2. 連絡大家有關星期五打工的事。
3. 用電話告訴老師大家方便的時間。
4. 用 mail 告訴老師希望補課的日期。

2番 003

会社で男の人と女の人が話しています。女の人はこのあと最初に、何をしますか。

F　：ああ、どうもお待たせいたしました。車が混んじゃって…。で、どこまで話し合ったの?

M　：それがやっぱり、佐藤さんがいらっしゃってからでないと、話が進まないねって、みんな…。

F　：え、そうなの？もう、私にかまわず、どんどん会議進めておいてって、言ったじゃない。あれ？今日の資料は？

M　：あの、それも佐藤さんがお持ちだったので…。

F　：あら、ごめん。私、原稿渡してなかったわね。あのう、悪いけど、私ずっとトイレ我慢していたから、ちょっと行ってきてもいいかしら？今度こそ先に話しておいてくれる？

M　：いや、私、その間に原稿をコピーしてきますので、今お借りできますか。やはりみんな、そろってから話したほうがいいですから。

F　：あ、そうね。じゃあ、そうしましょう。えっと、どこかしら…。

女の人はこのあと最初に、何をしますか。

男人和女人正在公司談話。請問女人接下來要先做什麼事呢？

F　：讓你久等了，因為塞車……。討論到哪裡了？

M　：這個……，因為佐藤小姐沒來的話，討論是無法進行的，所以大家……。

F　：是嗎？我不是說不要顧慮到我，會議請持續進行了嗎？咦？今天的資料呢？

M　：因為資料是在佐藤小姐那裡，所以……。

F　：啊！抱歉！我沒有把原稿給你們。不好意思，我急著上廁所，可以先去嗎？你們就請先討論吧！

M　：不，我先影印原稿，原稿可以先給我嗎？還是等大家都到齊了再討論，比較好。

F　：說的也是，就這麼辦吧！在哪裡呢？

請問女人接下來要先做什麼事呢？

1. 等佐藤小姐。　　3. 去廁所。
2. 將原稿給男人。　4. 影印資料。

3番 004

男の学生と女の学生が話しています。男の学生は、宿題を提出する前に、何をしますか。

F　：ねえ、今日までの宿題、もう先生に出した？

M　：完成したにはしたんだけど、これでちゃんと書けてるかなぁ。

F　：どれどれ？ああ、すごく細かく書いたのね。

M　：え？文章多すぎるかな？もっと短くまとめたほうがいい？

F　：多いっていう意味じゃなくて、字が小さすぎるのよ。パソコンですぐ直せるよね。

M　：うん、それならすぐできる。他は大丈夫だと思う？

F　：まあ、内容については先生が判断することだから、私にはわからないけどね。あとは、名前、ちゃんと書いとかなきゃだめだよ。

M　：表紙のところに書いてあるからそれは問題ないよ。ありがとう。さっそく訂正するよ。

男の学生は、宿題を提出する前に、何をしますか。

男同學和女同學在談話，請問男同學在繳作業之前要先做什麼事呢？

F　：到今天為止的作業已經繳給老師了嗎？
M　：寫是已經寫好了，但是這樣可以嗎？
F　：我看看，啊，寫的很詳細呀！
M　：文章太長了嗎？再寫短一點比較好嗎？
F　：我的意思不是文章太長了，而是字太小了。電腦應該可以馬上改吧！
M　：嗯，這個馬上就可以做好。其他你覺得有問題嗎？
F　：內容的部分要由老師判斷，我不清楚。還有，沒寫姓名是不可以的。
M　：封面的地方已經有寫了，沒有問題。謝謝，我馬上修改。

請問男同學在繳作業之前要先做什麼事呢？

1. 文章再寫長一點。
2. 文章寫短一點。
3. 將字體放大。
4. 訂正內容。

4番 005

学校で男の学生と女の学生が話しています。女の学生はこのあと、何をしますか。

M　：どう？レポートの作成、進んでる？

F　：うーん、一つわからないことがあってね、先生にメールで質問したんだけどさ、返信がまだないんだよね…。

M　：そうなの？先生いつもすぐ返事をくれるけどなあ。昨日実は僕もメールしたんだけど、すぐ返信くださったよ。メールアドレス、間違ってるんじゃない？

F　：私、違うところに送信しちゃったのかも。ねえ、先生の正しいアドレス、今わかる？

M　：うーん、覚えてないけど、学校のホームページ調べたら書いてあるかもよ。

F　：じゃあ、ケータイで調べてみよう。こういう時スマートフォンって便利よね。

女の人はこのあと、何をしますか。

男同學和女同學正在校園談話。請問女同學接下來要做什麼事呢？

M ：怎麼樣？寫報告有進展？
F ：嗯，有一件事不了解，用 mail 問老師，卻還沒收到回信……。
M ：是嗎？老師都是馬上就回信。我昨天也寄 mail 給老師，老師馬上就回信了，你是不是寫錯了信箱地址了？
F ：可能是我寄錯地址了，你現在知道老師的正確信箱地址嗎？
M ：不，我不記得。不過查學校的網頁，或許有寫。
F ：我的手機是智慧型手機，馬上查查看。

請問女同學接下來要做什麼事呢？

1. 上學校的網頁查老師的信箱地址。
2. 用手機打電話給學校，問老師的信箱地址。
3. 用 mail 問老師學校的網頁。
4. 打電話給老師問學校的地址。

5番 006

学校で先生と学生が話しています。学生はこのあとすぐ、何をしますか。

M ：ああ、こんにちは。就活、始まったみたいだね。がんばってる？
F ：はい、先生。少しずつ準備しているんですが、この履歴書作るだけで、もう大変で…。
M ：ははは、これからだっていうのに、もう疲れちゃってるのかい？ふーん、でもこれ、確かにしっかり書けてるじゃないか。しかしね、この写真じゃ、せっかくの履歴書も台無しだよ。
F ：あ、やっぱりもう少し、笑った顔のほうがよかったでしょうか。どちらにしようか、迷ったんですよ。
M ：顔の写り方も大切だけど、これ、ちゃんと写真屋さんで撮ってもらった正式な証明写真じゃないでしょう？
F ：あ、はい。私、そういう写真、持ってないんです。
M ：じゃあ、この機会に、今すぐ店で撮ってもらいなさい。今後必ず必要になるから。
F ：そうなんですか。わかりました、すぐそうします。

学生はこのあとすぐ、何をしますか。

老師和學生正在學校講話。請問之後學生馬上要做什麼事呢？

M ：午安。聽說你好像開始在找工作了，有在努力嗎？
F ：是的，老師。一點一點地開始準備了，但是光是寫這個履歷表就很費工夫。
M ：哈哈哈，才剛要開始，就喊累了啊？嗯～，這個寫得很好啊。但是這張相片會讓特地寫的履歷表毀了。
F ：是不是笑的更多點的相片是比較好的？我一直在猶豫要選哪一張呢！
M ：臉的拍法是重要沒錯，但是這張不是去照相館拍的正式大頭照吧？
F ：啊，是的。我沒有那種相片。
M ：那趁這個機會，馬上去照相館拍，以後也一定有需要的。
F ：是嗎？我知道了，馬上去做。

這學生之後馬上要做什麼事呢？

1. 去拍大頭照。

2. 換有笑臉的相片。
3. 用正式的履歷表用紙重新寫。
4. 請照相館做履歷表。

6番 007

先生と学生が話しています。学生はこのあと、何をしなければなりませんか。

M：先生、クラス全員のレポートを集めてきました。

F：あ、どうもありがとう。そこに置いておいてくれる？じゃ、これ、前回のレポート、確認済みなんだけど…。

M：はい、ではみんなに返却しておきます。

F：恐らく誰か一人、提出してないみたいなのよ。全部で24枚しかないから。

M：そうですか、みんなまだ教室にいると思いますから、ちょっと聞いてみます。

F：お願い。じゃあ、そのレポート返すのは、全員がそろってからにするわ。

学生はこのあと、何をしなければなりませんか。

老師和學生正在談話。請問之後學生必須做什麼事呢？

M：老師，班上同學的報告全部收齊了。

F：啊，謝謝，幫我放在那裡。這是上一次的報告，已經改好了……。

M：那我就拿去發回給大家。

F：可能有一位同學沒有繳。因為全部只有24張。

M：這樣子啊，我想同學們都還在教室，我去問看看。

F：拜託了。那這份報告等大家都繳齊了再發回去。

請問學生在這之後必須做什麼事？

1. 繳上一次的報告給老師。
2. 向班上同學問上一次的報告的事。
3. 向老師問這一次報告的事。
4. 將這一次報告發回去給同學。

7番 008

男の人と女の人が、食事会について話しています。女の人は、何人の予約をしますか。

F：ミーティングの後の食事会ですが、いつもの店を予約しようと思っています。

M：うん、そこでいいんじゃないかな。全員で9名だから…。

F：では、その人数で予約入れておきます。

M：うーん、その人数だと中途半端だし、ほら、急に誰か合流するかもしれないから、10名にしてくれる？席も少し余裕を持って、大きめの個室のほうがいいなあ。

F：部屋は確か、12名以上から

広さが変わるはずです。それに、予約人数より実際の人数が少なくても、その分の料理はキャンセルができないらしいんですが…。

M ：あ、そうだっだか。うん、でも狭い部屋はちょっとなあ。まあ行ってみて、席が余るようだったら、誰かに声をかけて呼べばいいよ。

F ：では、人数分プラス3席で予約します。

女の人は、何人の予約をしますか。

男人和女人正在討論關於餐會的事情。請問女人要預約幾位呢？

F ：會議之後的餐會，我想預約常去的那家店。
M ：嗯，那裡應該可以。全部是9個人……。
F ：那就以這個人數預約。
M ：嗯～，這個人數有點不上不下的，或許突然有人來參加也說不定。可以預約10位嗎？座位可以抓鬆一點，大一點的包廂比較好。
F ：包廂好像是人數12位以上，大小就會不一樣。而且實際的人數比預約的人數少時，餐點也不能取消。
M ：啊，這樣子啊？但是太小的包廂有點……。去了之後如果有多出來的位置，就找其他人來就可以了。
F ：那就以本來的人數再加3個位置做預約吧！

請問女人要預約幾位呢？

1. 9位。　　3. 11位。
2. 10位。　　4. 12位。

8番 (009)

喫茶店で客と店員が話しています。店員はこのあと、何をしなければなりませんか。

M ：すみません、あの、僕、ミルク入りのコーヒーを注文したんですけど。これ、違いますよね。

F ：あ、ミルクはお客様のお好みで、入れる量を調節できるようになっておりまして…。

M ：で、どこにミルクがあるんですか？

F ：あっ、申し訳ございません。お持ちするのを忘れていました。すぐに…。

M ：しかもこれ、甘いんです。ミルク入りの砂糖なし、って言ったはずなんですが。

F ：大変失礼いたしました。すぐ新しいのをお持ちしますので、少々お待ちください。

店員はこのあと、何をしなければなりませんか。

客人和店員正在咖啡店談話。請問店員之後必須要做什麼事？

M ：不好意思。我點的是加牛奶的咖啡。這個不是吧？

F　：啊，牛奶是依客人的喜好，可自行調整加多少的。
M　：那，牛奶在哪裡呢？
F　：啊，很抱歉，忘了拿來了。我馬上（去拿）……。
M　：而且這個很甜，我明明說是加牛奶去糖的。
F　：非常抱歉，現在馬上為您換一杯，請您稍等。

請問店員之後必須要做什麼事？

1. 將甜的牛奶換成咖啡。
2. 將咖啡換成新的牛奶。
3. 拿加牛奶的咖啡和糖來。
4. 拿新的咖啡和牛奶來。

9番 010

男の学生と女の学生が、授業について話しています。女の学生はこのあとすぐ、何をしなければならないですか。

M　：午後の文学演習のクラス、自分の研究テーマをいくつか考えて、発表するんだったよね。
F　：ええ、私、ちゃんと考えてきたわよ。ほら。
M　：えっと、ん?一つだけ?しかも何も説明が書いてないけど。
F　：口頭発表だから、説明はその場で考えて言うつもり。
M　：そう。でも先生、「いくつか」って言ってたから、それだけじゃだめだよ、きっと。
F　：足りない?じゃあ、ちょっと今から考えてみるか。

女の学生はこのあとすぐ、何をしなければならないですか。

男同學和女同學正在討論關於上課的事。請問女同學之後必須要做什麼事？

M　：下午的文學討論課，要想幾個自己的研究主題發表，對吧？
F　：對啊。我已經想好了，你看。
M　：咦？只有一個？而且什麼說明都沒寫。
F　：因為是口頭發表，我打算當場再想說明就好了。
M　：是嗎？但是老師說過要「幾個」，只有這樣一定是不行的。
F　：不夠嗎？那我現在開始想看看吧！

請問女同學之後必須要做什麼事呢？

1. 增加研究主題。
2. 寫研究的說明書。
3. 發表研究。
4. 再減少一些研究內容。

10番 011

男の人がアルバイト先で、店長と話しています。男の人はこのあとすぐ、何をしますか。

M　：店長、あとはごみを捨ててくるだけです。で、あの、他に何もなければ僕、そろそろ失礼させてもらおうと思うんですが。
F　：ああ、ご苦労様。最後にもう一度、電源、確認しといてくれる?この前切るの忘れて、そのまま帰（かえ）っちゃった子（こ）がいたから。

M ：はい。この古新聞（ふるしんぶん）はどうしますか。

F ：ああ、新聞（しんぶん）もゴミと一緒（いっしょ）に、後（あと）で私（わたし）が出（だ）しておくから、最後（さいご）のチェックだけお願（ねが）いします。

M ：わかりました。では入（い）り口（ぐち）の鍵（かぎ）、こちらに置（お）いておきますので。

F ：了解（りょうかい）、ありがとう。

男（おとこ）の人（ひと）はこのあとすぐ、何（なに）をしますか。

男人在打工的地方和店長正在談話。請問男人之後要做什麼事呢？

M ：店長，待會丟完垃圾，沒有其他事的話，那我先下班了。

F ：啊，辛苦了。最後再幫我確認一下電源關了沒，好嗎？之前有人忘了關電源就回去了。

M ：好的。這些舊報紙要怎麼辦？

F ：啊，舊報紙和垃圾待會我丟就好，麻煩你做最後的檢查。

M ：知道了。那入口的鑰匙我就放在這裡了。

F ：知道了，謝謝。

請問男人之後要做什麼事？

1. 丟垃圾。
2. 確認電源。
3. 丟舊報紙。
4. 檢查鑰匙。

11番 012

電話（でんわ）の自動音声案内（じどうおんせいあんない）を聞（き）いています。6月4日の特急電車（とっきゅうでんしゃ）の自由席（じゆうせき）を三（みっ）つ予約（よやく）するには、どの番号（ばんごう）を押（お）せばいいですか。

F ：お電話（でんわ）ありがとうございます。阪海電車予約（はんかいでんしゃよやく）センターです。ご希望（きぼう）の日（ひ）にちを入力（にゅうりょく）された後（あと）、シャープボタンを押（お）してください。1月30日の場合（ばあい）は「0130」となります。…次（つぎ）に、特急（とっきゅう）は「1」、急行（きゅうこう）は「2」を押（お）したあと、シャープを押（お）してください。…次（つぎ）に、指定席（していせき）なら「1」、自由席（じゆうせき）なら「2」を押（お）してから、ご希望（きぼう）の座席数（ざせきすう）を二桁（ふたけた）で押（お）して、そのまましばらくお待（ま）ちください。指定席（していせき）を一（ひと）つご希望（きぼう）の場合（ばあい）は、「101」となります。

6月4日の特急電車（とっきゅうでんしゃ）の自由席（じゆうせき）を三（み）つ予約（よやく）するには、どの番号（ばんごう）を押（お）せばいいですか。

正在聽電話自動語音導覽。請問要預約6月4日的特急電車自由席三張，要按幾號呢？

F ：感謝您的來電。這裡是阪海電車訂位中心。請按所要訂的日期和＃字鍵。1月30日的話請按「0130」。……接下來特快車請按「1」，快車請按「2」之後再按＃字鍵。……接下來，劃位座的話請按「1」，自由座請按「2」之後，所要定的張數按二位數，之後請稍候。劃位座一張的話請按「101」。

請問要預約 6 月 4 日的特快電車自由座三張，要按幾號呢？

1. 0604 ＃ 2 ＃ 101　　3. 0608 ＃ 2 ＃ 103
2. 0604 ＃ 1 ＃ 203　　4. 0608 ＃ 1 ＃ 201

12番 013

喫茶店で男の人と女の人が話しています。男の人はこのあと、何を注文しますか。

M ：お待たせ。えっと、もう注文した？

F ：ええ、私は紅茶を頼んだんだけど、斉藤君、同じのでいい？アイスもあるわよ。

M ：ええっと、僕はコーヒーにしようかな。ああ、でもここは紅茶専門店って書いてあるね。

F ：確かコーヒーもあったと思うけど、おいしい紅茶、試してみたら？

M ：うん、せっかくだしね。じゃあ、今日は暑いから、僕はアイスにするよ。あ、すみません…。

男の人はこのあと、何を注文しますか。

男人和女人正在咖啡店談話。請問男人之後要點什麼？

M ：讓你久等了。已經點過了嗎？

F ：我點了紅茶，齊藤，你要點一樣的就好嗎？也有冰的哦！

M ：我想點咖啡。但是這寫著這裡是紅茶專門店。

F ：但是我想應該也有咖啡，但是要不要試一下好喝的紅茶？

M ：嗯，難得來了。今天很熱，那我點冰的吧！啊，不好意思……。

請問男人之後點了什麼？

1. 熱咖啡。　　3. 熱紅茶。
2. 冰咖啡。　　4. 冰紅茶。

13番 014

電話で男の人と女の人が話しています。F-14番は、いつ納品することになりましたか。

F ：もしもし、いつもお世話になっております。トヨダ商事の松田と申しますが、F-14番の商品納期について、ご相談させていただきたいのですが…。

M ：ああ、今月末に納期予定の分ですね。

F ：はい、誠に恐れ入りますが、実は少し製造が遅れておりまして、2週間ほど延ばしていただけるとありがたいのですが。

M ：ああ、では来月中旬になるということですね。

F ：はい、大変申し訳ありません。

では来月中旬にF-14番を発送させていただき、来月末のF-15番とF-16番につきましては、予定通りの期日で納品できると思いますので。

M：ああ、それならその時にまとめて、3種類一緒に送っていただければいいですよ。F-14番は数も少ないし、送料も手間も節約できますからね。

F：ああ、それは助かります。では御社に差し支えないようであれば、お言葉に甘え、そうさせていただきます。どうもありがとうございました。

F-14番は、いつ納品することになりましたか。

男人和女人正在講電話。請問F-14號什麼時候交貨呢？

F：您好，平日承蒙您的照顧。我是豐田商事的松田，想要和您商量有關F-14號商品的交貨日期。

M：啊，是預定這個月底交貨的那個。

F：是的，但是非常的抱歉，實際上因為生產有點延宕，如果能延後二個星期的話，就太感激了。

M：啊，也就是說要變成是下個月的中旬了嗎？

F：是的，非常的抱歉，下個月中交F-14號，而有關下個月底的F-15號和F-16號我想可以按照預定日期交貨的。

M：啊，如果是這樣，那就到時候三種一齊送就可以了。F-14號的數量也很少，也可以節省運費和時間。

F：啊。您真是幫了我大忙。如果對貴公司沒有影響的話，那就照您所說的這樣做。感謝您了。

F-14號哪時候交貨呢？

1. 這個月底。
2. 二星期後。
3. 下個月中旬。
4. 下個月底。

14番 015

デパートで、ある夫婦が話しています。このあと二人が買うのは、何ですか。

F：えっと、あとはひろしのTシャツと…。

M：これでいいんじゃないか？あいつ、黒好きだし。

F：下着代わりに着るんだから、白がいいのよ。2枚セットか…。3枚買ってきてって言ってたから、2セット買うしかないわね。

M：じゃあ、俺が一枚もらうよ。同じLサイズだから。

F：あの子も大きくなったものね。…あら、Mサイズしかないわ。Lだと黒しか残ってないみたい。

M：これ、白だけど、半そでって書いてあるな。

F：長そでじゃなきゃだめよ、冬なんだし。まあ、また今度買いにくるわ。

M ：1 セットだけでも買っておけよ。
F ：そうねえ、まあ、この色だけど、そうするわ。

このあと二人が買うのは、何ですか。

有一對夫妻正在百貨公司談話。請問之後二人要買什麼呢？

F ：之後就是小宏的 T 恤和……。
M ：這個不就好了嗎？那孩子喜歡黑色的。
F ：當內衣穿的，白的比較好。要買 2 件一組的嗎？！他叫我買 3 件，那只好買 2 組了。
M ：那給我一件吧。一樣是 L 號的。
F ：那孩子也長大了。咦，只有 M 號的。L 號的只剩下黑色的。
M ：這是白色的。但是寫著是短袖。
F ：冬天一定要長袖的，下次再買吧！
M ：就先買一組吧。
F ：這樣嗎？雖然是這個顏色，只好買了。

請問之後二人要買什麼呢？

1. 黑的 L 號 T 恤 2 件
2. 黑的 M 號 T 恤 4 件。
3. 白的 L 號 T 恤 2 件。
4. 白的 M 號 T 恤 4 件。

15 番 016

学校で友達と話しています。男の学生はこのあと、どうしたいと言っていますか。

F ：リンくん、どうしたの。元気ないじゃない。
M ：うん、ちょっとね。…実はアンさんに、中国語話せるようになりたいから、教えてくれないって言われたんだけどさ。
F ：ああ、家庭教師みたいに？
M ：うん、でも僕、就職活動中でさ…。
F ：じゃあ「ごめん、忙しいから今はちょっと…」って断ればいいじゃない。
M ：忙しいっていうか、僕も中国語や日本語以外の言葉を話せるようになったほうが、就職に有利かなって気づいてさ。アンさん、努力家ですごいなあ。
F ：じゃあ、アンさんと言語交換すればいいじゃない。中国語を教える代わりに、英語を習わせてもらうの。お互いにすごく役に立つと思うな。
M ：そうか、そうだね。さっそく聞いてみるよ。

男の学生はこのあと、どうしたいと言っていますか。

在校園裡和朋友正在說話，請問男同學在說這之後想做什麼事呢？

F ：小林，怎麼啦？看起來不太有精神。
M ：嗯，有點……。實際上安小姐說想要會說中文，叫我教她。
F ：啊，像家教那樣？
M ：嗯，但是我現在正在找工作。

F ：那你就告訴她「對不起，因為很忙，現在有點……」，拒絕她不就好了。
M ：雖說很忙，但是我也發現如果我除了中文和日文之外也會說其他語言的話，或許對找工作是有幫助的。安小姐很努力，真的很厲害。
F ：那和安小姐交換語言不就行了？你教她中文，她教你英文。我想對你們彼此都有幫助的。
M ：這樣嗎？說的也是，我馬上去問她看看。

請問男同學在這之後想做什麼事呢？

1. 幫安小姐找工作。
2. 拒絕當安小姐的中文家教。
3. 請安小姐教英文。
4. 和安小姐練習日文。

16番 017

男の人と女の人が電話で話しています。明日女の人は、どうするつもりですか。

M ： もしもし、河合です、どうも。
F ： 河合さん？まあ、もうお電話できるまでになられたのですね。お加減はいかがですか。
M ： おかげさまで、だいぶ良くなりました。先日は、いいお花を送っていただきまして、どうもありがとうございました。
F ： とんでもない。まだ食べ物は、あまりお召し上がりになれない、とお聞きしましたので。あと、直接お目にかかれず、失礼いたしました。あ、もし河合さんのお時間がよろしければ、明日病室へ伺わせていただければと思っておりますが。
M ： ああ、お気遣いありがとうございます。食欲もすっかり戻りましてね、明日退院できることになったんですよ。
F ： まあ、それはよかった。ではまた日を改めまして、ご自宅の方へでも…。
M ： わざわざありがとうございます。来週以降でしたら落ち着いているはずです。
F ： あ、それではこちらからお電話で、奥様にご都合を伺ってみます。
M ： ああ悪いですね、また手をわずらわせることになって。明日のこの時間なら連絡がつくと思いますよ。
F ： そうですか。わかりました。

明日女の人は、どうするつもりですか。

男人和女人正在講電話。請問明天女人打算做什麼事呢？

M ：喂，我是河合，你好。
F ：河合先生？您已經康復到可以打電話了嗎？身體的情況如何呢？
M ：託您的福，慢慢的在復原當中。前幾天謝謝您送我那麼漂亮的花。

F ：不客氣。因會聽說您還不太能進食。而且沒有見到您的面，真是太失禮了。如果你明天時間方便的話，我想到病房去探望您。
M ：啊，謝謝您的費心。我食欲已經都恢復了。明天就可以出院了。
F ：那太好了。那就改天到您的府上⋯⋯。
M ：謝謝你。下週之後我想應該就穩定下來了。
F ：啊，那我再打電話問尊夫人方便的時間。
M ：啊，真不好意思，又要讓你添麻煩了。明天這個時間的話，應該就可以連絡到我太太了。
F ：這樣子啊，我曉得了。

請問明天女人打算做什麼事呢？

1. 送花到河合先生的病房。
2. 到河合先生住院的醫院。
3. 去河合先生的家探病。
4. 和河合先生的太太聯絡。

17番 018

会社で、男性と部下の女性が話しています。女性はこのあとすぐ、何をしなければなりませんか。

M ：新人研修の準備、進んでいる？
F ：あ、課長。あの、配布資料の内容はだいたいできたんですが、最終的な参加人数の連絡がまだなくて…。
M ：人数？待っていないで、こっちから総務課に聞かなきゃだめだよ。会議室は押さえてあるの？
F ：あ、それも、大会議室か中会議室か、人数によって決めかねていたところで。資料も何部コピーしておけばいいか、わからなくて…。
M ：コピーする前に内容の確認も必要だけど、それは誰に頼んであるの？
F ：あ、やっぱり一度上の人に見ておいてもらった方がいいですか？
M ：もちろんだよ。ああ、じゃ、それは私がやっておくから、君はこっち、急いで総務課へ電話して。
F ：はい、わかりました。

女性はこのあとすぐ、何をしなければなりませんか。

男人和女性部屬正在公司談話。請問女人在這之後，必須馬上做什麼事呢？

M ：新進員工的研習準備工作有在進行嗎？
F ：啊，課長。要發的資料的內容大致上都做好了。但是最後參加的人數的通知（還沒）⋯⋯。
M ：人數？不要一直等著，是我們要向總務課詢問的。會議室已確定好了嗎？
F ：要用大會議室還是中會議室，這個也是要根據人數才能決定的。資料也不知道要影印幾份。
M ：影印之前要先確認內容。這件事拜託誰在做呢？。
F ：啊，（資料）是不是要請主管看過一遍比較好？
M ：當然。啊，那這個我來做，你現在趕快打電話給總務課。

F ：好的。我知道了。

請問女人在這之後，必須做什麼事？

1. 影印要發的資料。
2. 確認參加的人數。
3. 預約會議室。
4. 確認資料的內容。

18番 019

会社で男性社員と女性社員が話しています。男性が、次の会議でしなければいけないことは何ですか。

F ：次の会議ですが、お客様のご要望により、英語を使用言語とすることになりました。まあ、急にそうはいっても、みなさん大変だと思いますので、富田君、英語得意よね。みんなのフォローをお願いできるかしら。

M ：あ、はい。それで、具体的にはどういうことを？

F ：同時通訳も考えたんだけど、それじゃあみんな、そればかりに頼っちゃうじゃない？だから会議中はあえて英語のみにして、会議レポートは日本語で残しておきたいの。会議中の発話はすべて録音しておくので、あとでそれを聞き返して、重要なポイントを、きれいにまとめてほしいんです。

M ：はい、それなら私にできると思います。

F ：今後はこういう機会も増えるだろうし、社員の語学力向上も、今後の重要な課題になってくるわね。

男性が、次の会議でしなければいけないことは何ですか。

男職員和女職員正在公司講話。請問男人在下一次會議必須做的事是什麼呢？

F ：有關下一次的會議，因為客戶的要求，所以決定要使用英文。突然這麼說，我想對大家都是很困難的。富田，你的英文很好吧！可以麻煩你協助大家嗎？

M ：啊，可以的。具體上要如何做呢？

F ：我也考慮過（要你）即時口譯。但是那樣的話，大家就都會過於依賴。因此，會議上只用英文發言，會議記錄用日文寫。會議中的發言全部錄下來，之後再重聽，希望你把重要的要點好好的整理出來。

M ：好的，如果是這樣的話，我應該做得到。

F ：今後這樣的機會應該會增加，而且提升員工的語文能力也成為今後重要的課題。

請問男人在下一次會議必須做的事是什麼呢？

1. 把客戶的報告翻譯成英文。
2. 把會議的內容用日文整理成報告。
3. 教其他的員工英文。
4. 在會議上做英文的同步口譯。

19番 020

電話で男の人と女の人が話しています。男の人はこのあとすぐ、何をしなければなりませんか。

F　：もしもし、さくら図書館ですが、竹田のぶおさんでいらっしゃいますか？あの、お貸ししている本の返却期限が過ぎているのですが…。

M　：ああ、これはすみません。確か、昨日もお電話いただいたようで。

F　：そうなんです。貸出期間の延長が必要でしたら、インターネットでも手続きができるんですが…。

M　：あ、じゃあ、すぐアクセスしてみます。

F　：あ、いえ。でもこれは返却期間内のみ可能でして、竹田さんの場合、すでに期限が過ぎていますので。

M　：あ、そうでしたか。近くにいますので、これからすぐ返しに伺います。

F　：お忙しいようでしたら、郵送での返却も受け付けております。期限内に本を返却いただけないことが合計3回ありますと、貸出カードの使用が一時停止になるペナルティがありますので、気をつけてください。

M　：ああ、私、今回で2度目ですから、あとがないですね。わかりました、以後注意します。

男の人はこのあとすぐ、何をしなければなりませんか。

男人和女人正在講電話。請問男人在這之後，必須馬上做什麼事呢？

F　：喂，這裡是櫻花圖書館。您是竹田信先生嗎？您所借的書已經過了還書期限了……。

M　：啊，不好意思。好像昨天也接到過你們的電話。

F　：是的。如果借書期限需要延長的話，也可以用網路申請……。

M　：啊，那我馬上去登錄。

F　：啊，但是這只限於在還書的期限之內才可以。竹田先生的情況，期限已經過了。

M　：啊，這樣子啊。我在這附近，現在馬上去還書。

F　：如果很忙的話，也可以用郵寄的方式還書。合計三次沒有在期限內還書的話，就會被罰暫時停止使用借書證，所以請您注意。

M　：啊，我這已經是第二次了，已經不能有下一次了。我知道了，以後會注意的。

請問男人在這之後，必須馬上做什麼事？

1. 延長借書的期限。
2. 用網路還書
3. 郵寄圖書館的借書證。
4. 去圖書館還書。

20番 021

店長の女性とアルバイトの男性が話しています。男性はこのあとすぐ、何をしますか。

F　：あら、いやだ、困ったわねえ。

M　：お疲れさまでしたー。あれ、店長、どうしたんですか。

F　：うーん、レジがね、合わないのよ。何回も見てるんだけど…。

M　：売上金額と現金がってことですか?

F　：ええ、クレジットカードご利用分はちゃんと計算に入ってるし、もしかして、レジ、誰か打ち忘れている分があるのかもしれないわね。

M　：その可能性もありますけど、現金って何回数えても間違ってしまうこと、ありますし。

F　：そうね、じゃあ、帰ろうとしているところ悪いんだけど、ちょっと代わってやってみてくれない? 私、スタッフに聞いてくるから。えっと、これね。お札と小銭、分けといたから。

M　：はい、わかりました。

男性はこのあとすぐ、何をしますか。

女店長正在和男工讀生談話。請問男人之後要做什麼事呢？

F　：啊，討厭。真傷腦筋。

M　：辛苦了，咦，店長，怎麼啦？

F　：嗯，收銀機的金額不合。算了好幾次了。

M　：是指銷售的金額和現金嗎？

F　：對啊，信用卡的也包含在內……。或許有人忘了打入收銀機了。

M　：啊，有這個可能。而且現金常是數好幾次都會不對的。

F　：是啊，不好意思你正要回家，但是可以幫我算看看嗎？我去問其他的員工。這個。我已經把紙鈔和銅板分開了。

M　：好的，我知道了。

請問男人之後要做什麼事？

1. 把紙鈔和銅板分開。
2. 向其他員工確認。
3. 數收銀機的錢。
4. 加入信用卡的金額。

21番 022

男の人と女の人が、友達について話しています。女の人はこのあとまず、何をすると言っていますか。

M　：最近、坂本と連絡とってる?

F　：それがさ、メールしても全然返信なくて。何かあったのかな。

M　：忙しいのかも。でもメールの返信をするぐらいの時間あるだろうしな。もう一回、送ってみたら?

F ：ちょっと私、心配になってきちゃった。ケータイにかけてみる。

M ：今この時間は仕事中だろうし、オフィスにかけてみたら？もしいなければ、同僚に様子を聞いてみればいいし。

F ：それとも、坂本君の家にかけてみて、お母さんに聞いてみるっていうのはどう？

M ：それはちょっと、お母さんを心配させちゃうかもしれないよ。

F ：まあそうね。じゃあ、そうしてみる。えっと、会社って何番だったかな？

女の人はこのあとまず、何をすると言っていますか。

男人和女人正在討論有關朋友的事。請問女人說在這之後要做什麼事呢？

M ：你最近有和坂本聯絡嗎？
F ：這個嘛，寄 mail 給他也都沒有回。是不是發生了什麼事了？
M ：可能是很忙吧。但是回 mail 的時間，應該是有才對啊，你再寄一次看看吧。
F ：我有點擔心了，試試打他的手機看看。
M ：現在這個時間應該在工作。啊，打到公司看看？如果不在也可以問他同事情況。
F ：或是打到他家，問一下他媽媽，如何呢？
M ：但是可能會讓他媽媽擔心。
F ：說的也是。那就這麼辦。公司的電話是幾號？

請問女人說在這之後要做什麼事呢？

1. 寄 mail 到坂本的公司。
2. 打電話到坂本的公司。
3. 找坂本的手機號碼。
4. 問坂本的母親。

22番 023

家で姉弟が話しています。弟はこのあと、何をしなければなりませんか。

M ：あれ、お姉ちゃん、何作ってんの？

F ：えへへ、今日はお母さんの誕生日でしょ？ケーキでびっくりさせてあげようと思ってさ。でも作るの初めてだから、ちょっと手間取っちゃって。

M ：手伝ってあげるよ。これ、混ぜるの？

F ：ちょっと、触んないでよ。生地はこのまま置いておかなきゃいけないんだから。そんなに手伝いたいんなら、牛乳、買ってきてくれない？もしかしたら少し足りないかもしれないの。

M ：何だよ、その言い方。そんなことよりも、早くしないとお母さん、帰ってきちゃうよ。

F ：え、もうこんな時間？何時に帰ってくるって言ってたっけ？

ちょっと、ボーっと見てるだけなんだったら、電話で聞いてみてよ。ああ、牛乳は何とか足りそうね。

M：はいはい、ケータイにかけりゃいいんでしょ。

F：それが終わったら、テーブルの上、片づけといて。ごちゃごちゃしてたから。

弟はこのあと、何をしなければなりませんか。

姐弟正在家中談話。請問弟弟在這之後必須要做什麼呢？

M：咦，姐，你在做什麼呢？
F：今天不是媽媽的生日嗎？我想做蛋糕讓她嚇一跳。但是我是第一次做，很費工夫的。
M：我幫你吧。這個要攪拌嗎？
F：等一下，不要碰。麵糊要先這樣放一下才可以。如果你要幫忙的話，去幫我買牛奶好不好？可能會不夠。
M：什麼嘛？這種口氣。不趕快做的話，媽媽要回來了。
F：啊？已經是這個時候了嗎？媽媽說幾點要回來的？不要在這邊呆看著，打電話問看看。牛奶好像夠的樣子。
M：好，好！我打手機行了吧！
F：完了之後，桌上收拾一下，亂七八糟的。

請問弟弟在這之後必須要做什麼呢？

1. 攪拌蛋糕的麵糊。
2. 去買牛奶。
3. 問媽媽幾點回來？
4. 整理桌上。

23番 024

女の人が、スポーツクラブの受付で話しています。女の人はこのあと、どうしますか。

F：あの、こちらでヨガの教室をやっていると聞いたのですが。

M：あ、はい。このあと6時から始まりますが、当クラブでご利用は初めてでいらっしゃいますか？こちらではまず、会員カード作成が必要になりますので、こちらの「入会申請書」に必要事項をご記入ください。

F：あ、今日は見るだけのつもりで来たんですが。

M：あ、そうでしたか。ヨガクラスのご見学ですね。では教室までご案内します。

F：ありがとうございます。あの、ちなみに、入会の際に必要なものって、何ですか。

M：入会費とご利用料金については、こちらの表のとおりになっておりまして、ヨガクラスですと、他にマットやゴムバンドなどのご購入が必要になります。

F ：家にある場合は、それを使ってもいいんですか。

M ：はい、すでにお持ちの場合はそちらをお使いいただいてもけっこうです。ふだんはあちらの更衣室で着替えた後、こちらのA教室で授業が行われます。ではどうぞ。

F ：わかりました、ありがとうございます。

女の人はこのあと、どうしますか。

女人正在健身中心的櫃台說話。請問女人接下來要做什麼事呢？

F ：我聽說這裡有瑜伽課。
M ：啊，等一下六點開始，您是第一次來本中心嗎？我們首先必須先做會員卡，請您在入會申請書上填入必要的事項。
F ：啊，我今天只是打算來看看而已。
M ：啊，是這樣啊。參觀瑜珈課嗎。那我帶您去教室。
F ：謝謝。順便問一下，入會時需要什麼的東西呢？
M ：有關入會費和使用的費用就如這張表上所寫的。瑜伽課的話還需要買瑜伽墊和彈力拉帶。
F ：如果家裡有的話，用那個也可以嗎？
M ：是的。如果已經有的話，用那個就可以了。平常在那裡的更衣室換好衣服後，在這裡A教室上課。那麼，請進。
F ：我明白了，謝謝。

請問女人在這之後要做什麼呢？

1. 填寫健身中心的入會申請表。
2. 參觀瑜伽課。
3. 在更衣室換衣服。
4. 買瑜伽墊和彈力拉帶。

24番 025

宅配業者の人が電話で話しています。女の人はこのあと、どうしますか。

M ：もしもし、ヤマト運輸ですが、山田さんのお宅でしょうか。

F ：あ、はい、そうですが。

M ：お荷物をお届けしたいのですが、今から伺ってもよろしいでしょうか。あと5分で到着できるかと思うのですが。

F ：はい、うちにおりますので大丈夫です。

M ：それで、こちらのお荷物なんですが、着払いになっておりまして、現金またはクレジットカードでのお支払いで、10500円の代金引換となっております。

F ：そうですか。ああ、ちょっと持ち合わせが足りないなあ。クレジットカードも持ってないし、ちょっと待ってもらえますか？コンビニのATMでお金を下ろしてきますので。

M ：そうですか、では1時間後にもう一度お電話差し上げますので。

F　：ああ、そのころにはもう戻っていると思いますので、よろしくお願いします。

女の人はこのあと、どうしますか。

宅配業者正在講電話。請問女人接下來要做什麼事呢？

M　：喂，這裡是大和運輸，請問是山田小姐府上嗎？
F　：啊，是的。
M　：我想宅配貨物到府上，現在方便送嗎？還有5分鐘就到了。
F　：我在家，可以的。。
M　：這些貨是貨到付款的，可以付現或刷卡，貨款共是10500日元。
F　：這樣子嗎？啊，我媽媽現在不在家。錢不夠付。我也沒有信用卡。可以請你等一下嗎？我去便利商店的ATM提款。
M　：是嗎？那1個小時之後我再給您電話。
F　：啊，我想那個時間我已經回來了，麻煩你了。

女人在這之後，要做什麼事呢？

1. 去便利商店。
2. 去銀行提款。
3. 送貨。
4. 1個小時後打電話。

25番 026

母親と息子が話しています。息子は大阪までどうやって行きますか。

M　：僕、新幹線で行きたい。乗ったことないもん。いいでしょ？
F　：うーん、まあ中学生一人で飛行機に乗るよりは安心かもしれないけど、でも大阪駅はね、新幹線降りてから、電車に乗り換えなきゃいけないのよ。大丈夫かしら。
M　：え？新幹線で大阪駅に行けないの？じゃあ、何だったら直接行けるの？
F　：高速バスしかないわね。飛行機にしても最終的には電車に乗り換えなければいけないから。
M　：ふーん、ちょっと不便だね。
F　：そんなことないわよ。交通網は整っているから、乗り換えも案外簡単よ。わからなかったら駅員さんに聞けばいいし。勇気を出してやってみれば？
M　：うーん、生まれて初めて乗るいい機会かもしれないし、それで試してみようかな。

息子は大阪までどうやって行きますか。

母親和兒子正在談話。請問兒子怎麼去大阪呢？

M　：我想搭新幹線去。因為還沒有搭過。可以嗎？
F　：嗯～比起中學生一個人搭飛機，可能會比較放心一些。但是到大阪車站下了新幹線還要換車，沒問題吧？
M　：啊？新幹線沒有直接到大阪車站嗎？要怎樣才能直達呢？
F　：只有高速巴士。即使是搭飛機，最後還是要轉搭電車的。
M　：嗯～真是不方便。

F ：沒這回事。交通網很完備，所以換乘也很簡單，不知道的話也可以問站務員，要不要拿出勇氣試試看？
M ：嗯～或許是出娘胎以來第一次搭乘的好機會也說不定，試看看吧！

請問兒子怎麼去大阪呢？

1. 搭新幹線和電車去。
2. 搭飛機和電車去。
3. 搭電車和高速巴士去。
4. 只搭高速巴士去。

26番 027

学校で先輩と後輩が話しています。男子学生はこのあと、いくら払いますか。

F ：山川先輩、あのー、来週からの合宿なんですが、合宿費をまだいただいていないのはあと山川先輩だけなんですが…。
M ：ああ、悪い！明日さ、バイト代が入るから、あと1日、待ってくれないかなあ？
F ：あの…、食費だけでも無理ですか？800円だけなんですけど。
M ：え？今回の食費って、いつもの2倍もするの？
F ：いえ、あの…、山川先輩は前回6月合宿のときもいただいていなかったので、2回分です…。
M ：ええっ、俺、前回の合宿費もまだだったっけ？
F ：はい…。6月は食費込みで1500円、今回は2000円なんですが。
M ：ああそうか。俺今2000円しか持ってなくて、これ使っちゃうと、晩飯食べられないからなあ。でも悪いし、前回分だけでも全部払っとくよ。500円あれば明日まで何とかなるし。
F ：大丈夫ですか？すみません。
M ：いいえ、こちらこそ、毎回ごめんね。

男子学生はこのあと、いくら払いますか。

學長和學妹正在學校談話。請問男學生在這之後要付多少錢呢？

F ：山川學長，有關下週開始集訓的事，只有山川學長還沒繳集訓的費用……。
M ：啊，不好意思，明天會領打工的錢，可以再等一天嗎？
F ：嗯～只有餐費也沒辦法嗎？是800日圓。
M ：啊？這次的餐費是平常的兩倍嗎？
F ：不是，因為山川學長上次6月集訓時也沒有繳，所以是兩次的錢……。
M ：咦，我上次的集訓費也還沒繳嗎？
F ：是的。6月份的含餐費共1500日圓。這次是2000日圓。
M ：啊，這樣子啊。我現在只有2000日圓，全部繳了，就沒有錢吃晚餐了。不好意思，上次的費用我全部付。有500日圓的話好歹可以撐到明天的。

F ：沒關係嗎？不好意思。
M ：不會，我才是每次都不好意思。

請問男學生在這之後要付多少錢呢？

1. 400 日圓　　3. 800 日圓
2. 500 日圓　　4. 1500 日圓

27番

電話で男の人と女の人が話しています。男の人はこのあと部長に、何と伝えますか。

F ：もしもし、東京貿易の佐藤と申します。恐れ入りますが、部長の松井さんをお願いできますか。

M ：あ、いつもお世話になっております。松井はただいま席を外しておりまして…。

F ：それでは伝言をお願いしたいんです。本日午後貴社へお伺いする予定でしたが、急に都合がつかなくなりまして、代わりに藤田という者が参ります。その旨お伝えいただけますでしょうか。

M ：わかりました。佐藤様に代わりまして藤田様ですね。私、営業一課の吉田が承りました。

F ：お手数おかけいたしますが、よろしくお願いします。

M ：了解しました、では失礼いたします

男の人はこのあと部長に、何と伝えますか。

男人和女人正在講電話。請問接下來男人要向經理轉達什麼事呢？

F ：喂，我是東京商事的佐藤，不好意思，我要找松井經理。
M ：啊，平日總是承蒙照顧。松井他現在不在位置上。
F ：那麻煩轉告他，原本預定今天下午去貴公司拜訪，我臨時有事，所以由藤田代替我去，可以麻煩你這樣轉告經理嗎？
M ：我知道了。是藤田小姐要代替佐藤小姐（過來）是嗎？我是營業一課的吉田，我受理這件事了。
F ：給你添麻煩了，拜託了。
M ：了解，那就失禮了。

請問接下來男人要向經理轉達什麼事呢？

1. 轉達今天下午佐藤會來。
2. 轉達今天下午松井會來。
3. 轉達今天下午藤田會來。
4. 轉達今天下午吉田會來。

28番

店の入り口で、客と店員が話しています。客はこのあと、どうしますか。

M ：あの、お客様。誠に恐れ入りますが、こちらの大きなお荷物ですが、店内へのお持込はご遠慮いただけますでしょうか…。

F ：あ、そうなんですか？

M：この時間帯、店内は大変混雑しておりまして、後ろのロッカーをご利用いただくか、こちらのレジでお預かりさせていただくことになっております。

F：じゃあ、預かってもらえます？これ、中に猫がいるんです。

M：え、そうでしたか。あの、動物のお預かりは責任を負いかねますので、お断りさせていただいているのですが。

F：そうですか、仕方ないわね。まさかロッカーに、ってわけにもいかないし…。じゃ、今回はあきらめるよりほかないわ。また今度にします。

M：事前のご案内不足で、申し訳ございません。

客はこのあと、どうしますか。

在店門口，客人和店員正在談話。請問客人接下來要怎麼做呢？

M：啊，不好意思，這個大行李請不要拿進店裡來。
F：啊，這樣子啊？
M：這個時段，店內很多人，請使用後面的儲物櫃，或是寄放在收銀台。
F：那可以幫我保管嗎？裏面是貓。
M：這樣子嗎？我們不敢負保管動物的責任。所以不好意思……。
F：是嗎。那沒辦法，總不能放到儲物櫃……。這次就放棄了。下次再來吧！
M：很抱歉是我們事前的說明不足。

請問客人接下來就做什麼事呢？

1. 將大行李放到收銀台保管。
2. 將貓放進儲物櫃。
3. 因為很擠，等下一個客人出來。
4. 放棄進入店內。

29番 030

会社で男の人と女の人が話しています。女の人はこのあとすぐ、どうしますか。

F：今度のチラシのサンプル、できたんですが、ちょっと見てくれませんか。

M：どれどれ。ああ、思っていた印象と、ずいぶん違うね。

F：え？どの辺ですか？

M：うーん、まず、字体はゴシックに統一したほうがいいんじゃないかな。それに、もっと太く。

F：あ、はい。それならパソコンですぐ修正できます。この黄色の色は、いかがですか。私はもう一段、明るいのもいいと思うんですが、これは印刷の問題なので、こちらではどうにもできないので、必要であれば後で印刷会社に電話しておきます。

M：まあ、私はそんなに気にならないけどね。まあ直す前に、もっとほかの人の意見も、できるだけたくさん聞いておくべきだよ。オフィスにまだ数人、残業で残っていたはずだし。

F　：そうですね、じゃあ、まずそうしてみます。

女の人はこのあとすぐ、どうしますか。

男人和女人正在公司談話。請問女人在這之後，馬上要做什麼事呢？

F　：下次的傳單樣本已經做好了，可以請您看一下嗎？
M　：我瞧瞧，和所預想的感覺太不相同。
F　：咦？哪裡不一樣呢？
M　：嗯，首先，字体應該要統一為哥德風字型不是比較好？而且字体應該更粗。
F　：啊，好的，用電腦馬上就可以修改。這個黃色的色調如何呢？我認為更亮一點會比較好，這是印刷的問題，在這裡是無法修改的，如果需要的話，待會兒就打電話給印刷廠。
M　：我不覺得需要在意。在修改之前可再多問問其他人的意見，最好盡量多問一些人。辦公室應該還有幾個人在加班才對。
F　：這樣子啊，那就這麼辦。

請問女人在這之後，馬上要做什麼事呢？

1. 用電腦修改廣告傳單的字體。
2. 拿樣本去辦公室給同事看。
3. 打電話去向印刷廠抱怨。
4. 幫同事加班。

30番 (031)

男の人と女の人が話しています。女の人はこのあと、どうしますか。

F　：ではお先に失礼します。

M　：あ、リンさん。このケーキ、残っているんだけど、持って帰らない？

F　：え、いいんですか？でも4つ全部は多すぎます。1つだけいただいてもいいですか。

M　：まあそう言わずに。ほら、リンさん、ルームメートと住んでいるんでしょ？一緒に食べてよ。

F　：ありがとうございます。でも、ルームメートは一人だけですけど…。

M　：二人とも今夜、明日で1つずつ食べればいいんじゃない。

F　：ではお言葉に甘えて。

女の人はこのあと、どうしますか。

男人和女人正在談話。請問女人在這之後，要做什麼事呢？

F　：那就先告辭了。
M　：啊，小林，還剩下一些蛋糕，要不要帶回去呢？
F　：啊，可以嗎？但是4個太多了，我可以只拿1個嗎？
M　：不用這麼客氣，你不是和室友一起住？可以一起吃啊。
F　：謝謝，但是我只有一個室友……。
M　：二個人今天晚上和明天各吃一個不就行了？
F　：哈哈哈，那就恭敬不如從命。

請問女人在這之後，要做什麼事呢？

1. 帶1個蛋糕回去。　3. 帶4個蛋糕回去。
2. 帶2個蛋糕回去。　4. 不帶蛋糕回去。

31番 032

男の人と女の人が、ゴミの捨て方について話しています。女の人は、今持っているゴミを、どうしなければなりませんか。

M　：ああ、カクさん。今日はゴミの日じゃないから、それ、捨てないでね。

F　：あ、大家さん、こんにちは。でも今日は火曜日だから、燃えないゴミの日ですよね。

M　：ほら、今日は祝日でしょう。だから取りに来てくれないんだよ。

F　：ああ、そうなんですか。すみませんでした。じゃあ、明日は…。

M　：月、水が燃えるゴミで、火、金が燃えないゴミ、木曜日は大型ゴミだから、それ、しあさってに出しなさいね。

F　：わかりました。そうします。

女の人は、今持っているゴミを、どうしなければなりませんか。

男人和女人正在討論有關丟垃圾的方法。請問女人現在拿著的垃圾必須要怎麼做呢？

M　：啊，郭小姐，今天不是收垃圾的日子，所以請不要丟。

F　：啊，房東先生，你好。但是今天是星期二，是收不可燃垃圾的日子吧？

M　：但是今天是休假日，不會來收的。

F　：啊，這樣子啊，不好意思。那，明天……。

M　：星期一，三是可燃垃圾，星期二，五是不可燃垃圾，星期四是大型垃圾，所以請大後天再丟。

F　：我知道了，就這麼辦。

請問女人現在拿著的垃圾必須要怎麼做呢？

1. 星期一丟。
2. 星期三丟。
3. 星期四丟。
4. 星期五丟。

32番 033

家で親子が話しています。息子がこのあと、最初にすることは何ですか。

F　：テレビばかり見ていないで、ちょっとは手伝ってよ。年末で何かと忙しいんだから。

M　：はいはい、わかったよ。よいしょっと…。あ、この野菜、マヨネーズと一緒に和えればいいの？

F　：ああ、それは晩ご飯の分だから、まだいいのよ。昼はラーメンでいいでしょ？

M　：何でもいいよ。じゃあ僕、麺を茹でようか？

F　：台所はお母さんがしておくから、ちょっとスーパーで、卵を買ってきてくれない?それで、外へ行くついでに、玄関のゴミ、出してから行ってきてね。

M　：え?買い物に行くの?

F　：で、その帰りでいいから、お母さんが毎月買ってる雑誌、もう売ってるか見てきてくれる?

M　：本屋まで行かせる気?人使い荒いなあ。

F　：雑誌はもう発売してるかどうか、見てくるだけでいいから。じゃ、お願いね。

M　：はいはい。

息子がこのあと、最初にすることは何ですか。

一對母子正在家中談話。請問兒子在這之後首先要做什麼事呢?

F　：不要老是看電視。幫我一下，年底了，很多事情要忙的。

M　：好～好～，我知道了。啊，這個蔬菜和美乃滋攪拌一下就行了?

F　：啊，那是晚餐的菜，暫時還可以不用弄。午餐吃拉麵可以吧?

M　：隨便，都可以，那我來煮麵吧!

F　：廚房的事我來做就行了，你可以去超市幫我買蛋嗎?還有出去時，順便將門口的垃圾拿出去丟。

M　：啊，去買東西嗎?

F　：回來時順便看一下，我每個月買的雜誌已經在賣了嗎?

M　：還要叫我去書店?你叫我做很多事耶。

F　：只不過叫你看一下雜誌賣了沒?拜託了。

M　：好～好～。

請問兒子在這之後首先要做什麼事呢?

1. 煮拉麵。
2. 去超市買蛋。
3. 拿垃圾出去丟。
4. 去書店。

33番 (034)

男の人と女の人が話しています。女の人は、初めに何を書きますか。

F　：なんて書けばいいのかしらね…。

M　：何?色紙に何か書くの?

F　：うん、後輩にね、「何か記念に書いてください」って、渡されたんだけど、こんなの書いたことなくって。

M　：色紙と言えば、サインだろー。こう、かっこよく、シャシャッって。

F　：ははは、芸能人じゃあるまいし。まあ、まずは、今回の応援のお礼を書いて、次は…、普通に名前を書けばいいかしら。でもこんなにスペースあるしなあ。

M　：じゃあ、何か、後輩たちを励ますような言葉を付け加えれば?えっと、四字熟語とか。

F　：何か硬いわねえ。じゃあ、お礼の後に、私の好きな言葉、とかは?

M ：いいんじゃない？で、名前と、最後に今日の日付を入れて…。

F ：なるほど。それで何とか格好がつくわね。そうするわ。

女の人は、初めに何を書きますか。

男人和女人正在談話。請問女人在這之後，首先要寫什麼呢？

F ：要寫什麼才好呢？
M ：什麼？是要在留念板上寫點什麼嗎？
F ：嗯。學弟拿給我說「請寫點什麼，做紀念」但是我沒寫過這個。
M ：留念板，是要簽名用的，那就像這樣，很帥氣的，唰唰的寫。
F ：哈哈哈，又不是藝人。首先感謝這一次為我們加油，接著……一般不是簽名就好了？但是有這麼多空間。
M ：那就再加一些勉勵學弟妹的話？像四字成語之類的。
F ：好像太嚴肅了。那謝詞的後面寫上我喜歡的詞句。
M ：可以啊，然後是寫上姓名和今天的日期……。
F ：原來如此，這樣好歹搬得上檯面，就這麼辦。

請問女人在這之後，首先要寫什麼呢？

1. 女人喜歡的詞句
2. 感謝的話
3. 四個字的成語
4. 勉勵藝人的話

34番 035

女の人がレストランの予約をしています。女の人は、今、予約をどうしますか。

F ：えっと、あさっての午後1時に4名でお願いしたいのですが。

M ：ありがとうございます。お昼のランチバイキングのご予約でよろしいでしょうか。

F ：いえ、バイキングじゃなくって、以前お伺いしたとき、確か1000円で飲み物とケーキ、それと果物が付いたセットがあったかと記憶しているんですが。

M ：あ、アフタヌーンティーセットですね。そちらは午後2時からのご提供になっておりますので、1時からですと、単品でのご注文となりますが。

F ：あ、そうだったんですね。じゃあ、1時間遅くしたほうがいいかしら…。ちょっとみんなに確認してからまた連絡させてください。

M ：かしこまりました。では…。

女の人は、今、予約をどうしますか。

女人正在向餐廳訂位。請問女人現在要如何預約呢？

F　：我想要訂位，後天下午 1 點，4 個人。
M　：謝謝您。是要訂下午的自助餐嗎？
F　：不，不是自助餐。我記得之前去時是 1000 日圓有飲料和蛋糕還有付水果的組合。
M　：啊，是下午茶組合，那是下午 2 點開始供應的。1 點開始的話，要單點。
F　：啊，這樣子嗎？那就晚一個小時是比較好囉？我和大家聯絡看看，再連絡。
M　：知道了，那麼……。

請問女人現在要如何預約呢？

1. 現在不訂位，之後再訂位。
2. 訂中午的自助餐套餐。
3. 訂 1 點的。
4. 訂 2 點的。

35番 036

男の人と女の人が話しています。男の人は、代金の支払いをどうしますか。

M　：うーん、どうしようかなあ。
F　：何？ネットで本を買うの？
M　：うん、全部で 2575 円なんだけどさ、支払い方法をどうしようかなあ、と思って。
F　：見せて。…ああ、いろいろあるわね。代金引換、クレジットカード、銀行・郵便振込み、コンビニ支払い…。普通は代金引換とクレジットカード支払いが便利なんじゃない？
M　：でも代金引換支払いは、配達のときに家にいなきゃいけないでしょ？
F　：じゃあ、近くのコンビニに届けてもらって、その時ついでにレジで代金振り込んじゃえば？
M　：ああ、その手があったね。クレジットカードは 5000 円以上ご利用の場合って書いてあるしね。
F　：コンビニに ATM もあるけど、どうせレジで受け取るんなら、その場で払えばいいのよ。
M　：そうだね。

男の人は、代金の支払いをどうしますか。

男人和女人正在談話。請問男人要如何付款呢？

M　：嗯，該怎麼辦呢？
F　：什麼？要在網路買書嗎？
M　：嗯，總共是 2575 日圓。正在想要如何付款？
F　：我看一下。……啊，有各種方式，貨到付款、刷卡、銀行、郵局匯款、超商付……。一般貨到付款和刷卡不是比較方便嗎？
M　：但是貨到付款，是貨到時（收貨人）一定要在家，不是嗎？
F　：那送到附近的超商，取貨時在超商付就可以了，不是嗎？
M　：啊，也有這個方式。而且上面也寫了要 5000 日圓以上才能刷卡。

F ：超商也有 ATM 提款機，反正要到超商取貨，當場付款就好了啊。
M ：你說得對。

請問男人要如何付款呢？

1. 貨到付款。
2. 刷卡付款。
3. 在超商付款。
4. 用銀行的 ATM 付款。

36番 037

男の人と女の人が話しています。女の人はこのあと、どうしますか。

F ：ああ、またフリーズしちゃった…。もうだめね、このパソコン。困ったなあ。

M ：コンピューターなら、吉田に見てもらえば？あいつ、すっごく詳しいし。

F ：いや、これはもう、故障だよ。一回修理に出さなきゃ。

M ：どこで修理してもらうの？

F ：駅前にデジタル家電の店が2軒あるでしょ？そこでもいいし、その先の大型ホームセンターでも確か、やってくれるはずなんだよね。

M ：駅前の店って、1軒はもうつぶれてるよね。それに、ホームセンターは今日たぶん休みだったんじゃないかな。

F ：ああ、この辺の店、木曜定休日っていうのが多いよね。

M ：だから、その店も一度電話で聞いてみたら？今日開いてるか、修理してくれるかどうか。

F ：そうね、そうしてみるわ。

女の人は、このあとどうしますか。

男人和女人正在談話。請問女人在這之後，要怎麼辦呢？

F ：啊，又當機了……已經不行了，這台電腦真傷腦筋。
M ：電腦的話，請吉田幫你看啊。那傢伙對電腦很熟。
F ：不，這是故障了。不送修是不行了。
M ：送哪裡修呢？
F ：車站前不是有二家數位家電的店，那裡也可以，或是再前面一點的大型購物中心也會幫人家修的。
M ：車站前的店，一家已經結束營業了。大型購物中心今天好像是不營業的。
F ：啊，這附近的話很多是星期四是公休的。
M ：所以說先打電話問看看那一家店今天是否營業，是否可以幫人修裡。
F ：是啊，就這樣試試看吧！

請問女人在這之後，要怎麼辦呢？

1. 請吉田修裡。
2. 請車站前的家電行看看電腦。
3. 打電話到數位家電行。
4. 問大型的購物中心。

37番 038

先生と学生が話しています。学生はこのあとすぐ、何をしますか。

F ：ジョンさん、大学受験の申し込みはどうなったの？

M ：あ、先生。はい、今準備しています。

F ：準備していますって言うけど、郵送するにも、もう期限ぎりぎりじゃない？どこまでできてるの？

M ：あの、卒業証明とかの必要書類はもうあります。あとはこれ…。

F ：申請書？まだ全部書いてないの？

M ：あ、もう書きました。

F ：でもまだ私、チェックしてないわよ。誤字脱字とか、正しい日本語かどうか、自分だけでは確認しきれないでしょ。

M ：あ、そうですね。すみません、じゃ、今すぐお持ちします。

学生はこのあとすぐ、何をしますか。

老師和學生正在談話。請問學生在這之後，馬上要做什麼事呢？

F ：約翰，大學考試的報名進行的如何了呢？

M ：啊，老師。現在還在準備當中。

F ：你說「正在準備」，郵寄的期限不是已經很急迫了嗎？準備到什麼階段了？

M ：畢業證書之類的必要文件已經都有了，只剩下……。

F ：報名表？還沒有全部寫好嗎？

M ：啊，已經寫了。

F ：但是我還沒有檢查。有錯字或漏掉的字、日文是不是正確之類的，你自己檢查不完的。

M ：啊，說的也是。對不起，我馬上去拿。

請問學生在這之後，馬上要做什麼事呢？

1. 拿申請書給老師看。
2. 將報名所需要的證明書準備齊全。
3. 到郵局寄所需的必要文件。
4. 拿報名表去大學。

38番 039

男の学生と女の学生が話しています。二人はこのあと、どうしますか。

M ：うわ、営業は11時半からだってさ。まいったなあ。

F ：ああ、お腹すいた。あっちのコーヒーショップも準備中だったし…。朝ごはん食べてこなかったから、もう我慢の限界よ。

M ：12時には先生の研究室へ行かなきゃいけないし、時間ないなあ。コンビニでパンかおにぎり買って、ここで食べる？

F　：ああ、それもいいわね。でも教室内は飲食禁止だから、外のベンチへ行くしかないわね。私、場所探しするから、食べ物の調達、お願い。

M　：わかった、何でもいいよね。

F　：うん、任せる。

二人はこのあと、どうしますか。

男學生和女學生正在談話。請問二人之後要做什麼事呢？

M：哇，11點半開始營業，真傷腦筋。
F：啊，肚子好餓。那一家咖啡店也是準備中……。沒吃早餐就來了，已經沒辦法忍耐了。
M：12點一定要去老師的研究室。已經沒有時間了。去超商買麵包或飯團，在這裡吃吧？
F：啊，這樣也可以。但是教室禁止飲食。只能在外面的長椅吃。我去找地方，請你去買食物。
M：知道了，什麼都可以吧？
F：嗯，你看著辦。

請問二人之後要做什麼事呢？

1. 男人去超商。女人去外面。
2. 男人先去研究室，女人去咖啡店用餐後再去研究室。
3. 男人去超商，女人在教室等。
4. 男人先去研究室，女人用餐後再去研究室。

39番 (040)

会社で、男の人と女の人が話しています。男の人はこのあと、何をしなければなりませんか。

F　：明日の説明会の準備、できた？

M　：あ、お疲れさまです。今、受付をどうしようかって言ってたんですが、参加者名簿と名札、それに筆記用具はこれでいいとして、他に必要なものって、何かありますか？

F　：そうね、会社のパンフレットはどうなってるの？

M　：あ、それはもう座席に一部ずつ置いておきました。

F　：これ、去年と同じものだから、必要な人だけが取るように、受付デスクに置いておくだけでいいんじゃない？

M　：あ、はい。じゃあ、そうするようにします。

F　：あれ？ここに花を飾る予定じゃなかったかしら。

M　：はい、今、買いに行かせています。

F　：そうですか。じゃ、後はよろしくね。

男の人はこのあと、何をしなければなりませんか。

男人和女人正在公司談話。請問男人在這之後，必須要做什麼事呢？

F ：明天說明會準備好了嗎？
M ：啊，辛苦了。現在正在討論簽到處要怎麼辦。參加者的名冊、名牌，還有書寫文具，這樣就可以了。其他還有什麼需要的東西嗎？
F ：公司的簡介手冊呢？
M ：啊，已經在每個座位上都放一份了。
F ：這個冊子和去年一樣的，所以放在服務台的桌上，有需要的人自己拿，不就可以了嗎？
M ：啊，好的。就這麼辦吧。
F ：咦？這裡不是預定要擺花嗎？
M ：好的，已經叫人去買了。
F ：這樣子啊。那剩下的就拜託了。

請問男人在這之後，必須要做什麼事呢？

1. 製作參加者名冊。
2. 將放在座位上的冊子收回來。
3. 將參加者的名牌放到座位上。
4. 去買要放在服務台的花。

40番 041

英会話スクールで、スタッフと男の人が話しています。男の人はこのあと、いくら払わなければなりませんか。

F ：ありがとうございます。では、中級クラスは来週水曜日、午後6時半からですので、忘れずにいらっしゃってください。それで、学費の10500円は授業開始前までにお支払いいただければけっこうですが、入会金の2000円は本日お支払いいただくことになります。
M ：あ、そうですか。あの、学費って一括払いのみですか？
F ：2回に分けてのお支払いも可能です。その場合、初回は同じく授業開始前までに5500円、2回目は学期の半分に当たります第6回クラス当日までに、5000円を納めていただきます。
M ：今日は持ち合わせが5000円しかないし、すみません、じゃあ、とりあえず入会金だけ。
F ：わかりました。

男の人はこのあと、いくら払わなければなりませんか。

在英語會話教室，職員和男人正在談話。請問男人在這之後必須要付多少錢呢？

F ：謝謝你。那中級的課下週三晚上6點半開始，請不要忘記來上課喔。10500日圓的學費上課之前付就可以了。今天請付2000日圓的入會費。
M ：啊，這樣子嗎？學費要一次付清嗎？
F ：也可以分二次付。這種情況，第一次同樣請在上課前付5500日圓。第二次請在學期上到一半，也就是第6次上課當天之前付5000日圓。
M ：今天只帶5000日圓。不好意思。那就先付入會費。
F ：我知道了。

請問男人在這之後必須要付多少錢呢？

1. 2000 日圓
2. 5000 日圓
3. 5500 日圓
4. 10500 日圓

41 番 (042)

電話で、姉と弟が話しています。弟はこのあと、何をしなければなりませんか。

M ：もしもし、姉ちゃん？今どこ？

F ：え？どこって、駅。電車に乗るところだけど。

M ：あのさあ、俺のノートパソコン、持ってただろ？

F ：ああ、これね。ごめん、ちょっと今日だけ貸して。あんたほら、もう一つ、タッチパネルのあれ、あるじゃない。

M ：そういう問題じゃなくて、USBも一緒に持ってただろ。それ、午後の授業で必要なんだけど。

F ：あー、ホントだ。つけたままにしたあんたが悪いんだから、要るんなら、会社まで取りに来なさいよ。

M ：はあ？そんな時間ねーよ。後でいいからさ、中開けたら、いちばん上に「期末レポート」っていうファイルがあるからさ、それ、俺のメルアド宛に添付して送ってくれよ。

F ：今開けて見てるんだけど…、あ、あったあった、これね。いまちょうどネットにつながっているから、今すぐ送るわ。

M ：オッケー、サンキュー。

弟はこのあと、何をしなければなりませんか。

一對姐弟正在講電話。請問弟弟在這之後必須要做什麼事呢？

M ：喂，姐嗎？你現在在哪裡？

F ：你問我在哪裡？我在車站，正要搭電車。

M ：你有拿我的筆電吧？

F ：啊，這個嗎？不好意思，今天借我一下。你不是還有一台觸控螢幕的。

M ：不是這個問題。USB 你也一起拿起走了吧？那個我下午的課要用。

F ：啊，真的。是你不好，誰叫你把它就這樣接在電腦上，如果要用的話，來我公司拿。

M ：啊～？我哪有那種美國時間，那之後也沒關係。你先打開最上面有一個寫著「期末報告」的資料夾，你寄到我的信箱給我。

F ：我現在打開看看……。啊，有了。是這個。剛好有連結網路，馬上寄給你。

M ：OK，謝了。

請問弟弟在這之後必須要做什麼事呢？

1. 去車站拿 USB。
2. 去公司拿電腦。
3. 將 mail 附上檔案寄出。
4. 確認姐姐寄來的 mail。

42番 043

男の人と女の人が話しています。女の人はこのあと、何をしますか。

F：遅いわね…。10時12分の急行だって、知ってる？

M：昨日、山崎にもう一度伝えておいたんだけど…。寝坊したのかな、ケータイにも出ないし…。

F：もうホームに入っちゃってる、とか？

M：その可能性もあるね。僕、改札入って、ちょっと見てくるよ。もしかしたらあわてて来るかもしれないからさ、由美ちゃんはこのままここで待っててよ。

F：でも私も切符売り場のあたりを見てこようかな。ね、もう一回さ、電話もしてみてよ。

M：うん、わかった。

女の人はこのあと、何をしますか。

男人和女人正在談話。請問女人在這之後，要做什麼事呢？

F：好慢哦，（他）知道是10點12分的快車嗎？

M：昨天有再次告訴山崎了……。是不是睡過頭了？手機也沒接。

F：是不是已經先進月台了呢？

M：也有這個可能。我先進月台去看一下。或許他會匆匆的趕來，由美，你先在這裡等一下。

F：我也到賣票的附近再看看吧！你再打一次電話看看吧。

M：嗯，知道了。

請問女人在這之後，要做什麼事呢？

1. 再打一次電話給山崎。
2. 去月台找山崎。
3. 留下山崎，先進去月台。
4. 去看看山崎有沒有在售票處。

43番 044

女の人と男の人が話しています。男の人はいつ電話をかけるつもりですか。

F：鈴木さん、昨日お願いした事務所の本棚、いつ届くの？

M：あっ、すみません。昨日はすごく忙しくて、店に注文するのをすっかり忘れていました。今すぐ電話します。

F：でも、もう7時半よ。

M：ちょっと待ってください。えーっと、そうですね…。営業時間は、平日の9時から6時までですね。

F：しかも今日は金曜だし…。まあ、できるだけ早くお願いね。

M：わかりました。店が開いたらすぐに電話します。

男の人はいつ電話をかけるつもりですか。

男女兩人正在交談。男人打算何時打電話？

F ：鈴木，昨天拜託你的辦公室的書架，什麼時候會送來？
M ：啊，不好意思。昨天忙得不可開交，完全忘記要跟店家訂了。我現在馬上打電話。
F ：可是已經 7 點半了喔。
M ：請妳等一下。唔……。店家平日的營業時間是九點到六點。
F ：而且今天是星期五……。嗯，麻煩你儘快跟店家訂購。
M ：我知道了。他們一開店我就馬上打電話。

男人打算何時打電話？

1. 現在馬上打。
2. 今天晚上打。
3. 明天早上打。
4. 星期一早上打。

44 番 045

男の人と女の人が電話で話しています。女の人は面接の約束を何時に変更しましたか。

M ：株式会社なかやでございます。
F ：明日面接の約束をした山田と申しますが、時間なんですが、1 時間遅らせていただけないでしょうか。
M ：お約束の時間は？
F ：1 時です。
M ：変更は可能ですが、そのお時間になりますと少しお待たせするかもしれませんが。
F ：それでも、構いません。
M ：30 分ぐらいずれることもあるかと思いますが、よろしいですか？
F ：はい、大丈夫です。申し訳ありませんが、よろしくお願いいたします。
M ：はい、それでは、明日お待ちしています。

女の人は面接の約束を何時に変更しましたか。

男女兩人正在講電話。女人將面試時間改到幾點？

M ：這裡是中谷股份有限公司。
F ：我是約明天面試的山田。請問面試時間可以延後一個小時嗎？
M ：您的面試時間是？
F ：1 點。
M ：可以改時間，但如果您改約的那個時間的話，可能要請您稍等一下。
F ：沒關係。
M ：我想前後可能會差個 30 分鐘，可以嗎？
F ：好的，沒關係。非常抱歉，麻煩您了。
M ：好的，那就等待您明天的到來。

女人將面試時間改到幾點？

1. 1 點
2. 1 點半
3. 2 點
4. 2 點半

45番 046

コンサートの準備をしています。男の人はこれからどんな順番で何をすればいいですか。

M：入場が始まったら、入場券集めるのを手伝いましょうか。

F：ええ、お願いします。あっ、でもそれよりパンフレットを配る人が足りないから、そちらお願いします。

M：はい、分かりました。

F：コンサートが始まってからも遅れてくる人がいるから、30分ぐらい入り口に立っていて入場券を受け取ってください。

M：はい。

F：それから、えーと…。

M：コンサートが終わったら、椅子を戻すんですよね。

F：いや、それはいいです。あっ、そう、そう。休憩が後すぐコップを洗ってください。

M：はい。

男の人はこれからどんな順番で何をすればいいですか。

以下為籌備演唱會時的對話。男人接下來要依何種順序做什麼？

男：開始入場之後，我來幫忙收入場券吧！
女：好，那就麻煩你了。啊，不過因為發節目表的人手不足，所以想請你幫忙發。
男：好，我知道了。
女：演唱會開始之後還是會有遲到的人，所以請你在入口處站個大約 30 分鐘，並且幫忙收入場券。
男：好。
女：然後，還有……。
男：演唱會結束之後把椅子歸位，對吧？
女：不用，那個沒關係。啊，對了。稍微休息一下之後，請你馬上把杯子拿去洗。
男：好。

男人接下來要依何種順序做什麼？

1. 在入口收入場券，發節目表後把椅子歸位。
2. 在入口收入場券，發節目表後洗杯子。
3. 發節目表，在入口收入場券然後洗杯子。
4. 發節目表，在入口收入場券然後把椅子歸位。

46番 047

男の人がこれから始まるアルバイトのことについて話しています。初めてこの会社でアルバイトをする人は、何をしますか。

M：皆さん、おはようございます。えー、今日の予定ですが、この書類に必要なことをまず書いていただきます。そのあと、隣の部屋に行ってください。そして作業の時に着る服が用意してあるので、自分に合うのを借りて着替えてください。あ、それで、初めての方はですね、隣の部屋へ行く前に、簡単に仕事について説明しますので、ここでこのままお待ちください。

初めてこの会社でアルバイトをする人は、何をしますか。

男人正在說明最近要開始的打工工作。第一次在這間公司打工的人要做些什麼？

M：大家早安。關於今天預計要完成的工作，首先請大家將這份資料所需的相關事項填寫好，然後再到隔壁的房間。大家工作時需要的工作服已經準備好了，請借一件合身的換上。對了，第一次來上班的人，到隔壁房間之前，請在這裡稍待片刻，我要簡單說明一下關於工作的事情。

第一次在這間公司打工的人要做些什麼？

1. 填寫好所需的相關事項前，先聽工作的說明。
2. 聽工作的說明之前先到隔壁房間。
3. 聽工作的說明之後換衣服。
4. 換好衣服後，到隔壁房間。

47番 048

女の人と男の人が電話で話しています。女の人はどうすることにしますか。

F：もしもし、片山です。

M：あの、永田ですが…。

F：えっ、永田君？ああ、久しぶり。

M：本当に、大ニュースがあるんだ。合唱サークルで一緒だった久光さん、今度プロの歌手としてデビューするんだって。

F：へえ。

M：それで、その初めてのコンサートに皆で行こうって言ってるんだけど。

F：いつ？

M：来週の日曜。

F：あー、その日はあいにく…。お花かなんか贈ろうかな。

M：うん。僕らも贈るつもりなんだけど、一緒にしようか。

F：そうしてもらえるとありがたいわ。1人いくら？

M：お金は後で請求するよ。

F：分かった。私もとりあえずカードだけ贈っておくから、よろしく。

女の人はどうすることにしましたか。

男女兩人正在講電話。女人決定做什麼？

F：喂，我是片山。
M：嗯……。我是永田。
F：咦？永田？哇！好久不見。
M：真的好久不見。我有一個大新聞喔。以前一起參加合唱團的久光，聽說這次要以一名專業歌手出道。
F：哦？
M：大家說要一起去參加他首次的演唱會。
F：什麼時候？
M：下星期日。
F：啊，那一天我剛好不行……。送個花之類的如何？

M：嗯，我們也打算送，要不要一起合送？
F：如果能一起合送那就太好了。一個人要多少錢？
M：錢之後再算。
F：我知道了。我會先送張卡片給他。花的事就拜託你們了。

女人決定做什麼？

1. 和大家一起去祝賀朋友的演唱會。
2. 和大家一起送花。
3. 自己訂花，然後送到演唱會會場。
4. 寫賀卡，然後請男人轉交。

48番 049

女の人2人が話しています。2人はこのあとどうしますと言っていますか。

F1：あ、また前の日からゴミ出してる人がいる。
F2：本当。ゴミは当日の朝出すことになってるのに。
F1：これじゃ、また猫や鳥がちらかしちゃう。
F2：はあ、今度管理人さんに言ってみようかしら。
F1：それより、注意を紙に書いて張っておくのはどう？
F2：そうね。それで、やめてくれるといいけど。
F1：本当は、見たら直接注意するほうがいいんだろうけど…。
F2：でも、いつ来るか分からないし…。
F1：本当に困るわね。まったく。

2人はこのあとどうしますか。

兩個女人正在談話。兩人說之後要怎麼辦？

F1：又有人從前一天開始就把垃圾拿出來了。
F2：就是啊。明明規定垃圾當天早上才可以拿出來。
F1：這樣又會被貓和鳥弄得亂七八糟。
F2：要不要下次跟管理員講講看。
F1：不如貼一張告示如何？
F2：好啊。如果對方可以因此不再這樣做就好了。
F1：其實，如果看到的話直接提醒他應該會比較好。
F2：可是，我們也不知道對方什麼時候來……。
F1：很令人傷腦筋。真是的。

兩人說之後要怎麼辦？

1. 捕捉貓和鳥。
2. 跟管理員講。
3. 張貼告示。
4. 直接提醒在前一天丟垃圾的人。

49番 050

授業の後、学生と先生が話しています。学生は何曜日に先生に会いますか。

F：あっ、先生、質問があるんですが、後で先生の部屋に伺ってもよろしいですか。
M：今日は午後会議があるからちょっと無理だな。水曜日はいつも午後あるんだよ。
F：そうですか。いつならよろしいでしょうか。

M ：明日も一日中会議だけど。昼休みなら少し時間あるよ。

F ：できれば、ゆっくり分からないところをお聞きしたいのですが…。

M ：うーん。じゃあ、金曜日の午後はどう？

F ：すいません。金曜はアルバイトがあるんです。では、やっぱり明日の昼休みにお願いしてもよろしいですか。なるべく質問を少なくしますので。

M ：ああ、いいよ。じゃ、待ってるから。

F ：はい。ありがとうございます。よろしくお願いします。

学生は何曜日に先生に会いますか。

下課後，學生和老師正在講話。學生星期幾要去見老師？

F ：啊，老師。我有問題，等一下可以到老師的研究室去找您嗎？
M ：今天下午要開會，所以可能不行。每個星期三下午都要開會。
F ：這樣啊……那老師什麼時候方便呢？
M ：唔……明天一整天都要開會，不過午休時間的話還有一點時間。
F ：可以的話，我想慢慢地請教老師我不了解的地方……。
M ：唔……那，星期五下午如何？
F ：真抱歉，我星期五有打工……那還是明天午休時間可以嗎？我會盡量把疑問減到最少。
M ：可以啊。那我就等你過來。
F ：好的，謝謝老師。麻煩您了。

學生星期幾要去見老師？

1. 星期二。
2. 星期三。
3. 星期四。
4. 星期五。

50番 051

お父さんとお母さんが荷物の持ち方について話しています。お母さんは荷物をいくつ持ちますか。

F ：荷物は全部で10個ね。誰がどれを持っていくことにする？

M ：かばんは、よしおとみち子が二つずつ持てるよな。

F ：お父さん、お父さんがこの大きいのを背負って、そのほかに、この細いの、三つ持てるでしょう。

M ：うん、大丈夫だよ。そうするとお母さんは…。

お母さんは荷物をいくつ持ちますか。

爸爸和媽媽正在討論行李的拿法。媽媽要拿幾件行李？

F ：行李總共10個。要不要大家分配一下？
M ：吉雄和道子各拿兩個包包。
F ：爸爸背這個大背包，然後拿3個細長的行李。
M ：好，沒問題。這樣的話，媽媽拿……。

媽媽要拿幾件行李？

1. 1個
2. 2個
3. 3個
4. 4個

51番 052

お父さんとお母さんがバス料金のお知らせを見て、話しています。この人たちは子供の料金をどのように払いますか？

M ：さあ、バスに乗るぞ。

F ：ちょっと、お父さん、バス料金の改定だって。

M ：へえ。「子供の料金は、大人一人につき、子供一人が無料となります。二人目のお子さんからは、子供料金をお支払い願います。」って書いてある。改定前は、大人が一人いれば、子供は何人でも無料だったのにね。

F ：そう、じゃ、子供二人つれて乗っても、一人しか無料にならないのね。今日はお父さんと私とそれから子供たち3人だから…

この人たちは子供の料金をどのように払いますか？

爸爸和媽媽看了公車車資的公告並且正在討論。他們打算怎麼付小孩的公車錢？

M ：要搭公車囉。

F ：等一下，爸爸。公車的車資好像改了。

M ：哦。上面寫著「兒童票是一個大人陪同，就一個小孩子免費。第二個小孩以上，請付兒童票。」修改公車車資之前，只要有一個大人，不管有幾個小孩都是免費的。

F ：對啊！那就算帶兩個小孩搭公車也只有一個人免費。今天有爸爸、我、還有三個小孩，所以……。

他們打算怎麼付小孩的公車錢？

1. 付一個小孩子的錢。
2. 付兩個小孩子的錢。
3. 付三個小孩子的錢。
4. 不付小孩子的錢。

52番 053

新しいスーパーの店長と店員が話しています。明日どの順番で準備をしますか。

店長 ：明日は朝7時に商品が届くことになっているから、とりあえず箱を開けて、商品をチェックして、棚に並べてくれ。

店員 ：棚に並べる前に一度掃除を済ませておいたほうがいいんじゃないですか。棚板が汚れていると商品も汚れますから。

店長 ：んー、それもそうだな。それから、釣り銭の準備も忘れるな。

店員 ：そうですね。掃除をしている間に銀行が開く時間になるでしょうから、掃除作業を済ませたなら、とりあえずレジのチェックをして、商品の運び込みはそのあとにしましょうか。

店長：うん、開店間際にバタバタするのもなんだし、金のことは俺が立ち会ったほうがいいだろうから、先に陳列のほうを頼むよ。

店員：分かりました。それで、10時開店ですね。

店長：おう、明日は忙しいぞ。

明日どの順番で準備をしますか。

新開張的超市店長和店員正在談話。明天準備的順序為何？

店長：明天早上七點貨會送達。所以你先把箱子打開，檢查商品，然後上架。

店員：在商品上架之前先把架子擦乾淨，會不會比較好？架上的板子不乾淨的話，商品也會弄髒。

店長：唔……說的也是。那接下來不要忘記準備零錢。

店員：好的。在打掃的時候銀行應該就會開門了，所以如果那時打掃完的話，要不要先檢查一下收銀機，之後再將商品搬進來？

店長：嗯……開店前匆匆忙忙的也不太好，錢的事情我去處理就好，就先拜託你把東西上架。

店員：我知道了。十點開店對吧！

店長：噢，明天可忙的呢！

明天準備的順序為何？

1. 打掃之後上架商品，然後檢查收銀機。
2. 上架商品之後打掃，然後檢查收銀機。
3. 打掃之後準備零錢，然後上架商品。
4. 上架商品之後準備零錢，然後打掃。

53番 054

女の人と男の人が電話で話しています。女の人はこれから何をしなければなりませんか。

F：ありがとうございます。森田トラベル、佐藤です。

M：もしもし、私、東京航空の鈴木と申しますが、田中課長いらっしゃいますでしょうか。

F：お世話になっております。あいにく田中は出張中で、あさって戻りますが…。

M：そうですか。できれば早めに連絡を取りたいんですが…。

F：それでは、今日中に田中からそちらへ連絡を入れさせます。

M：そうしていただけると助かります。今日はオフィスにおりますので。

F：かしこまりました。今日中には必ずご連絡いたします。

M：よろしくお願いいたします。

女の人はこれから何をしなければなりませんか。

男女兩人正在講電話。女人現在必須做什麼？

F ：非常感謝。我是森田旅遊的佐藤。
M ：喂，我是東京航空的鈴木，田中課長在嗎？
F ：平常承蒙您的照顧。很不巧田中現在出差，後天才會回來。
M ：這樣子啊。可以的話我想盡快跟他取得聯繫……。
F ：那我今天就請田中跟您聯絡。
M ：這樣真是幫了我一個大忙。我今天會在辦公室。
F ：我知道了，今天一定會跟您連絡。
M ：麻煩您了。

女人現在必須做什麼？

1. 聯絡課長。
2. 等課長回來。
3. 查課長聯絡方式並告知鈴木。
4. 課長回來之後將留言轉告課長。

スクリプト．㈡ 要點理解

在問題２中，請先聽問題。之後再看試題紙中的選項。有閱讀的時間。接著請聆聽談話，從試題紙的１～４的答案中選出最適當的答案。

1番 056

男の人と女の人が電話で話しています。女の人は、どうして5時に待ち合わせができないと言っていますか。

F ：あ、もしもし？ごめん、悪いんだけど、今日、先に行っておいてくれないかな？
M ：え、何？遅れそうなの？まだ約束の5時の、30分も前だけど。
F ：いや、バスに乗れば10分ぐらいで着くんだけどさ、まだ私、家にいてね、出たくても出られないのよ。
M ：お客さんでも来てるの？
F ：今日エアコンの修理をね、3時にしてもらうようにお願いしてたんだけど、修理の人、今さっき来たばかりなの。道が混んでたとかで…。
M ：ああ、そう。じゃ、何時までかかるか、わからないよね。

F　：それで私、タクシーで直接会場まで行くから。

M　：あ、わかった。じゃあ、他のメンバーと電車で先に向かっておくね。

F　：うん、そうして。

女の人は、どうして5時に待ち合わせができないと言っていますか。

男人和女人正在講電話，請問女人為什麼說她無法5點去碰面呢？

F　：啊　，喂？對不起，不好意思 今天你可不可以先去？

M　：咦？為什麼呢？離約定的時間5點還有30分鐘啊。

F　：不是啦，搭公車的話只要10分鐘就到了。但是我還在家裡，現在無法出門。

M　：家裡有客人來了嗎？

F　：今天要修理冷氣。原本是拜託他們3點來的，但是修理的人剛剛才來，說是路上塞車……。

M　：啊，這樣子啊。那就不知道會到幾點了？

F　：所以我想搭計程車直接去會場。

M　：啊，知道了，那我和其他成員搭電車先去吧。

F　：嗯，請這麼辦。

請問女人為什麼說她無法5點去碰面呢？

1. 因為路上塞車，公車誤點了。
2. 因為公車只有5點10分發車的。
3. 因為修冷氣的人好像會遲到，快來了。
4. 因為在修理冷氣，所以無法出門。

2番 057

男の人と女の人が、喫茶店で話しています。男の人が、ランチセットを注文しない理由は、何ですか。

M　：えっと、ぼくはハムサンド、単品で。それと別に飲み物は…。

F　：ねえ、じゃあ、ランチセットにすれば？200円プラスで飲み物とデザートがついてくるって、書いてあるよ。

M　：セットはね、ぼく前に注文したことあるんだけどさ。

F　：何、デザートがいまいちだったとか？あ、わかった。セットの飲み物はコーヒーか紅茶だけなのが嫌なんでしょ？

M　：コーヒーでも紅茶でも、それはどちらでもいいんだけど、同じ200円出すんなら、単品のコーヒーのほうが量が多いんだ。デザートはあってもなくても、ぼくはかまわないんだけど。

F　：そうなんだ。私なんかはどっちかっていうとデザート目当てでしょ。ほら、ここのショートケーキ、けっこうおいしいから。

M ：デザートがショートケーキだとは限らないみたいだよ。

F ：まあ、甘いものなら何でもいいのよ、私。

男の人が、ランチセットを注文しない理由は、何ですか。

男人和女人正在咖啡店聊天。請問男人沒有點套餐的理由是什麼呢？

M ：嗯～，我要單點三明治。還有另外要點的飲料是……。

F ：咦，你要不要點午間套餐？上面寫加 200 日圓就有附飲料和甜點了。

M ：套餐嗎？之前我點過。

F ：怎麼？甜點差強人意？我知道了，或是套餐的飲料只有咖啡或紅茶，你不喜歡？

M ：咖啡和紅茶不管哪一個都可以。同樣是付 200 日圓，單點的咖啡的量比較多。有無甜點我是無所謂。

F ：是這樣啊，我是看在甜點的份上。這裡的草莓蛋糕還蠻好吃的。

M ：甜點並不一定是附草莓蛋糕的啊。

F ：只要是甜的我是什麼都好的。

請問男人沒有點套餐的理由是什麼呢？

1. 因為午間套餐沒有附飲料。
2. 因為午間套餐的飲料的量太少了。
3. 因為午間套餐的飲料只有二種。
4. 因為午間套餐的甜點不一定是蛋糕。

3番 058

男の人と女の人が話しています。女の人があまり食べていないのは、どうしてですか。

M ：はぁ、ごちそうさまでした。あれ、リサさん、全然食が進んでないけど、どうしたの？もうお腹いっぱい？

F ：これ…持って帰ろうかな。

M ：お口に合わなかった？あ、わかった。誰かに食べさせてあげたいんでしょ？日本の幕の内弁当って、見た目きれいだからね。

F ：ううん、私、家で電子レンジで温めてから食べるんだ。

M ：ああ、なるほど、そういうこと。温かくして食べたいんだ。ふーん、あれ？でもリサさん、この前お寿司食べてたじゃない？あれも温かくないよ。

F ：刺身や握りは大丈夫なんだよね。そのまま食べられる。

M ：えー、何、それ矛盾してない？

F ：本当だね。お寿司は例外かな？

女の人があまり食べていないのは、どうしてですか。

男人和女人正在談話。請問女人為什麼不太吃呢？

M ：啊，吃飽了，咦，麗莎你都沒在吃，怎麼啦？已經飽了嗎？

F ：這個，我帶回去好了。

M ：不合你的口味嗎？我知道了，要帶回去給誰吃吧？日本的幕內便當，看起來就很漂亮。

F ：不是啦，我帶回去用微波爐熱了再吃。

M ：啊，原來如此，是這樣子啊。想要加熱了再吃，嗯，咦，但是麗莎，之前的壽司你不是吃了嗎？那個也不熱啊。
F ：生魚片或是握壽司不要緊。我敢直接吃。
M ：咦，什麼嘛！這樣不是很矛盾嗎？
F ：哈哈哈，真的耶 。壽司是例外。

請問女人為什麼不太吃呢？

1. 肚子已經飽了。
2. 沒有胃口吃冷的食物。
3. 想要給家人吃。
4. 比起便當更想吃壽司。

4番 059

男の人と女の人が、仕事について話しています。男の人は、今の仕事の何が嫌だと言っていますか。

F ：転職したいらしいって聞いたんだけど、本当？

M ：うん…まあ、そろそろかなって。

F ：そうかぁ、まあ朝早くて辛そうだったし、そんな生活を2年以上も続けていたらね。

M ：早起きに関しては、もう慣れちゃったからいいんだけどね。その分少しでも早く終わらせてくれればいいのになぁって、ずっと思ってて。

F ：結局みんなと一緒に残業までしていたら、毎日12時間以上会社にいる、ってことだもんね。

M ：何ていうか、残業手当をもらえばいいって話じゃないんだよな。

F ：いくら好きな仕事とはいえ、友達と会って気分転換もできない毎日は、ちょっとね。

M ：同僚もいいやつばかりなんだけど、仕事以外の人ともたまには会って、飲みながら話したりしたいなあ。

男の人は、今の仕事の何が嫌だと言っていますか。

男人和女人正在聊有關工作的事情。請問男人說不喜歡現在的工作的哪一點？

F ：聽說你想換工作，真的嗎？
M ：嗯……，我在想差不多該換了。
F ：是嗎？早上早起很辛苦，而且那樣的生活也持續了2年了，對吧？
M ：關於早起已經習慣了，是還好啦。如果能因這樣就讓我早點結束工作的話就好了啊，我一直都這麼想。
F ：結果還要和大家一起加班，每天在公司就待12小時以上了。
M ：怎麼說呢 ？也就是說這不是有領加班費就好了。
F ：雖說是喜歡的工作，但是每天無法和朋友見面轉換一下心情，是有點……。
M ：同事都不錯，但是有時候也想和工作之外的人喝一下邊聊天。

請問男人說不喜歡現在的工作的哪一點？

1. 一天的工作時間太長了。
2. 早上必須要早起。
3. 加班也沒有加班費。
4. 和同事處得不好。

5番 060

男の学生と女の学生が話しています。女の人は、青木先生の何がいいと言っていますか。

F ：今学期の授業、何とるか、もう決めた？

M ：だいたい決まったんだけど、月曜日の午後、日本文学にするか歴史学にするかで、ちょっと迷ってる。

F ：歴史学って、青木先生でしょ？これ、ぜったいとったほうがいいと思う。

M ：どうして？このクラス、とったことあるの？

F ：歴史学じゃなくて、資料研究っていうクラスで青木先生に教わったことがあるんだけど、楽でよかったぁ。

M ：期末テストがない、とか？

F ：まさか、もちろんあるわよ。内容はけっこう難しかったけど、毎回の授業中の態度を重視して成績をつけられるのよ。宿題や提出物さえしっかりやっとけば、多少テストの点数が悪くても、いい点数もらえるのよ。

M ：うーん、それ、楽って言うのかな？

女の人は、青木先生の何がいいと言っていますか。

男學生和女學生正在談話。請問女人說青木老師的哪一點好呢？

F ：你已經決定這學期的課要選什麼了嗎？
M ：剛剛決定好了。正在猶豫週一下午要選日本文學或是歷史學呢。
F ：歷史學是青木老師吧？我覺得這一門一定是要選的。
M ：為什麼呢？你有選過這一門課嗎？
F ：不是歷史學，是資料研究的課讓青木老師教過。很輕鬆。
M ：好像是沒有期末考？
F ：哪可能，當然是有啊。內容還蠻難。不過老師重視的是每次上課的態度，會打成績的。作業或報告有確實交的話，即使考試考得不好，也會得到好的分數。
M ：嗯～，這個可以說是輕鬆嗎？

請問女人說青木老師的哪一點好呢？

1. 因為歷史課很愉快。
2. 比起其他老師，報告交的比較少。
3. 不用做作業，考試也會給好的分數。
4. 即使考試的成績差，也可以用其他的來彌補。

6番 061

男の人と女の人が、ファーストフード店で話しています。男の人は、どうしてこの店に来ましたか。

F　：あれ、ケンタ？いたの？
M　：珍しいでしょ、ははは。いつもぼく、ハンバーガーってあまり食べないもんね。
F　：急に食べたくなったの？
M　：…ていうより、あまり時間がないから、ササッと昼食、済ませようと思ってね。
F　：そうなんだ。そう言えばケンタっていつもは交差点の角にあるファミレスによく行ってるよね。あそこ、おいしい？
M　：あそこのファミリーレストラン？うん、悪くないけど、いつも人が多いからさ、座れても料理出てくるまで、ちょっと時間かかるんだ。それにさ、あさってから改装工事らしくって、1ヶ月くらい休業するみたい。
F　：へえ、じゃあ、しばらく行けないね。

男の人は、どうしてこの店に来ましたか。

男人和女人正在速食店談話，請問男人為什麼來這家店呢？

F　：咦？健太，你在這裡啊。
M　：很稀奇吧！哈哈哈，我平常是不吃漢堡的。
F　：突然想吃了嗎？
M　：該怎麼說呢？是沒有時間，想要快速的把午餐解決啦。
F　：這樣啊。你平常都是在十字路口轉角的那家家庭式餐廳吃。那一家好吃嗎？
M　：那一家餐廳嗎？嗯，還不錯，但是總是人很多，即使有位置坐，到餐點送上來為止要花很多時間。而且從後天開始要整修，有1個月是休息的。
F　：那有一陣子不能去了。

請問男人為什麼來這家店呢？

1. 因為突然想吃漢堡。
2. 想找一家可以快點吃的店。
3. 家庭餐廳的菜，味道不好。
4. 因為家庭餐廳當時停業。

7番 062

店で、男の人と女の人が話しています。女の人が、今日この店に来た理由は何ですか。

M　：お客様、本日は腕時計をお探しでいらっしゃいますか？
F　：いえ、あの…、壁に掛けるタイプのなんですけど。
M　：掛け時計でございましたら、あちらに展示してございますので、ご案内いたします。私どものお店は、初めてでいらっしゃいますか？
F　：ええっと、以前こちらの時計を友人からいただきまして…。

M ：さようでございましたか、ありがとうございます。今回は贈り物でしょうか、それともご自宅用で？

F ：いえ、その時の時計がちょっと調子悪くなったみたいなので、その、こちらで見ていただくことはできますでしょうか？

M ：あ、そういうことでございますね。はい、承っておりますが。

F ：それで、修理代ってだいたいいくらぐらいなんでしょうか？

M ：故障の箇所にもよりますので、まずはこちらまでお持ちいただければと。

F ：そうですか。では近いうちに持参します。

女の人が、今日この店に来た理由は何ですか。

在店裡，男人和女人正在談話。請問女人今天到這家店的理由是什麼呢？

M ：您好，今天您是要找手錶嗎？
F ：不是，是掛在牆壁上的那一種。
M ：掛鐘的話，在那邊展示。我來帶路。我們店您是第一次來嗎？
F ：這個……，以前朋友曾送我你們的時鐘。
M ：這樣子啊。謝謝您。今天是要送禮用的？還是自家裡要用的？
F ：那不是，之前那個時鐘好像有點怪怪的。可以請你們看一下嗎？
M ：啊，是這樣子啊，有的，我們有在修理。
F ：修理費大約多少錢呢？
M ：因為要看壞的地方而定，請你您拿來這裡。
F ：這樣子啊，那我最近幾天就拿來。

請問女人今天到這家的理由是什麼呢？

1. 在找送禮的時鐘。
2. 在找家裡用的掛鐘。
3. 為了要修理手錶。
4. 為了要確認時鐘的修理。

8番 063

会社で、男性と女性が話しています。男性はどうして元気がないのですか。

F ：おめでとう！今度のプロジェクトチームの一員に大抜擢されたんだって？すごいじゃない。…あれ？元気ないね、体調悪いの？今悪い風邪が流行ってるみたいだけど。

M ：いえ、ちょっとプレッシャー感じちゃって…。ぼくなんかに勤まるんでしょうか、こんな大役…。

F ：なぁに言ってるのよ。別にあなた一人でやれって言われてるんじゃないんだから。

M ：まあ、そうなんですけど。やっぱりこれからは、いろんなアイデアとか、自分から積極的に提案していかなきゃいけないと思うと、今日から寝られそうにありませんよ。

F　：まあ、張り切ってるじゃない。その緊張感ももちつつ、楽しんでやってみれば？いろいろ試せる、いい機会じゃない。

M　：はあ、そうですね…。

男性はどうして元気がないのですか。

男人和女人正在公司談話。男人為什麼沒精神呢？

F　：恭喜！聽說你被選為這一次的企劃案的一員，真是大大的被拔擢了。很厲害啊。……咦，怎麼沒有精神呢？身体不舒服嗎？現在好像有嚴重的感冒在流行。
M　：不是，是感到有點壓力。……我真能擔任這麼重要的角色嗎？
F　：你在說什麼啊，又不是叫你一個人做。
M　：話雖是這麼說，但是一想到從現在開始我必須積極的提出各種的點子，從今天開始就無法好好睡覺了。
F　：你繃得很緊嘛！保持著這樣的緊張感，開心地試著做看看。這是可以做各種嘗試的好機會不是嗎？
M　：啊，妳說得對。

男性為什麼沒精神呢？

1. 因為感冒身體不舒服。
2. 因為提出的點子不太好。
3. 因為很緊張。
4. 因為被排除在小組成員之外了。

9番

男の人と女の人が話しています。女の人は、どうして猫が飼えない、と言っていますか。

F　：ねえ、誰か猫、もらってくれる人知らないかな。

M　：どうしたの？君んちの猫に子猫でも産まれたの？

F　：そうじゃなくて、うちの猫をもらってほしいのよ。

M　：え？先月、飼いはじめたばかりなのに？

F　：そうなのよ。だからさ、えさとかトイレシートとかも半年分揃えたんだけどね、それと一緒にお譲りしようと思っているの。うちのマンション、ペット禁止って知らなくて…。

M　：ええっ、ちゃんと確かめずに連れてきちゃったの？

F　：はぁ、大家さんにちょっと聞いてからにすればよかったんだけど、私ってせっかちね。

女の人は、どうして猫が飼えない、と言っていますか。

男人和女人正在談話。請問女人說為什麼不能養貓呢？

F　：你知不知道有沒有人可以幫我養貓呢？

M ：怎麼啦？你家的貓生小貓了嗎？
F ：不是這樣啦，是希望有人領養我家的貓。
M ：咦？不是上個月才養的嗎？
F ：是啊，所以飼料和廁所墊都有半年份。這些也會一起給。我不知道我住的公寓不能養寵物。
M ：咦～，你沒有先確認就帶去啊？
F ：是啊，早知道先問房東就好了，我就是太急性子了。

請女人說為什麼不能養貓呢？

1. 因為女人快要生小孩了。
2. 因為貓的飼料很花錢。
3. 因為女人住的公寓不能養貓。
4. 因為公寓的房東希望讓給他養。

10番 065

男(おとこ)の人(ひと)と女(おんな)の人(ひと)が話(はな)しています。男(おとこ)の人(ひと)が、明日旅行(あしたりょこう)へ行(い)かない理由(りゆう)は何(なん)ですか。

F ：あれ？明日(あした)からスキー旅行(りょこう)だって言(い)ってたよね？こんな時間(じかん)にここでゆっくりしてて、だいじょうぶなの？
M ：ああ、あれね、キャンセルになった。
F ：そうなんだ、残念(ざんねん)だね。
M ：うん、催行人数不足(さいこうにんずうぶそく)なんだってさ。
F ：サイコウ？それ、どういう意味(いみ)？
M ：あれ、バス旅行(りょこう)だったんだけどさ、最低(さいてい)30人参加者(にんさんかしゃ)が集(あつ)まらないと、ツアー自体(じたい)が中止(ちゅうし)になっちゃうんだよ。
F ：ああ、30人(にん)に満(み)たなかったってことね。
M ：うん、それで来週(らいしゅう)のツアーなら決行(けっこう)ですから、って旅行会社(りょこうがいしゃ)の人(ひと)に教(おし)えてもらったんだけど、今週(こんしゅう)だから行(い)こうと思(おも)ったわけだし…。
F ：来週(らいしゅう)からはテストの準備(じゅんび)しなきゃいけないもんね。

男(おとこ)の人(ひと)が、明日旅行(あしたりょこう)へ行(い)かない理由(りゆう)は何(なん)ですか。

男人和女人正在談話。請問男人說明天不能去旅行的理由是什麼呢？

F ：咦？不是說明天開始要去滑雪嗎？會什麼還在這裡悠哉的晃呢？不要緊嗎？
M ：啊，那個啊，已經取消了。
F ：這樣子嗎？真是遺憾。
M ：嗯，聽說是因為參加的最低人數不足。
F ：最低人數，那是什麼意思呢？
M ：因為是搭遊覽車，如果最底限的參加人數不到30位的話，團會自動的取消。
F ：啊，意思就是說人數不到30位了哦。
M ：嗯，旅行社的人告訴我如果是下星期的團，就可以成行了。但是，就是因為是這禮拜我才想去的。
F ：因為下星期開始要準備考試了，對吧？

請問男人說明天不能去旅行的理由是什麼呢？

1. 因為參加滑雪團的人數不足。
2. 因為參加滑雪團的人數到目前為止是最高的。
3. 因為要參加下星期的滑雪團。
4. 因為明天要考試。

11番

学校で、先生と学生が話しています。学生は、どうして遅刻してしまったと言っていますか。

F　：遅れてすみませんでした。

M　：あ、来たね。チョウさん、雪は初めて？朝起きて、びっくりしたでしょう？

F　：私は去年も日本の冬を経験しましたが、今日はこんなにも降っていて…。

M　：大雪になっちゃったね。電車、遅れてたみたいだから、まだ全員そろってないんだよ。

F　：あ、私はいつも自転車なんですけど、さすがに今日は歩いて来ました。途中で何度も滑りそうになって、ゆっくりとしか進めませんでした。

M　：転んでけがでもしたら大変だからね。

F　：時間に余裕をもって家を出たつもりだったんですが、すみませんでした。

学生は、どうして遅刻してしまったと言っていますか。

在學校，老師和學生正在談話。請問學生說為什麼遲到了呢？

F　：對不起，我遲到了。

M　：啊，你來了啊。趙同學。第一次看到下雪嗎？早上起來嚇了一跳吧？

F　：雖然去年我已經體驗過日本的冬天，但是今天下這麼大……。

M　：是下大雪了。電車好像誤點了。同學還沒有全部到齊呢！

F　：我平常都是騎腳踏車的，（這種天氣）今天是走路來的。半路上好幾次都快要滑倒了。所以只能慢慢的走。

M　：滑倒受傷了就不得了啦！

F　：我已經是提早出門了，不好意思！

請問學生說為什麼遲到了呢？

1. 因為電車誤點了。
2. 因為在路上滑倒受傷了。
3. 因為下雪寸步難行。
4. 因為太晚出門了。

12番

学校で、男の学生と女の学生が話しています。男の学生が、帰国しないいちばんの理由は何ですか。

F　：トムさん、卒業後も帰国しないって聞いたんだけど、そうなの？

M　：うん、そのつもり。

F　：へえ、日本に住むのが好きなの？

M　：もともと日本は大好きだよ。3月に卒業した後、ビザの関係でちょっと香港に行くつもりだけど、すぐ日本に戻ってくるし、7月の能力試験もこっちで受験する予定。

F　：そうなんだ。アメリカの両親もそれでいいよって、言ってくれてるの？

M　：うん、けっこう自由にさせてくれててね。それより今、二人とも仕事の関係で中国に住んでいるから、帰ったとしても誰もいないんだよ。実家も人に貸しているみたいだし。

F　：ああそう。それじゃあ、帰っても、ちょっと不便ね。

男の学生が、帰国しないいちばんの理由は何ですか。

男學生和女學生正在學校談話。請問男學生不回國的最大理由是什麼呢？

F　：湯姆。聽說你畢業之後不想回國，是這樣嗎？
M　：嗯，我有這樣的打算。
F　：咦，喜歡住在日本嗎？
M　：本來就很喜歡日本。3月畢業後因為簽證的緣故，會去香港，但是馬上就又會回日本了。7月的能力檢定打算在這裡考。
F　：這樣子啊。美國的雙親也說好嗎？
M　：嗯，他們給我蠻大的自由空間的。而且他們二個因為工作的緣故，現在住在中國。即使回去家裏也沒有人。老家好像也出租了。
F　：啊，這樣子啊，那回去也不太方便哦。

請問男學生不回國的最大理由是什麼呢？

1. 因為美國現在已沒有家可以回去了。
2. 因為打算去香港。
3. 因為要在中國幫忙父母親的工作。
4. 因為想在日本考試。

13番 068

母と息子がパンについて話しています。息子は、何が違うと言っていますか。

F　：もう、わがままな子ね。買ってきてって言うから、せっかく買ってきたのに、「食べたくない」だなんて。

M　：だって、これ、違うもん。

F　：違わないわよ、クリームパンでしょ。ほら、丸い形も同じじゃないの。

M　：袋を見たら、すぐわかるもん。りんりん堂のパンじゃない。

F　：今日は駅前のほうへは行ってないのよ。そんな時間もなかったし。ほら、食べてごらんなさいよ、おいしいから。味もそっくり。

M　：でも違うもん。

F　：はぁ、やれやれ。

息子は、何が違うと言っていますか。

母親和兒子正在聊有關麵包的事。請問兒子說什麼地方不一樣呢？

F　：真是任性的小孩。你叫我買，我特地去買了，卻說不吃。
M　：因為不一樣啊。

F ：沒有不一樣啊。不是奶油麵包嗎？你看，也是圓型的啊。
M ：一看袋子就知道了，不是林林堂的麵包。
F ：今天沒有去車站那邊。因為沒有時間。你吃看看，很好吃，味道是一模一樣的。
M ：但是就不一樣嘛！
F ：啊，真是的。

請問兒子說什麼地方不一樣呢？

1. 車站不一樣。
2. 形狀不一樣。
3. 買的時間不一樣。
4. 店不一樣。

14番 069

男の人と女の人が、ある飲み物について話しています。女の人は、この飲み物がお年寄りに人気がある理由は何だ、と言っていますか。

M ：鈴木君、君が企画した商品、大ヒットしてるらしいじゃないか、おめでとう。

F ：あ、部長。おかげさまで、ありがとうございます。10代の若者に人気があるようなんですが、実は70代以上のお年寄りの方もよく飲んでくださっているみたいで、うれしい限りです。

M ：へぇ、10代と70代に。珍しい現象だなぁ。若者には新しく、お年寄りには懐かしく感じるってことかな。

F ：ええ、昔ながらの味だってことで、喜んでいただいています。

M ：おもしろい反応だね。じゃあ、この次はパッケージデザインも復刻版にして、レトロ調にしてみるか。

F ：ああ、それもいいですね。

女の人は、この飲み物がお年寄りに人気がある理由は何だと言っていますか。

男人和女人正在聊有關某種飲料。請問女人說這個飲料受老人家喜愛的理由是什麼呢？

M ：鈴木，你所企劃的商品好像大受歡迎。恭喜你。
F ：啊，經理，託您的福。謝謝您。好像很受10幾歲的年輕人歡迎，但是70幾歲的老人家好像也有很多人在喝。真是太高興了。
M ：咦，10多歲和70多歲。很罕見的現象。這對年輕人而言是新鮮，對老人家而言是懷念的意思嗎？
F ：是啊，說是很有古早味，很開心地在喝。
M ：很有趣的反應。那趁著這機會，接下來包裝的設計也用復刻版，用古早味的調調。
F ：啊，這個也不錯耶。

請問女人說這個飲料受老人家喜愛的理由是什麼呢？

1. 因為是古早味調調的包裝。
2. 因為是很罕見的包裝。
3. 因為是懷念的口味。
4. 因為是新的口味。

15番 070

ある夫婦が家で話しています。夫はどうして会社へ行こうとしているのですか。

M：ちょっと今から会社へいってくるよ。

F：今から？熱もまだ下がってないって言うのに、何をおっしゃってるんですか。

M：部下に今週中に片付けなきゃならない仕事の指示だけしたら、すぐ戻るから。

F：そんなの、電話やメールで済むじゃない。しかももうこんな時間、誰もオフィスに残ってないでしょう？

M：うん、でもやっぱり気になってさ、落ち着いて寝てられないよ。

F：あなた、自分で残業しに行くつもりなんでしょ。

M：…ああ、うん、まあね…。

F：もう、仕方がないわね。あなたは無理しないほうがいいんだから、私が運転して行ってあげるわよ。

M：ああ、助かるよ、悪いね。

夫はどうして会社へ行こうとしているのですか。

某夫妻正在家中談話。請問先生為什麼打算去公司呢？

M：我現在去公司一下就回來。
F：現在嗎？明明還沒有退燒，你在說什麼呢？
M：去指示部下做這星期非完成不可的工作。馬上就回來。
F：這種事用電話或 mail 不就可以了？而且這個時間都沒有人在公司吧！
M：啊，但是我很擔心，沒辦法安心的睡覺。
F：你打算自己去加班吧？
M：啊，嗯！
F：真是拿你沒辦法。你不要太勉強了，我開車送你去吧！
M：啊，真是太好了，不好意思。

請問先生為什麼打算去公司呢？

1. 因為要教部下工作。
2. 因為自己想把工作做完。
3. 因為在意電話或 mail。
4. 因為太太順便要去醫院。

16番 071

男の人と女の人が話しています。男の人が今日アルバイトを休みたい理由は、何ですか。

M：一生のお願いがあるんだけどさぁ、今日のバイト、よかったら変わってくれないかな？

F：え？ああ、いいけど、何？どうしたの。

M：あー、助かる！ありがとう。どうしてもジャネットに会いたいんだ。

F：ジャネットって、あのアメリカの人気歌手？そういえばすごくファンだって言ってたわね。コンサートか何か？

M ：コンサートはあさって。今日来日するらしくて、午後5時に空港に着くって情報が回ってきたんだ。

F ：ああ、それで歓迎しに行くってわけね。こう、ポスターとかうちわなんかをもって？

M ：そう。初めての来日公演だから、ファンで盛り上げてあげなくちゃ。

F ：そういうことならしょうがないわね。じゃ、焼き肉、今度ごちそうしてね。

男の人が今日アルバイトを休みたい理由は、何ですか。

男人和女人正在談話，請問男人今天打工想要請假的理由為何呢？

M ：這是我一輩子一次的要求。如果可以的話，今天的打工可以和你換嗎？

F ：咦？啊，可以啊，怎麼啦？為什麼呢？

M ：啊，太好了。謝謝。我無論如何都要見珍娜。

F ：珍娜？是那個美國的偶像歌手？好像聽你說過是她的超級歌迷，是演唱會之類的嗎？

M ：演唱會是後天。聽說今天要來日本，有消息說今天下午5點抵達機場。

F ：啊，所以是要去歡迎她。像這樣拿著海報或扇子之類的？

M ：是啊。第一次來日本公演。歌迷一定要幫她炒熱場子的。

F ：如果是這樣的話，那就沒有辦法。那下次要請我吃烤肉哦！

請問男人今天打工想要請假的理由為何呢？

1. 要和珍娜約見面。
2. 因為有珍娜的演唱會。
3. 要去機場送珍娜。
4. 要去機場見珍娜。

17番 072

店で親子が話しています。母親は、なぜ息子にケーキを買うな、と言っていますか。

M ：えっと、これと、これと…。

F ：ねぇ、ちょっと、パンはいいけど、ケーキは今日、買わないわよ。明日からおばあちゃんのうち、行くんだから。

M ：えー、でもこれ、食べたことないし…。

F ：ケーキはね、「24時間以内にお食べください」って書いてあるでしょ。おばあちゃんのうちから帰ってくるのはあさっての日曜日よ。

M ：あとですぐ食べるから。

F ：今日はだめ。もうさっきチョコレートなんかのお菓子いっぱい食べたでしょ。

M ：じゃあ、パンは買っていいの？

F ：パンは5日間くらい保存がきくし、明日持って行ってもいいしね。

M ：ふーん、わかった。

母親は、なぜ息子にケーキを買うな、と言っていますか。

一對母子在店裡談話。請問媽媽為什麼對兒子說不准買蛋糕呢？

M ：啊，這個……，和這個……。
F ：等一下，麵包沒關係，但是今天不要買蛋糕哦。明天起就要去奶奶家了。
M ：啊～！但是我沒有吃過這個。
F ：不是寫著「蛋糕請在 24 小時之內吃」嗎？後天星期天才要從奶奶家回來。
M ：等一下就馬上吃了。
F ：今天不行。剛才不是吃了一大堆巧克力之類的點心嗎？
M ：那，可以買麵包嗎？
F ：麵包可以保存 5 天。也可以明天帶去。
M ：嗯～，我知道了。

請問媽媽為什麼對兒子說不准買蛋糕呢？

1. 因為剛剛吃過蛋糕。
2. 因為蛋糕不能保存。
3. 因為從現在開始 24 小時之內要吃蛋糕。
4. 因為奶奶不吃蛋糕。

18番 073

男の人と女の人が、語学学習について話しています。女の人は、どうして英語を勉強したいと言っていますか。

F ：うちの会社の近くにさ、新しい語学スクールできたの、知ってる？私、夜の英語のクラスに入ってみようかしら？

M ：あ、聞いた聞いた。交差点渡って、すぐのところだろ？近くて便利だよね。

F ：そう、田中君も一緒に通わない？二人同時に申し込むと、学費が少し安くなるみたいよ。

M ：ぼくも興味あるんだけどさ、それって、同じクラスに登録した場合でしょ？ぼく、どっちかっていうと韓国語が習いたいんだよね。全然勉強したことないし、英語は今のところ、何とかなってるし。

F ：確かに、私もせっかくだったら他の外国語もって考えたんだけどさ、何とかなる程度じゃだめなのよ。もっとこう、使いこなせるようにならなきゃと思って。

M ：ああ、わかるな、その気持ち。

女の人は、どうして英語を勉強したいと言っていますか。

男人和女人正在討論學語言。請問女人為什麼想學英文呢？

F ：我們公司的附近新開了一家語文補習班。你知道嗎？我想晚上去上英文課。
M ：啊，聽說了，聽說了。過了十字路口馬上就到了的那裡？很近很方便啊。
F ：是啊，田中你要不要也一起去上呢？二個人一起報名的話，學費好像會便宜一點。

M ：我是也有興趣，但是那是要同時上同一個班級，不是嗎？我是對韓文比較有興趣。韓文我完全沒有學過，而且英文的話，現在勉強還可以。

F ：的確，我也在想要學的話就學其他的語文，但是我認為勉強可以的程度是不行的。必須是要學到更能夠應用自如才可以的。

M ：啊，這種心情我了解。

請問女人為什麼想學英文呢？

1. 因為想要比現在更厲害。
2. 因為完全不會說。
3. 因為英文之外的就用不到。
4. 因為英文班的學費比較便宜。

19番 074

旅行客の男性と女性が話しています。男性はどうして、この店で何も買わないのですか。

F ：あら、何も買ってないの？もうお土産を買う機会は、ここが最後だよ。

M ：うん、オレはいいよ。

F ：もう十分買ったの？

M ：まだちょっと足りなさそうだけど、最後空港で見てみるよ。

F ：空港で買うと、ここのより値段が高めだよ。

M ：うん、でもどれもあまり魅力がない気がする。これって言う物がなかなかないんだよね。

F ：そう？私はけっこう買えたけど。あと一万円くらいお小遣い残ってるから、何か他にないかしらね？

M ：ぼくもまだまだ残ってるけど、別に無理して全部使い切ることはないんじゃない？

F ：まあ、そうなんだけど、買い物って楽しいから、ついね。

男性はどうして、この店で何も買わないのですか。

男性旅客和女性正在談話。請問男人為何在這家店什麼都不買呢？

F ：咦，什麼都沒買啊？這是買伴手禮最後的機會哦！

M ：嗯，我就不用。

F ：已經買很多了嗎？

M ：好像還有點不夠，最後到機場看看。

F ：在機場買會比這裡貴一些哦！

M ：嗯，但是覺得好像都不太吸引人。好像沒有讓我有興趣買的東西。

F ：是嗎？我買的蠻多的啊，還剩下一萬日圓的零用錢，不知道還有什麼可以買的呢？

M ：我也還有剩下錢，不用勉強全部都用完吧？

F ：雖說是如此，但是買東西很快樂，忍不住就……。

請問男人為何在這家店什麼都不買呢？

1. 因為伴手禮已經買足夠了。
2. 因為沒有想買的東西。
3. 因為價格比機場貴。
4. 因為錢不夠。

20番 075

男の人と女の人が、ある映画について話しています。女の人は、どうしてその映画を見に行かない、と言っていますか。

M ：今日みんなで「おいしい家族」っていうコメディ映画、見に行こうって言ってるんだけど、留美ちゃんもどう？

F ：「おいしい家族」？ああ、それ知ってる。ちょっと予告編を見たことがあるわ。

M ：あ、そう？今すっごいヒットしているみたいだけど、おもしろそうだよね。

F ：うん、ちょっと見ただけだけど、思わず笑っちゃう場面もあったし、ストーリーもいいらしいけど、主演の男優が納得できないのよねぇ。

M ：え？演技がってこと？

F ：ううん、専門的なことじゃなくって、昔から彼の魅力が、私にはわからない。

M ：そう？すごく彼、人気あるのに。

F ：だから私、今日は止めておく。でも誘ってくれてありがとう。

M ：そっか。まあ、数か月したらDVDでも発売されるかもしれないしね。

F ：うーん、でも私は見ないかな、この映画。

女の人は、どうしてその映画を見に行かない、と言っていますか。

男人和女人正在談到某一部電影。請問女人說為什麼不去看這一部電影呢？

M ：今天大家說要一起去看「美味家人」這部喜劇，留美也要一起去嗎？

F ：「美味家人」？啊，我知道，曾經看過預告片。

M ：啊，是嗎？現在好像非常的受歡迎，好像很有趣。

F ：嗯，只看了一點，但是有讓人忍不住笑出來的場景。故事情節也不錯。但是男主角讓人不欣賞。

M ：喔？是指演技嗎？

F ：不是，不是那種專門的方面。是從以前我就不了解那演員的魅力。

M ：是嗎？但是他非常的受歡迎哦。

F ：所以我今天就不去了，但是謝謝你邀請我。

M ：這樣子嗎？不過過幾個月可能也會發行DVD了。

F ：嗯～，但是我可能不會看這部電影。

請問女人說為什麼不去看那一部電影呢？

1. 因為不喜歡喜劇電影。
2. 因為不喜歡男主角。
3. 因為已經看過那部電影了。
4. 因為可以看 DVD。

21番 076

男の人と女の人が話しています。女の人が会社を辞める理由は、何だと言っていますか。

M：内田さん、さっき同僚から聞いたんだけど、今月末で会社、退職するんだって？

F：あ、はい。今まで先輩には社会人のイロハからいろいろ教えていただき、本当にありがとうございました。

M：で、これからは？あ、もしかして転職先、もう決まっているとか？それとも結婚退職？

F：いえ、まさか。いまどき結婚を機に仕事を辞める人なんて、少数ですよ。しばらくゆっくり休んで、自分のやりたいことを見つけるつもりです。

M：やりたいことって？

F：うーん、それがいまいち、自分でもまだよくわからないんですよね。

M：顧客が喜んでくれる広告を作ったり、デザインを考えたりする今の仕事、けっこう君にあってるんじゃないかなって思ってたんだけどね。

F：はい、もちろん今のお仕事は楽しくて、いい勉強になったのは確かなんです。でも…。

M：なるほど、まあ、自分探しってわけね。

女の人が会社を辞める理由は、何だと言っていますか。

男人和女人正在談話。請問女人說辭職的理由是什麼呢？

M：內田，剛才聽同事說，你到這個月底就要離職了？

F：啊，是的。非常感謝前輩從以前到現在，從頭開始教我各種當社會人的訣竅，謝謝您。

M：那以後呢？該不是已經決定好新的工作了？或是為了結婚才辭職的？

F：不，哪可能！現在很少人為了結婚而辭掉工作的了。我想休息一陣子後找自己想做的工作。

M：想做的工作？

F：嗯，這個嘛，我自己現在也不知道。

M：現在這個工作，製作客人喜歡的廣告，或是想一些設計，我覺得還蠻適合你的啊。

F：是的，當然現在的工作的確很愉快，也學了很多。但是……。

M：原來如此，啊，也就是說要尋找自我囉！

請問女人說辭職的理由是什麼呢？

1. 和同事處得不好。
2. 要換到其他公司。
3. 想做其他適合自己的工作。
4. 想要找可以學設計的學校。

22番 (077)

会社で、男性と女性が話しています。男性は来月、どうしてアメリカへ行くのですか？

F　：あ、高橋さん、この、来月の休暇願ですけど、ハンコ、押しときましたよ。

M　：あ、ありがとうございます。すみません、お忙しいときに休みをいただいてしまいまして。ちょっと娘が今、アメリカに留学しているものですから。

F　：ああ、アメリカへ行くって書いてあったのは、そのことなんですね。あれ、でも確か娘さんって、まだ小学4年生でしたよね。さぞご心配でしょう。

M　：いえ、夏休みの短期留学ですし、向こうでけっこう楽しくやっているみたいです。来週私が行って、週末には一緒に帰国することになっているんですよ。

F　：あら、それならせっかくですし、もっとゆっくりしていらしたら？娘さんもお父さんと一緒に観光したりしたいでしょうし。

M　：いえいえ、もう3週間もいたので、さんざんやってるでしょう。妻は娘が出国するときに連れて行ったので、今回は私の役なんですよ。

F　：まあ、それじゃあ、迎えに行くだけなんですか。

M　：ええ、そういうことですね。

男性は来月、どうしてアメリカへ行くのですか？

男人和女人正在公司談話。請問男人下個月為什麼要去美國呢？

F　：啊，高橋，下個月的休假申請書，已經蓋好章了。

M　：啊，謝謝您。不好意思，在這種忙碌的時期還請休假。因為女兒現在正在美國留學。

F　：啊，上面寫說要去美國，就是為了這個啊？咦，你女兒好像還是小學4年級，難怪你會擔心。

M　：不，是暑假的短期留學，在那裡好像還玩得蠻開心的。下星期我去了之後，週末就要一起回來。

F　：難得去了嘛！就好好的玩一下啊。你女兒也一定想和爸爸一起去觀光的吧。

M　：不，不。已經去三個星期了，一定到處都去過了。她出國是我太太帶去的，所以這一次就輪到我了。

F　：啊，所以就是接她回來了。

M　：對啊，就是如此。

請問男人下個月為什麼要去美國呢？

1. 因為下星期要回美國。
2. 因為要和女兒短期留學。
3. 因為要去機場送女兒。
4. 因為要把女兒從美國帶回來。

23番 078

店員と客が話しています。客はどうして5分待たなければなりませんか。

F ：いらっしゃいませ、ご注文はいかがなさいますか?

M ：ええっと、サンドイッチとホットコーヒーをお願いします。

F ：かしこまりました。コーヒーですが、ただいま新しいのをお作りしておりますので、5分少々お時間をいただくことになりますが、よろしいでしょうか?

M ：あ、はい、かまいません。

F ：あとサンドイッチですが、こちらすぐご用意できますが、コーヒーと一緒にお持ちしたほうがよろしいでしょうか?

M ：そうですね、そうしてください。

F ：かしこまりました。では先にお会計をさせていただきます。

M ：あ、ここは先にお金を払うんですね。

F ：はい、恐れ入ります。

客はどうして5分待たなければなりませんか。

店員和客人正在談話，請問客人為什麼一定要等5分鐘呢？

F ：歡迎光臨。請問要點餐嗎？
M ：啊，我要點三明治和熱咖啡。
F ：知道了。咖啡現在正煮新的，需要等5分鐘，請問可以嗎？
M ：啊，沒關係。
F ：三明治是馬上就可以做好，但是和咖啡一起送可以嗎？
M ：這樣子啊，好吧！
F ：知道了。不好意思請您先付款。
M ：啊，你們這裡是先付的啊？
F ：是的，不好意思。

請問客人為什麼一定要等5分鐘呢？

1. 因為煮咖啡需要花時間。
2. 因為做三明治需要花時間。
3. 因為要等朋友來。
4. 因為還沒有付錢。

24番 079

天気予報で女の人が、明日の天気について話しています。どうして明日は寒くなる、と言っていますか。

F ：それでは明日のお天気です。明日は久しぶりに太陽が顔を出す、いいお天気に恵まれるでしょう。しかし気温は思ったよりも上がらないようです。通常この季節、海からくる北風の影響で山間部以外は比較的寒さが和らぎます。これは陸地より海面の温度のほうが1～2度高いおかげで、温かく湿った空気が内陸に入ってくるからです。しかし今年は例年より早く、シベリア沿岸からくる流氷がこの付近にまで到着することから、海の温暖な空気がこちらへ流れてこなくなる、というわけなのです。明日はぜひ、防寒対策を十分なさってお出かけください。

どうして明日は寒くなる、と言っていますか。

女人在氣象預報中談明天的天氣。請問為什麼明天會變冷呢？

F ：接下來是明天的天氣。明天好久不見的太陽會露臉，是個晴朗的好天氣。但是氣溫並沒有如預期的上升。一般，這個季節受到從海上吹來的北風的影響，除了山區之外應該比較不冷。這是因為海面上的溫度要比陸地的溫度高上１～２度，暖和且潮濕的空氣吹到內陸的緣故。但是今年從西伯利亞沿岸漂來的流冰比往年還要早漂到這附近來。因此海面上的溫暖的空氣沒有吹到這裡的緣故。請大家外出時一定要做好防寒的準備。

請問為什麼明天會變冷呢？

1. 因為太陽不出來。
2. 因為從海上吹來了北風。
3. 因為流冰靠近沿岸了。
4. 因為防寒對策不足夠。

25番 080

店のレジで、店員と客が話しています。客は、どうして合計金額が間違っていると思ったのですか。

M ：ありがとうございます。お会計は全部で 5600 円になります。

F ：あれ？今日は商品半額って聞いたんですが…。

M ：あ、はい、こちらのシャツ２枚は半額にさせていただいていますが、こちらのスカートはセール除外品となっておりまして。

F ：え？そんなの書いてあったかしら？

M ：説明不足で申し訳ありません。こちらの値札に赤いしるしのある物のみが半額対象商品となっておりまして、この場合、こちらのシャツのみの割引となっております。

F ：そうですか。

M ：しかし今週に限り、合計 5000 円以上お買い上げの場合、200 円割引させていただいているのですが、こちらは全商品が対象となっております。お客様の場合、合計 5800 円でございますので、200

円引きさせていただき、こちらのお支払金額ということになります。

F　：なるほど、それならスカートも少しは安く買えたってことになるわね。

客は、どうして合計金額が間違っていると思ったのですか。

在店裡收銀台，店員和客人正在談話。請問客人為什麼認為總計的金額不對呢？

M ：謝謝您。總共是 5600 日圓。
F ：咦？我聽說今天商品是半價。
M ：啊，是的。這二件襯衫是半價。但是這件裙子不是折扣的商品。
F ：咦？這個有寫嗎？
M ：不好意思，是我們說明不足。這裡的標籤有紅色記號的才是半價商品。因此只有襯衫才有折扣。
F ：是這樣啊。
M ：但是限本週，合計買 5000 日圓以上的話，就折價 200 日圓。這是所有的商品都可以的。這位客人您的情況是合計 5800 日圓，因此扣除 200 日圓，就是這個要支付的金額了。
F ：原來如此。如果是這樣的話裙子等於買便宜了一點。

請問客人為什麼認為總計的金額不對呢？

1. 襯衫不是折扣的商品。
2. 不知道有無折扣的商品。
3. 店員忘記扣除 200 日圓。
4. 因為裙子有紅色的標籤。

26番 081

ファーストフード店で、客と店員が話しています。客はどうして店員に説明を求めたのですか。

F　：えっと、チーズバーガーのセットひとつ。飲み物はホットコーヒーで。

M　：かしこまりました。ポテトはいかがいたしますか？

F　：えっ？

M　：フライドポテトもご一緒に、いかがでしょうか。こちらの朝食セットにプラス50円で、フライドポテトひとつお付けすることができるんですが。

F　：ああ、最初からついているわけじゃないんですね。

M　：はい、セットの内容は、お好きなハンバーガーとお飲物を各一つお選びいただけるものになっております。

F　：それじゃあ、プラス50円払いますので、お願いします。

M　：ありがとうございます。

客はどうして店員に説明を求めたのですか。

在速食店，店員和客人正在談話。請問客人為什麼要求店員做說明呢？

F ：一份起士漢堡套餐。飲料是熱咖啡。
M ：知道了。要不要來份炸薯條呢？
F ：咦？
M ：要不要也來份炸薯條呢？這個早餐的套餐加 50 日圓的話就有附炸薯條。
F ：所以不是一開始就有附了？
M ：是的。套餐的內容是從所喜歡的漢堡和飲料各選一種。
F ：那我多付 50 日圓，麻煩你了。
M ：謝謝您。

請問客人為什麼要求店員做說明呢？

1. 因為認為早餐的套餐有附炸薯條。
2. 因為認為早餐的套餐没有附炸薯條。
3. 因為不知道早餐的套餐有起司漢堡。
4. 因為早餐套餐只有附熱咖啡或是炸薯條其中的一種而已。

27 番 082

相撲の力士が、テレビのインタビューで答えています。力士は、現役引退を決意した理由は何だと言っていますか。

F ：このたび、今場所限りで現役引退を表明されました、嵐山関にお話をおうかがいいたします。嵐山関、惜しむ声が多い中での引退発表でしたけど…。
M ：はい、ファンの皆様の温かい声援の中、ここまで相撲を取れたことに、まず感謝しています。
F ：現役生活 12 年ということで、「まだ早い」「もう少しいけるのでは」との期待があったのですが、体力的な面を心配する声もありました。
M ：まあ、それについてはね、年と共に落ちてくるのは当たり前のことですから。そこをカバーして、稽古でいかに力に変えるか、それがプロですから。
F ：けがもありました。
M ：まあ、ここ 1 ～ 2 年、膝があまり良くなかったのは事実ですが、そういった体力を補う気力が落ちてきたのは、自分でも辛かったです。
F ：それで、決意を？
M ：そうですね。プロの気迫が見せられないのでは土俵には立てないと思いました。
F ：そうですか。

力士は、現役引退を決意した理由は何だと言っていますか。

相撲選手正在回答電視的採訪。請問選手說決定現在就要引退的理由是什麼呢？

F ：我們來請發表了這場比賽結束後就要引退了的嵐山關談話。嵐山關您在眾多的婉惜聲中發表了引退……。
M ：是的。首先要感謝粉絲的溫馨聲援，讓我能從事相撲的比賽。
F ：12 年的相撲生涯，有很多「還早嘛」「還可以再繼續一陣子啊」的期待。但是也有人擔心你的體力。
M ：啊，關於這一點，隨著年齡的增長會衰退是理所當然的。但是要彌補這一點，專業的人知道要如何在練習中將它轉變成自己的力量。

F ：您也受了傷。

M ：這 1 ～ 2 年膝蓋不太好是事實。像這樣已沒有氣力去彌補体力，自己也覺得很不好受。

F ：所以才下定決心？

M ：是啊，如果無法表現出專業的氣迫是無法站到土俵上的。

F ：這樣子啊。

請問選手說決定現在就要引退的理由是什麼呢？

1. 因為很多粉絲都期望他引退。
2. 因為上了年紀無法練習了。
3. 因為無法用氣力去彌補受傷。
4. 因為受傷無法站到土俵上。

28番 083

道路交通情報センターが、道路状況をお伝えしています。国道8号線は、どうして混んでいると言っていますか？

M ：道路情報をお伝えします。今朝6時、高山交差点でありましたトラック同士の接触事故により、国道21号線の一部が通行止めになっておりますのでご注意ください。また、その影響で国道8号線へ迂回する車両の増加により、本町付近で約5キロの渋滞が発生しております。また、先日からの雨で地盤が緩んだ可能性があるとのことから、土砂災害を防ぐための補強工事が、今夜から県道16号線で行われることになっており、片側一車線通行なる予定だということです。以上、道路交通センターからお伝えしました。

国道8号線は、どうして混んでいると言っていますか？

道路交通中心正在播報道路狀況。請問國道 8 號為什麼會塞車呢？

M ：現在播報路況。今天早上 6 點在高山十字路口卡車的對撞事故造成了國道 21 號有一部份是封鎖的，請多加注意。受到這個的影響繞道到國道 8 號的車輛增多，所以在本町附近有大約 5 公里的塞車。還有前幾天的下雨可能造成土質的鬆軟，為了預防土石滑落的補強工程從今天晚上在縣道 16 號進行。預定是只有一線道通車。以上是由路況中心所做的報導。

請問國道 8 號為什麼會塞車呢？

1. 因為今天早上國道 8 號有發生事故。
2. 因為走國道 12 號的車輛改走 8 號線了。
3. 因為在做道路補強的工程。
4. 因為道路只有一線車道可以通行。

29番 084

男の人と女の人が、あるパン屋について話しています。女の人が、その店でよくパンを買ういちばんの理由は何ですか。

M：あ、その袋、パン？今日もあの店？よく行くね、遠いのに。

F：へへへ、だって、好きなんだもん。

M：そんなにおいしいの、そこ？

F：うん、まあそうね。でも最近はね、他のいろんな店がこの店の味を真似してきているから、特別ってわけじゃなくなったけど。

M：もとは、フランスで有名な店が、日本で出した支店なんだろ？値段見る限り、ちょっと高めだよな。

F：ま、多少高いけど、1回行くと次回の割引券がもらえるので、私はそれを使ってる。

M：それはさぁ、次回もまた来てくださいって意味だけで、そんなに安くなるわけじゃないでしょ？もともとの値段が値段だし。

F：いいのよ、ちょっとぐらい。この袋持って歩くだけで気分がよくなるし。

M：ははーん、つまりは見栄だね。私は高いパンを買ってきましたよ、みたいな、ははは。

F：何、その言い方！別にいいじゃない、それでも。

女の人が、その店でよくパンを買ういちばんの理由は何ですか。

男人和女人正在討論某一家麵包店。請問女人常在那家店買麵包的最大理由是什麼呢？

M：啊，那個袋子，麵包嗎？今天又去那家店？你還真常去，明明那麼遠。

F：嘿嘿嘿，因為喜歡啊。

M：那裡，那麼好吃嗎？

F：嗯，是啊。雖然最近有很多其他的店模仿這家店的口味，所以變的已經不是那麼特別了。

M：該原本是在法國很有名的店在日本開的分店，光看價格就好像很高檔。

F：是有點貴，但是去一次就可以拿下一次的折價券，我都用那個。

M：這是叫你下次再來的意思囉，但是也不會變得多便宜吧！原本價格就不便宜啊。

F：嘿嘿，沒關係，稍微貴一點。拿著這個袋子走在路上心情就會變好。

M：哈？也就是說是虛榮！好像是在說我買了貴的麵包了。哈哈。

F：什麼嘛，這樣說！即使是這樣有什麼關係。

請問女人常在那家店買麵包的最大理由是什麼呢？

1. 因為比法國的麵包好吃。
2. 因為是只有法國才賣的麵包。
3. 因為有折價券，所以可以買得很便宜。
4. 因為是虛榮地想告訴人家自己的品味很高級。

30番 085

電話で、男の人と女の人が話しています。女の人は、どうして会員カードを取り消したいと言っていますか。

F：もしもし、あの、私、そちらの会員カードを持っているんですが、期限途中でカードをキャンセルする場合、年会費を返してもらえる、と聞いたんですが…。

M：あ、はい。半年以上期限が残っている方は、年会費のすべてを返金させていただいております。

F：そうですか。そちらのカード、あまり使う機会がないので、ちょっと退会を考えておりますもので…。

M：そうですか。でもこちらのカード、ご本人様以外に、ご家族の方でもご利用いただくことができるようになっておりますが。

F：あ、私、一人暮らしなんです。

M：そうでございましたか、失礼いたしました。返金に際しましては、再度こちらの店舗で、カードの取り消しと退会手続きにご記入いただく必要がありまして…。

F：あ、電話だけじゃだめなんですか？

M：はい、お手数でまことに申し訳ございませんが…。

F：そうですか、わかりました。

女の人は、どうして会員カードを取り消したいと言っていますか。

男人和女人正在講電話。請問女人為什麼想取消會員卡呢？

F：喂，我有你們那裡的會員卡，我聽說在期限內想要取消卡的話，可以退會費……。
M：啊，是的，如果還有半年以上的期限的話，就會退還全部的會費。
F：這樣子啊，因為你們的卡不太有機會用到，所以我在想退會……。
M：這樣子啊，但是我們的卡除了本人之外您的家人也可以使用。
F：啊，我是一個人住。
M：是這樣子嗎？失禮了。要退費時必須請您要再來本店填寫取消會員卡及退會的手續資料。
F：啊，用電話不可以嗎？
M：是的，不好意思要麻煩您。
F：這樣啊，我知道了。

請問女人為什麼想取消會員卡呢？

1. 因為不想再付一次年費。
2. 因為會員卡的期限已經過了。
3. 因為不太常用這家店。
4. 因為家人也有同樣的會員卡。

31番 086

男の人と女の人が話しています。男の人が旅行へ行きたくない理由は、何ですか。

F ：ねえねえ、夏休みにさ、リカコが長野の実家に遊びにおいでって言ってくれてるんだけどさ、みんなで一緒に行かない?

M ：旅行かぁ、うーん…。

F ：藤田君も行くって言ってるよ。今のところ…6人集まってる。リカコんちに泊めてもらえるし、レンタカー借りて、全員で割り勘すれば、電車で行くよりかなり安上がりになるはずよ。

M ：そうだけど、ぼく、今回はやめておく。バイク買いたくてさ、今貯金、がんばってるんだ。

F ：えー、行こうよ。そんなにかからないよ。

M ：でもぼくさ、旅先で何か珍しいものとか、おいしそうなもの見つけちゃうと、すぐ買っちゃうからさぁ。

F ：じゃあ、欲しくても我慢すればいいんじゃない?

M ：それができないから言ってるんだよ。

F ：ええー、せっかくの機会なのに、残念だな。

男の人が旅行へ行きたくない理由は、何ですか。

男人和女人正在談話。請問男人不想去旅行的理由是什麼呢？

F ：里加子邀我們暑假去她長野的老家玩。要不要大家一起去呢？

M ：旅行嗎？嗯……。

F ：藤田說他也要去。現在招到6個人了。可以住里加子的家，租車去大家平攤費用，應該比搭電車去便宜才對。

M ：是這樣沒錯啦，但是這一次我不去了。我想買摩托車，現在在努力存錢。

F ：去吧！又不會花多少錢的。

M ：但是我去的話，看到什麼罕見的東西或是好吃的馬上就會買的。

F ：那即使想要也忍耐一下就好了嘛！

M ：因為沒辦法忍，才說不去啊。

F ：咦～，難得有這個機會啊，真可惜。

請問男人不想去旅行的理由是什麼呢？

1. 因為想要去更稀奇的地方。
2. 因為不想花錢。
3. 因為不想搭電車去。
4. 因為想騎摩托車去。

32番 087

夫婦が話しています。妻はどうして、着物を着なかったのですか。

M ：おーい、そろそろタクシー着くころだぞ。

F ：はいはい、支度はもうできてますよ。

M ：あれ？着物、着ていくって、言ってなかった？止めたのかい？

F ：うん、ちょっと色がね…。ひさしぶりに出してみたら、思っていたより強かったのよ。ほら、客が目立っちゃだめじゃない、結婚式って。

M ：何言ってんだよ、もう年なんだし。花嫁より派手に見えるわけないじゃないか。

F ：そりゃそうですけどね。同じ色味でもね、お洋服にしたらずいぶん落ち着いて見えるし、こっちのほうがいいかな、と思って。

M ：君は昔からおとなしいファッションが好きだったね。

妻はどうして、着物を着なかったのですか。

一對夫妻正在談話。請問太太為什麼不穿和服呢？

M ：啊，計程車快來了哦！

F ：好的，已經準備好了。

M ：咦？你不是說要穿和服去嗎？不穿了嗎？

F ：嗯，顏色有點……。好久沒拿出來了，拿出來一看比我想的顏色更顯眼。結婚典禮客人是不能太醒目的。

M ：你在說什麼？已經老了，不可能看起來比新娘花俏啊。

F ：是這樣子沒錯啦。即使是同樣的色調穿洋裝也看起來比穿和服要低調，所以我覺得穿這個是比較好的。

M ：你從以前就喜歡雅緻的裝扮。

請問太太為什麼不穿和服呢？

1. 因為穿和服看起來成熟。
2. 因為想比新娘醒目。
3. 因為洋裝比較花俏。
4. 因為不想穿太花俏的服裝。

33番 088

学校で、男の学生と女の学生が話しています。男の学生は、どうして今勉強していないのですか。

F ：ああ、あと5分しかない。一気に覚えるわよ！あれ？西田君、余裕ね。みんなこんなに焦ってるのに。

M ：今更英単語覚えたって、仕方がないよ。

F ：でも直前まで見ておくと、テストのときぱっと思い出せるかもしれないじゃない。

M ：そうは言っても、どんな問題が出るか、わかんないんだから。それよりぼく、今眠いんだよね。

F ：あー、わかった。西田君、昨日徹夜で勉強してたんでしょう。だからもう十分なんだ。

M ：ちがうよ、昨日は家でだらだらしてただけ。最近運動不足のせいか、あまり寝られないんだよね。

F ：運動しないで、試験勉強に打ち込んでいたってわけね。

M ：だから、そうじゃないって。テスト直前は焦るより、心を落ち着けて、気持ちを集中させたほうがいいんじゃない？教科書を見ると、まだ覚えていない部分を見つけちゃったりして、逆効果だよ。

F ：そう？

男の学生は、どうして今勉強していないのですか。

男同學和女同學正在學校談話。請問男同為什麼現在沒有在讀書呢？

F ：啊，只剩5分鐘。一口氣都背下來吧！咦？西田，你真是悠哉。明明大家都是這麼地慌張。

M ：現在即使背英文單字也是沒有用的。

F ：但是考前看的話，說不定考試時就會靈光一現想起來了。

M ：雖是這麼說，但是不知道要出怎樣的題目。而且我現在很想睡覺。

F ：啊，我知道了。你昨晚熬夜唸書了吧。所以已經都唸好了。

M ：才不是。昨天在家晃來晃去的，最近可能是運動不夠的緣故，都睡不著。

F ：是說，沒有運動，專心地在讀書了哦！

M ：才不是呢。與其考前慌慌張張的，還不如靜下心來讓精神集中是比較好的。看課本的話，可能會找到還沒有背的地方，是反效果的。

F ：是嗎？

請問男同為什麼現在沒有在讀書呢？

1. 因為不知道會出怎樣的考題。
2. 因為認為即使現在讀書也沒有效果。
3. 因為昨晚已經唸好了。
4. 因為已經找到課本內不會的地方了。

34番 089

男の人が、相手先を訪問する際のマナーについて話しています。男の人は、どうして約束の時間より早く訪問してはいけない、と言っていますか。

M ：商談先やお世話になっているかたのところなどへ訪問する際、まず気を付けておきたいことは、やはり時間です。事前に必ずアポイントメント。お会いする時間をあらかじめ相手のかたと相談しておくのはもちろんのことです。そして当日、遅刻のないように早めの到着を心がけがちですが、できればお約束の時間より少し、具体的には1分ほど過ぎてから、玄関先のチャイムを鳴らしたり、受付に取り次ぎをお願いするほうが良いのではないかと思います。例えば、相手側が何かの事情で準備が遅れていたりすることもありますよね。訪問先の状況は、こちらでうかがい知ることはできませんので、できる限り向こうに余裕を持たせる感じがいいと思います。とは言え、約束を5分以上過ぎてしまうと、かえって失礼です。たとえ5分でも、約束を守らない人だと思われてしまう可能性がありますので、気を付けてください。

男の人は、どうして約束の時間より早く訪問してはいけない、と言っていますか。

男人正在談有關於去拜訪對方時的禮儀。請問男人說為什麼不能比約定的時間早去拜訪呢？

M：去拜訪生意的對象或受到照顧的人時，首先要注意的是時間。事前一定要先預約。會面的時間要事先和對方商量。然後當天為了避免遲到所以要早一點到。但是我認為最好是比約定的時間晚一點，具體而言大約是晚1分鐘後再按門鈴或是請服務台轉達。因為對方可能有事情耽誤了準備也說不定。拜訪的對象的情況我們是無法得知的，因此最好盡量讓對方有充裕的時間是比較好的。但是雖是這麼說，如果比約定的時間超過5分鐘才到的話，反而就失禮了。可能會被認為是不遵守約定的人，故請多加注意。

請問男人說為什麼不能比約定的時間早去拜訪呢？

1. 因為會擔心遲到。
2. 因為沒有事先預約。
3. 因為太早的話可能不會為你轉達。
4. 因為可能會給對方負擔。

35番 090

男の人と女の人が、旅行について話しています。男の人が、今回九州へ行くいちばんの理由は、何ですか。

F：来週からまた行くんですって？今度はどこ？

M：うん、就職したらめったに旅行なんていけないし、学生のうちにいろんなところ、見ておきたいな、と思って。

F：でももう日本国内は、ほとんど見て回ったでしょう？

M：そうだね。来週の九州も、もう5回目になるよ。だけど、今回の目的は新しくできた、九州新幹線に乗ることなんだ。

F：そんなに気に入ってるの、九州？食べ物がおいしいとか？

M：もちろんそれもあるけど、日本

各地、どこにでもご当地グルメがあって、食べ比べるのもいいもんだよ。

F：それに、九州の方言、全部理解できる?

M：もちろん。同じ日本語だからね、九州弁は。でも沖縄の方言となると、お年寄りの話はなかなか理解が難しいよ。

F：へぇ、詳しいのね。じゃ、今回は初めての体験が目的ってことね。

M：うん。車内の写真もいっぱい撮ってくるよ。

男の人が、今回九州へ行くいちばんの理由は、何ですか。

男人和女人正在聊有關旅行的事。請問男人這次要去九州最大的理由是什麼呢？

F ：聽說你下星期又要去了？這一次是哪裡呢？

M ：嗯，上班之後就不太能去旅行了，所以我想趁著當學生的時候到處去看看。

F ：但是幾乎日本國內全部的地方都走遍了吧？

M ：是啊。下星期的九州已經是第 5 次了。但是這一次的目地是想搭乘新完成的九州新幹線。

F ：那麼樣地喜歡九州嗎？是因為食物好吃之類的嗎？

M ：當然這也是原因之一，日本各地到處都有當地美食，吃吃比較看看也是不錯的。

F ：九州的方言你都能了解嗎？

M ：當然。九州腔也是日語啊。但是沖繩的方言，老人家所講的話就很難理解了。

F ：啊，還真清楚。那這一次的初體驗就是你的目的囉！

M ：嗯，我會拍很多車內的相片回來的。

請問男人這次要去九州最大的理由是什麼呢？

1. 因為食物好吃。
2. 因為想搭新幹線。
3. 因為了解九州的方言。
4. 因為想讓老人家看相片。

36番 091

男の人と女の人が話しています。男の人が、電子レンジを修理しない理由は何ですか。

M：うちの電子レンジ、昨日壊れちゃったみたいでさぁ。もうだめなんだ。それで新しいのを買おうと思うんだけど、おすすめの店、教えてよ。

F：本当に故障？何度も試した?

M：本当だよ、全然動かないもん。

F：まずは修理に出してみたら?直るかもしれないし。

M：いや、でももう十分古かったしね。最近はブランドにこだわらなければ、修理代よりずっと安く売っているし。

F：それに、環境のことを考えると、ごみを増やすのはよくないよ。

M ：そうだけど、ごみもリサイクルされるはずだよ。
F ：そういう意味じゃなくて、もっと物を大切にしなさいってことよ。
M ：大切に使ってないわけではないけど、故障したんじゃ、しょうがないじゃない。
F ：はいはい、じゃあ、どうぞお好きに。

電子レンジを修理しない理由は何ですか。

男人和女人正在談話。請問男人不修理微波爐的理由是什麼呢？

M ：我家的微波爐昨天壞掉了。已經不行了。所以打算買新的，你推薦下商店吧！
F ：真的是故障嗎？試過很多次了嗎？
M ：當然囉。已經都不動了。
F ：首先先送修吧。可能能夠修理也說不定。
M ：不用了，已經很舊了。最近如果不要求品牌的話，賣的比修理費都還要便宜很多呢。
F ：但是考慮到環境的話，增加垃圾是不好的哦。
M ：是這樣沒錯，但是垃圾也應該是可以回收的。
F ：不是這個意思，是說要更珍惜東西。
M ：並不是沒有好好的在使用，而是故障了，也是沒有辦法的。
F ：好，好，你高興就好！

請問男人不修理微波爐的理由是什麼呢？

1. 因為送修也修不好。
2. 因為買新的比較便宜。
3. 因為想要別的品牌的。
4. 因為不想用回收的。

37番 092

男の人と女の人が話しています。女の人は、どうして昨日の食事会のことを知らなかったのですか。

M ：アンさん、昨日の食事会、どうして来なかったの？
F ：食事会？
M ：え、知らなかったの？
F ：うん。えー、どうして誰も教えてくれなかったの？
M ：あー、いや、そんなはずじゃないよ。会社のメーリングリストで全員に送信したって、山田が言ってたけど、とどいてなかった？
F ：うん、そうかも。ちょっと見てみる。
M ：僕はたまたま山田から直接聞いて知ったんだけどね。まあ急に日にちを決めたみたいだったから、参加者少なかったよ。
F ：あー、あったあった。確かに来ている。しばらくチェックしてなかったからなぁ…。
M ：忙しいと、つい忘れちゃうよね。

女の人は、どうして昨日の食事会のことを知らなかったのですか。

男人和女人正在談話。請問女人為什麼不知道昨天餐會的事呢？

M ：小安，昨天的餐會你為什麼沒有來呢？
F ：餐會？
M ：啊？你不知道嗎？
F ：嗯，咦～為什麼都沒有人告訴我呢？
M ：啊，應該不會啊，山田說已用公司的郵件發送名單寄給全部的人了啊，沒有收到嗎？
F ：嗯，可能是這樣，我再看看。
M ：我是剛好從山田那裡直接聽到的。臨時決定的時間，所以參加的人很少。
F ：啊，有了，有了。確實有寄來。我有一段時間沒有查信箱了……。
M ：一忙的話，就會忘記。

請問女人為什麼不知道昨天餐會的事呢？

1. 因為都沒有人和小安聯絡。
2. 因為都沒有人告訴小安。
3. 因為忘記寄 mail 了。
4. 因為沒有發覺到有人寄 mail 給她。

38 番 (093)

電話で、男の人と女の人が話しています。女の人は、明日どうして会社へ行かなければなりませんか。

M ：もしもし、森田さん？佐藤です。こんな時間にすみませんね。
F ：ああ、佐藤さん。いつもお世話になっております。
M ：えっと、急で申し訳ないんだけど、明日10時に会社のほうへ来て、手伝ってもらうことはできるかな？
F ：あ、はい。大丈夫ですが、何かあったんですか？
M ：うん…。ちょっとトラブルがあってね、この前の資料で。
F ：もしかして、私の翻訳した書類、何かまちがいがありましたでしょうか？
M ：いや、翻訳の部分じゃなくて、内容に問題があってね。明日客のほうに出向いて、詳細を説明しなければいけなくなったんだよ。
F ：内容…ですか。
M ：うん、それで一緒に同行して、通訳をお願いしたいんだけど、いいかな。
F ：はい、前回の書類に関する内容でしたら、私も多少は覚えているので、お手伝いできると思います。
M ：そうか、悪いね。じゃ、明日、会社で合流して、そこから一緒に先方へ向かうことにしましょう。
F ：わかりました、明日朝10時ですね。

女の人は、明日どうして会社へ行かなければなりませんか。

男人和女人正在講電話。請問女人明天為什麼非去公司不可呢？

M ：喂，森田？我是佐藤。抱歉這個時間打電話。
F ：啊，佐藤先生，經常在受你照顧。

M：啊，抱歉很突然的，明天 10 點可以請你來公司幫忙嗎？
F：啊，好的，沒有問題。發生了什麼事呢？
M：嗯，之前的資料出了點問題。
F：是不是我翻譯的文件有哪裡出錯了嗎？
M：不，不是翻譯的部份，是內容有問題，明天一定要去客戶那裡做詳細的說明。
F：內容……嗎？
M：嗯，所以想請你一起去。麻煩你口譯，可以嗎？
F：好的，有關上一次的文件的內容，我還記得一些，我想應該是可以幫忙的。
M：是嗎，不好意思。那明天 10 點在公司會合，之後一起客戶那裡吧。
F：我知道了，明天早上 10 點是嗎？

請問女人明天為什麼非去公司不可呢？

1. 因為被拜託翻譯文件。
2. 因為翻譯的資料有問題。
3. 因為要和佐藤去客戶那裡。
4. 因為要請佐藤翻譯問題的內容。

39番 (094)

男の人と女の人が話しています。男の人は、どうして料理を持って帰らない、と言っていますか。

F：はぁ、もうお腹いっぱい。お料理、こんなに残っちゃったし、山下君、持って帰ったら？一人暮らしで、毎日食事の準備とか、大変でしょう。

M：一人だと面倒で、あまり作らないですね。

F：そうでしょう。これなら電子レンジで温めればすぐ食べられるし、便利よ。

M：お気遣いいただき、ありがとうございます。でもぼく、今回は遠慮させていただきたいんです。こんなにも、一人で食べきれないでしょうし、明日から出張で、週末まで戻らないし…。

F：冷蔵庫に入れておいて、食べる分だけお皿に入れてチンすればいいのよ。

M：家を空ける前に、冷蔵庫を空にしておきたいと思って、数日前から片付けているんです。

F：ああ、残っていたものを、少しずつ計画的に食べていたのね。

M：ええ、戻るのが急に延期になることもしばしばあるので。

F：そう、やっぱり一人暮らしって大変ね。

男の人は、どうして料理を持って帰らない、と言っていますか。

男人和女人正在談話。請問男人說為什麼不帶料理回家呢？

F：啊，很飽了。料理剩下這麼多。山下，你帶回去吧，一個人住要準備每天的食物很辛苦吧？
M：一個人很麻煩，所以不常做。
F：是吧。這個用微波爐熱一下就可以吃了，很方便。
M：謝謝你的費心。但是這一次我就不用了。這麼多我一個人也吃不完。而且明天開始要去出差，週末之前是不會回來的……。

F ：放到冰箱，將要吃的量放到盤子微波一下就可以了啊。
M ：不在家之前想讓冰箱都空了，所以幾天前就開始在整理了。
F ：啊，把剩下來的食物有計劃地一點點的吃掉啊？
M ：嗯，因為常常回來的時間會延期。
F ：是嗎。果然一個人住很辛苦。

請問男人說為什麼不帶料理回家呢？

1. 因為不想家裡留有食物。
2. 因為不想一個人吃。
3. 因為客氣。
4. 因為自己不會做菜。

40番 095

会社で、男の人と女の人が話しています。男の人がA社との顧問契約を打ち切ろうとしているいちばんの理由は何ですか。

M ：うーん、実はね、コンサルタントとして顧問をお願いしていたA社、契約を来月で打ち切ろうと思っているんだよ。
F ：あ、そうなんですか？けっこう長い間お世話になっていたところですよね。
M ：うん、10年以上になるかな？
F ：顧問料の問題ですか？
M ：うーん、まあ他とそんなに差はないと思うんだけどね、はっきりとは分からないけど。何ていうか、長い付き合いの割には特にメリットが感じられないんだよね。今まで何も考えずに期限更新していたけど、今回の契約期限を機にこの際見直そう、ということ。他のコンサルタント会社のこと、ちょっと調べておいてくれない？
F ：はい、わかりました。

男の人がA社との顧問契約を打ち切ろうとしているいちばんの理由は、何ですか。

男人和女人正在公司談話。請問男人想和A公司終止顧問契約的最大理由是什麼呢？

M ：嗯～，事實上下個月我想終止和諮詢顧問的A公司的契約。
F ：啊，這樣子嗎？你和那家公司合作很長的時間了。
M ：嗯，有10年以上了吧。
F ：是顧問費的問題嗎？
M ：嗯，我想和其他地方沒有很大的差別，我不是很清楚。但是怎麼說呢，長時間的來往，的確讓我沒感覺到有特別的好處。到目前為止我都沒有多想期限一到就續約了，但是想借著這一次的期限到期重新考慮看看，幫我查一下其他的顧問公司的情況好嗎？
F ：好的，知道了。

請問男人想和A公司終止顧問契約的最大理由是什麼呢？

1. 因為契約期間太長了。
2. 因為被告知下個月開始契約期限不能延長。
3. 因為契約量比其他公司要多。
4. 因為沒有再延長契約的理由。

41番 096

電話で、男の人と女の人が話しています。女の人はこのあと、どうして海山貿易会社に電話しなければなりませんか。

M：もしもし、伊藤ですが。

F：あ、部長、お疲れさまです。いかがいたしましたか？

M：あー、ちょっと急ぎで悪いんだけどさ、すぐ海山さんに連絡をとってほしいんだ。

F：えっと、ああ、本日代理店契約の件で2時にいらっしゃる予定の、海山貿易会社様ですね。

M：うん。ちょっと道路状況が変わって、だんだん進まなくなってきたんだよ。このままいくと、その時間までに戻れそうにないんだ。

F：そうですか。ではミーティングのキャンセルをお願いしてみましょうか？

M：あーいや、もううちの会社に向かっている途中かもしれないし、それは相手の出方次第だよ。事情を話して、もし待ってもらえるんならお待ちいただいて。あるいは別の日に変更したいということだったら、希望の日時を聞いておいてくれないかな？

F：かしこまりました。では意向をうかがってみます。この時間でしたら海山貿易さんのほうも渋滞に巻き込まれている可能性もありますからね。

M：ああ、そうだね。私のほうはあと30分以上かかりそうなんだ。

F：わかりました。では電話した後、また折り返しますので。

M：よろしく。

女の人はこのあと、どうして海山貿易会社に電話しなければなりませんか。

男人和女人正在講電話。請問在這之後女人為什麼一定要打電話給海山貿易公司呢？

M：喂，我是伊藤。

F：啊，經理。辛苦了，有什麼事情吩咐嗎？

M：啊，不好意思很突然，我要你馬上和海山公司聯絡。

F：是預定今天2點，因代理店的契約要來公司的海山貿易公司嗎？

M：現在道路狀況有變化，漸漸無法前進了，如果照這樣下去的話，我在那個時間是無法回到公司的。

F：是嗎？那我試著拜託他們取消會議吧？

M：啊，不，可能已經出發來我們公司的途中了，那要看對方的行動時間。向他們說明情況，如可以等的話就請他們等。或是想要改天的話，就問他們希望的日期和時間。

F ：我知道了，我會詢問對方的意向的。這個時間海山貿易公司的人可能也是被塞在路上的。
M ：啊，是啊。我需要再 30 分鐘以上。
F ：知道了，打完電話之後，我再向您回報。
M ：拜託了。

請問在這之後女人為什麼一定要打電話給海山貿易公司呢？

1. 為了要拜託變更今天會議的安排。
2. 為了要傳達今天會議的內容。
3. 為了要變更契約內容。
4. 為了詢問所希望的契約內容。

42番 097

男の人と女の人が話しています。男の人が「おめでとう」と言った理由は何ですか。

F ：高木君のところ、確か男の子二人だったわよね。
M ：オレんとこ？うん、1歳と3歳。上の息子は昨日誕生日だったんだよ。
F ：あら、もうそんなに大きくなったの？息子と娘、どっちが育てやすい？
M ：ん？何でそんなこと聞くの？…え、もしかして？
F ：ふふふ、まだ3ヶ月なんだけどね。
M ：ああ、そうなんだ。おめでとう。うちの妻もきっと喜ぶよ。一緒に子育てできる友達が欲しいって言ってたから。
F ：そう？ありがとう。奥様にはこれからいろいろ教えてもらわなくちゃね。出産準備のこととか、産まれてからのこととか。
M ：妻は妊娠中も結構普段と変わらない生活していたみたいだけど、ほら、仕事もぎりぎりまで続けていたし。
F ：へぇ、私、初めての出産だから、ちょっと不安なのよね。今度病院行くとき、先生に何を聞いておくべきかとか、奥様にアドバイスをもらいたいのよ。
M ：いつでも電話してやってよ。きっと嬉しいはずだよ。

男の人が「おめでとう」と言った理由は何ですか。

男人和女人正在談話。請問男人為什麼說「恭喜」呢？

F ：高木家是二個男孩子吧？
M ：我家嗎？嗯，1 歲和 3 歲。大的昨天生日。
F ：咦，已經這麼大了哦？兒子和女兒哪一個比較好帶呢？
M ：嗯？為什麼問這個呢？……咦，是不是……？
F ：嗯，才 3 個月。
M ：啊，這樣子啊，恭喜。我太太一定也會很高興的。因為她說希望有能夠有同樣在育兒的朋友。

F ：是嗎？謝謝。以後要向你太太請教很多事情的。生產的準備或是生完之後的事情之類的。
M ：我太太懷孕時好像生活作息和平常一樣沒什麼改變。工作也是一直做到快要生之前。
F ：我是第一胎，有點不安。想請教你太太，下次去醫院時要問醫生哪些事情呢？
M ：隨時都可以打電話給她，她一定會很高興的。

請問男人為什麼說「恭喜」呢？

1. 因為是兒子的生日。
2. 因為女人懷孕了。
3. 因為太太生產了。
4. 因為生兒子了。

43番 098

アルバイト先で、男の人と女の人が話しています。女の人は、どうして元気がないのですか。

M ：あれ、元気ないね？
F ：ん、何もない、大丈夫よ。
M ：お客様に何か叱られた、とか？
F ：ううん、ちょっと店長にね。しっかりしなさいって、言われた。
M ：何かあったの？
F ：いつものことよ。こんなに個数の数えまちがいばかりしていたら、いつ客からクレームが来てもおかしくないって。
M ：そうか。まだ慣れてないからね。落ち着いてやればできるようになるよ。
F ：私、辞めさせられちゃうのかな？
M ：そんな悪いほうばかりに考えちゃだめだよ。みんな初めはそういうもんだから。気を取り直して、さ、がんばろう。
F ：…うん、そうね。

女の人は、どうして元気がないのですか。

男人和女人正在打工的地方談話。請問女人為什麼沒有精神呢？

M ：咦，你怎麼沒什麼精神？
F ：嗯，沒事，不要緊的。
M ：是被客人罵了嗎？
F ：不是，是被店長說要振作一點。
M ：發生什麼事了嗎？
F ：常發生的事。說我老是算錯數量，哪天有客訴也不會奇怪的。
M ：是嗎？還不習慣的關係吧。靜下心來做就會了啊。
F ：我會不會被開除呢？
M ：不要老是往壞處想。大家剛開始的時候都是這樣子的。振作點，加油！
F ：……嗯，你說的對。

請問女人為什麼沒有精神呢？

1. 因為被店長罵了。
2. 因為有客人抱怨了。
3. 因為店裡太忙了。
4. 因會打工被開除了。

44番 099

男の人と女の人が、あるレストランについて話しています。女の人が、このレストランに行きたい理由は、何ですか。

F：ほら見て、ここ。ミシュランガイドで星三つって書いてあるじゃない。行ってみましょう。

M：雑誌で紹介されてるからって、本当にいい店かどうかは、俺、疑問だな。

F：すっごくおいしかったって、友達も昨日話していたわよ。

M：へぇ、君の友達って、お金持ちさんなんだね。こんな高いレストランで食事してるだなんて。

F：今話題のお店だし、やっと予約が取れたから、ちょっと試しに行ってみたって言ってたけど、毎回そんな高級なところへ行ってるわけじゃないはずよ。そしたらね、芸能人とかもたくさん見かけたって、そう言ってたわ。

M：見た目や話題性だけで選んでない？高い値段払うんだったら、お店ではちゃんとそれなりのサービスで対応してくれるんだろうね？

F：接客態度とかまでは聞かなかったけど、きっと一流のはずよ。

M：それは君の憶測に過ぎないだろ？やっぱり、君の性格は変わってないね。

F：だめ？

女の人が、このレストランに行きたい理由は、何ですか。

男人和女人正在討論某一家餐廳。請問女人想到這家餐廳的理由是什麼呢？

F：你看，這裡在米其林導覽寫著是三顆星的，要不要去看看？

M：我很懷疑那些被雜誌介紹的，就一定是很好吃的店嗎？

F：昨天朋友也說超好吃的。

M：喔～，你的朋友畢竟是有錢人，居然在這麼貴的餐廳用餐。

F：是現在引起話題的餐廳，好不容易訂到位子，所以她就去試看看。並不是每次都去這麼貴的店。而且她說去了之後看到很多的藝人。

M：她是只挑外觀或是話題性吧？如果是付那麼貴的錢，店一定要有相當的服務品質的才對。

F：我沒有聽到她說服務的品質。但是一定是一流的。

M：那不過是你的猜測吧？果然你的個性一點都沒變。

F：不行嗎？

請問女人想到這家餐廳的理由是什麼呢？

1. 因為好不容易訂到位子了。
2. 因為是高級料理但相對地是便宜的。
3. 因為受歡迎。
4. 因為店員的服務態度是一流的。

45番 (100)

男の人と女の人が話しています。男の人が、今年大学へ進学しないのは、どうしてですか。

F　：今年は一年浪人して、来年の大学受験を目指すって聞いたけど、本当なの？

M　：うん、やっぱあきらめきれないから。

F　：同じ経済学部でも、他の大学は合格しているのに、もったいないね。

M　：でもまあ、ぼくにとっては進学するならここって、決めてるから。

F　：え、じゃあ、東都大学ならどの学部でもいいってこと？

M　：まあ、そうとも言えるね。もちろん第一志望は経済学部だけど、父と同じ大学で学びたいんだ。

F　：お父さんって、確かお医者さんじゃなかった？

M　：うん、医学部出身だけど、ぼくは医者の仕事には興味ないんだ。

F　：へぇ、何かいろいろこだわりがあるのね。

男の人が、今年大学へ進学しないのは、どうしてですか。

男人和女人正在談話。請問男人今年為什麼不進大學呢？

F　：我聽說你準備重考一年，挑戰明年的大學考試，真的嗎？
M　：嗯，因為還是無法完全死心。
F　：一樣是經濟學系，但是其他學校也考上了，真是可惜。
M　：但是我早已下定決心，要升學的話一定是要這一所學校不可。
F　：咦，那麼如果是東都大學的話，哪一個科系都可以嗎？
M　：可以這麼說。當然第一志願是經濟學系。想要和我父親唸同一所大學。
F　：我記得你父親是醫生，對吧？
M　：嗯，是醫學院畢業的。但是我對醫生的工作沒有興趣。
F　：咦。你還真是執著很多事情。

請問男人今年為什麼不進大學呢？

1. 因為沒有考上第一志願的學校。
2. 因為放棄讀大學了。
3. 因為都沒考上任何一所大學的經濟系。
4. 因為對醫學系之外的科系沒有興趣。

46番 (101)

家で、夫婦が話しています。夫が妻に、明日のお弁当を作らなくてもいいと言ったのは、どうしてですか。

M　：お弁当箱、ここに置いておくよ。あ、明日は持っていかないから、作らなくてもいいからね。

F　：あら、同僚のかたと外へ食べにでも行くの？

M ：いや、昼休みにさ、お客さんと会議なんだ。

F ：忙しいのね。じゃあ、お昼抜き？大丈夫？

M ：ランチミーティングって言って、昼食食べながら話すんだ。

F ：へえ、レストランかどこかで？

M ：たぶん社内ミーティングだと思う。仕出し弁当か何か、向こうが何か考えてくれてるみたい。

F ：ああ、お客さんの会社で会議するのね。わかった、じゃあ、明日はいらないのね。

夫が妻に、明日のお弁当を作らなくてもいいといったのは、どうしてですか。

一對夫婦正在家裡談話。請問丈夫為什麼對太太說可以不用做明天的便當呢？

M ：便當盒放在這裡哦。明天不帶便當，可以不用做。
F ：咦，要和同事去外面吃嗎？
M ：不，中午要和客戶開會。
F ：好忙哦。那不吃午餐？不要緊嗎？
M ：說是午餐會議。一邊吃午餐一邊開會。
F ：啊？在餐廳或是某處？
M ：大概是公司內部的會議，可能是叫外送的便當，對方會替我們安排的。
F ：啊，是在客戶的公司開會哦。知道了。那明天就不用了對吧。

請問丈夫為什麼對太太說可以不用做明天的便當呢？

1. 因為要和同事去餐廳吃。
2. 因為和客戶開完會後吃。
3. 因為同事午休時會幫他做午餐。
4. 因為客戶的公司會準備。

47番 102

男の人と女の人が話しています。女の人は、どうして明日買い物に行かないのですか。

M ：ゆりちゃん、さっきみんなと話してたんだけどさ、明日 11 時に駅の改札口集合でいいよね？

F ：あ、ごめーん。私パス。ちょっと体調が悪いみたいで、行けなくなっちゃった。

M ：そうなの？じゃあ、代わりに買っておこうか？ゆりちゃんの分も。

F ：本当？ありがとう。私だけ T シャツ買えないのは嫌だなって思ってたんだ。

M ：せっかくみんなでお揃いにするんだもんね。じゃあ、お大事に。

F ：ああ、私じゃなくって、お母さんなんだけどね。もともとは弟の学校で風邪が流行っていて、弟も三日間ぐらい寝込んでいたんだけど、看病しているうちにうつされちゃったみたい。弟はすっかり元気なんだけど。

M ：そうなんだ。じゃ、家事とかいろいろ手伝ってあげなきゃね。あ、Tシャツ、Mサイズでいいよね。

F ：うん、ありがとう。じゃあ、みんなによろしく言っておいてね。

女の人は、どうして明日買い物に行かないのですか。

男人和女人正在談話。請問女人明天為什麼不去買東西呢？

M ：百合，剛才和大家談過了，明天11點在車站的剪票口集合，可以嗎？

F ：啊，不好意思，明天我不去。因為身體好像有點不舒服，不能去了。

M ：這樣子啊。那你的份我就幫你買吧！

F ：真的嗎？謝謝。我正在想只有我沒買T恤，真討厭呢。

M ：難得大家說要穿一樣的。那請多保重。

F ：啊，不是我，是我媽。原本是弟弟的學校有流行性感冒，我弟弟已經躺了三天了。我媽可能是在照顧他的時候被傳染的。我弟弟已經都好了。

M ：這樣子啊。那你必須幫忙做家事什麼的吧。啊，T恤M號就可以了吧。

F ：嗯，謝謝。請你代我向大家說。

請問女人明天為什麼不去買東西呢？

1. 因為女人不想買T恤。
2. 因為女人感冒身體不舒服。
3. 因為女人要照顧感冒的弟弟。
4. 因為女人要幫媽媽做家事。

48番 103

男の人が、教室使用上の注意について説明しています。教室内にすべての飲み物の持ち込みが禁止されている理由は、何ですか。

M ：この建物内にある教室では、飲食禁止となっておりまして、持ち込みもすべてご遠慮いただいております。以前は、ジュース以外なら許可してほしいとの、学生さんからの希望もあり、水やお茶に限っては許可していたこともあったのですが、飲み終わった後のペットボトルなどの処理に大変苦労しまして…。ごみの分別回収をお願いいたしましても、机の上などに置きっぱなしにされることも多々ありました。恐らく面倒くさいと思うのでしょうね。結局、マナーが守れないのなら、ということで、全面禁止となった次第でございます。なお、廊下突き当りに休憩室を設けておりますので、ご飲食はそちらでお願いしております。どうぞご利用ください。

教室内にすべての飲み物の持ち込みが禁止されている理由は、何ですか。

男人正在說明使用教室的注意事項。所有的飲料都禁止帶進去教室的理由是什麼呢？

M：在這棟建築物的教室是禁止飲食的。也不准攜帶（任何的食物）進去。以前有學生要求准許帶除了果汁之外的飲料，所以曾經許可水或是茶可帶入。但是喝完之後的保特瓶處理非常的辛苦，而且也拜託過做分類，但是還是很多人就這樣放在桌上。我想應該是覺得麻煩吧。結果就說如果大家不能守規矩，那就……所以這是全面禁止的原因。還有在走廊的盡頭設有休息室，拜託飲食請到那裡。請大家多加利用。

所有的飲料都禁止帶進去教室的理由是什麼呢？

1. 因為只有食物的垃圾就已經滿滿的了。
2. 因為女人覺的垃圾分類很麻煩。
3. 因為喝完之後有人不收拾。
4. 因為休息的時候是不准喝飲料的。

49番 (104)

父親と娘が、レストランで話しています。娘が、このレストランは嫌だと言っている理由は、何ですか。

M：よし、じゃあ、何でも好きなものを注文しなさい。

F：お父さん、またここ？

M：だめか？ここ、安くてうまいじゃないか。お父さんの好きなサイコロステーキ丼もあるしな。

F：私いや。今日は別の店に行きたい。

M：どうして？子供のくせに、高級料理がいいのか？ここのハンバーグ、おいしいおいしいって、よく食べてたじゃないか。

F：もういいよー。先週も、先々週も来たじゃない。

M：じゃあ、別のメニューを頼めばいいだろ。

F：そういう問題じゃないって、だから。もうここはいやなの。

M：はいはい、わかったよ。じゃあ、とにかく出よう。

娘が、このレストランは嫌だと言っている理由は、何ですか。

父親和女兒正在餐廳談話。請問女兒討厭這一家餐廳的理由是什麼呢？

M：好，喜歡的東西盡量點。
F：爸爸，又是這裡？
M：不行嗎？這裡不是既好吃又便宜嗎？又有我喜歡的小塊牛排蓋飯。
F：我不要。今天去別家店。
M：為什麼？小孩子就想去高級料理店嗎？你不是說過這家的漢堡肉好吃，經常來吃嗎？
F：不要了，上個星期，和上上星期不是都來過？
M：那點別的就好了嘛。
F：不是這個問題，總之我不喜歡這裡。
M：好，好，知道了，那就出去吧！

請問女兒討厭這一家餐廳的理由是什麼呢？

1. 因為這家店已經膩了。

2. 因為這家店的料理便宜。
3. 因為想吃高級料理。
4. 因為討厭小塊牛排蓋飯。

50番 105

母親と男の子が絵本を見ながら話しています。どうしてこの国の王子は女の子の格好をしていたのですか。

M：あっ、この女の子、王女様？かわいいね。
F：えっ、違う。男の子よ。王子よ。
M：えっ、どういうこと？
F：こうやってかわいい服を着てると、優しく見えるでしょ。当時の習慣だったんだって。男と女の服装を替えて、大事な王子を敵から守ろうっていう。
M：へえ、そういうことだったの？

どうしてこの国の王子は女の子の格好をしていたのですか。

母親和男孩邊看繪本邊說話。為什麼這個國家的王子要打扮成女生的樣子？

M：啊，這個女生是公主？好可愛喔。
F：咦？不是啦。他是男生。是王子啦。
M：咦？這是怎麼回事？
F：穿著一身可愛的服裝，看起來很溫柔對吧？聽說這是當時的習慣。據說這是利用調換男女的衣服來保護重要的王子免受敵人的侵害。
M：哦，原來是這麼回事。

為什麼這個國家的王子要打扮成女生的樣子？

1. 為了表現可愛的一面。
2. 為了學習溫柔的一面。
3. 因為這個國家男女的服裝相似。
4. 為了躲避敵人的耳目。

51番 106

男の人と女の人が話しています。どうして部屋が寒いのですか。

M：なんか寒いね。窓開いてるんじゃないの？
F：ドアじゃないですか。時々太郎が開けっぱなしにするから。
M：いや、閉まってたと思うけどな。見てきてよ。
F：あなた行ってきてくださいよ。
M：しょうがないな。
F：あら、どうでしたか？
M：窓でもドアでもないな。あれ、このストーブ。
F：あっ、いけない。さっき、ちょっと空気が悪くなったと思って。
M：なんだ。寒いわけだ。

どうして部屋が寒いのですか。

男女兩人正在交談。房間為什麼會冷？

M ：總覺得有點冷。窗戶是不是沒關啊？
F ：是門沒關吧？因為太郎有時候會把門開著不關。
M ：不是，我覺得門有關。妳去看看啦。
F ：你去看啦。
M ：真拿妳沒辦法……。
F ：哎呀，怎麼樣？
M ：不是窗戶也不是門的問題。咦？這個暖爐是怎麼回事？
F ：啊，糟糕。因為我剛才覺得空氣不太好，所以……。
M ：什麼嘛。難怪會冷。

房間為什麼會冷？

1. 因為窗戶沒關。
2. 因為門沒關。
3. 因為窗戶和門都沒關。
4. 因為沒開暖氣。

52番 (107)

男の人と女の人が話しています。男の人が自分の車で行きたくないのはどうしてですか。

F ：ねえ、今度の旅行、木村君の車で行こうよ。
M ：へえ、僕の車？電車のほうが運転しなくていいから、気楽だよ。
F ：みんなで交代で運転するから。
M ：そうかな。電車のほうがいいよ。渋滞にも巻き込まれないし。
F ：でも車のほうが荷物を持たずに済むわよ。
M ：僕のはみんなで行くには小さいよ。それよりゆったりした大きなレンタカー借りて行かない？
F ：そんなのもったいないじゃない？車出したくない理由でもあるの？
M ：いや、実は新車にしたばかりで、雨が降ったら泥だらけになるし。
F ：いいじゃない？車出してよ。物は使うためにあるのよ。
M ：そんなあ…。

男の人が自分の車で行きたくないのはどうしてですか。

男女兩人正在交談。男人為什麼不想開自己的車去？

F ：這次的旅行就開木村的車去吧。
M ：咦？我的車？坐電車去就不用自己開車，這樣比較輕鬆吧？
F ：大家會輪流開車的啦。
M ：是喔。還是坐電車比較好啦。這樣也不會塞車。
F ：可是開車的話就不用拿行李啦。
M ：大家一起去的話我的車就太小了啦。不如我們租一輛空間寬敞的車子？
F ：那太浪費了啦。你有什麼不想開車的原因嗎？
M ：沒有啦，其實是因為那還是輛新車，下雨的話又會沾的滿是泥巴……。
F ：沒關係啦。開你的車去啦。東西就是為了使用而存在的。
M ：哪有這樣的……。

男人為什麼不想開自己的車去？

1. 因為車子很小覺得很擁擠。
2. 因為不想弄髒新車。
3. 因為搭電車比較輕鬆。
4. 因為搭電車就不會遇到塞車。

53番 108

女の人と男の人が話しています。男の人はどうしてテストに遅刻しましたか。

F：テスト、どうだった？

M：うーん。

F：難しかった？

M：そうでもなかったんだけど、時間足りなくて。遅刻しちゃったから。

F：なんで。寝坊したの？

M：いや、いつもの電車に乗り遅れちゃって。あーあ、駅でトイレなんか行かなきゃよかった。

F：ついてなかったね。

M：うん。

男の人はどうしてテストに遅刻しましたか。

男女兩人正在交談。男人為什麼考試會遲到？

女：考試考得如何啊？
男：唔……。
女：很難嗎？
男：也沒有啦，只是考試時間不夠……。因為我不小心遲到了。
女：為什麼會遲到？你睡過頭了嗎？
男：不是，因為我來不及搭上平常坐的那班電車。唉，如果我沒在車站上廁所就好了。
女：運氣真差！
男：嗯。

男人為什麼考試會遲到？

1. 因為電車誤點。
2. 因為在車站上廁所。
3. 因為睡過頭。
4. 因為電車沒來。

54番 109

女の人と男の人が話しています。男の人はなぜ体の調子が悪くなったと言っていますか。

F：山田さん、ずいぶん元気がありませんね。

M：ええ。頭痛がして体がだるいんです。

F：仕事のやり過ぎですか？

M：いや、どうも家の中の空気が悪いみたいなんです。

F：そんな。だって町の中心の空気の悪いところから空気の良いところに引越したんでしょ？きっと引越し疲れですよ。

M：いや、実は家の壁紙から体に害のある科学物質、つまり毒が出ていることが分かったんです。

F：えっ。それで体の具合が悪くなったんですか？

M：ええ。

F：ひどい話ですね。建築業者が特にひどい材料を使ってたってことですね。

M：いえいえ。どこの業者も同じようなものを使ってるらしいですよ。みんな知らないだけです。

男の人はなぜ体の調子が悪くなったと言っていますか。

男女兩人正在交談。男人為什麼說自己的身體不舒服？

F：山田先生，你的精神好像很不好耶。
M：是啊，我的頭很痛，身體感覺疲倦。
F：是工作過度嗎？
M：不是。好像是因為家裡的空氣不好。
F：怎麼會？你不是從市中心空氣不好的地方，搬到空氣新鮮的地方了嗎？你一定是因為搬家太累了啦。
M：不是啦，其實是我發現家裡的壁紙會散發出對身體有害的化學物質，也就是有毒物釋出。
F：咦？所以身體才不舒服的嗎？
M：是啊。
F：好過分喔。是建商故意使用這種不好的建材對吧？
M：不是啦。好像是所有的業者都使用相同的建材。只是大家都不知道而已。

男人為什麼說自己的身體不舒服？

1. 因為工作過度。
2. 因為搬家太累。
3. 因為家裡的壁紙釋放出有毒物質。
4. 因為建商故意使用不好的建材。

55番 110

男の子と父親が話しています。父親はどうして子供とよく遊ぶようになりましたか。

子：ねえ、最近僕とよく遊んでくれるよね。前はママとしか遊んだことなかったのに。
父：ああ、でもお父さんはいつもお前と遊びたいって思ってたんだよ。
子：だけど、どうして急に暇になったの？お父さんと遊べるのはいいんだけど。今度はママのほうがなかなか帰ってこないんだから、もういやんなっちゃう。
父：ごめんね。実はお父さんの会社がなくなっちゃったんだ。それでママが頑張ってんだよ。

父親はどうして子供とよく遊ぶようになりましたか。

男孩正在和父親交談。父親為什麼漸漸地開始陪小孩玩了？

小孩：爸爸你最近常常陪我玩，之前都只有媽媽會跟我玩。
爸爸：啊，可是爸爸之前就一直想陪你玩啊。
小孩：可是，怎麼會突然有空呢？可以和爸爸玩是很好，但這次卻換媽媽很少回家，我不喜歡這樣啦。
爸爸：對不起啦。其實是因為爸爸的公司倒了。所以現在是媽媽在努力賺錢啊。

父親為什麼變得常常陪小孩玩了？

1. 因為公司的工作量變少。
2. 因為漸漸地開始想陪小孩子玩了。
3. 因為沒有工作所以時間空了下來。
4. 因為媽媽說希望爸爸和小孩子玩。

56番 111

男の人と女の人が話しています。男の人はなぜ怒っていますか。

M ：この店、困っちゃうよ。

F ：どうしたの？

M ：おいしいからね、少し高いのはいいんだ。でも毎週のように来ているんだから、僕がたばこを吸うことぐらい、覚えてくれてもよさそうなんだけど、何度来ても、禁煙席に通そうとするんだ。

F ：ふうん。よく似た人で、たばこを吸わない人でもいるんじゃないの。

M ：まさか。

男の人はなぜ怒っていますか。

男女兩人正在交談。男人為何動怒？

M ：這一間店真的很讓人傷腦筋。
F ：怎麼了？
M ：東西好吃，價格貴一點是沒關係。可是我幾乎每個星期都來，至少記得我有抽菸的習慣。可是不管我來幾次，店員都想把我帶到禁煙區。
F ：哦。可能也有和你外形相似，但不抽菸的人吧？
M ：怎麼可能？

男人為何動怒？

1. 因為有和他外形相似且吸菸的人。
2. 因為這間店的東西雖然很好吃，但價格有點貴。
3. 因為店員想帶他去吸煙區。
4. 因為店員想帶他去禁煙區。

57番 112

女の人と男の人が話しています。男の人はどうして沖縄旅行に行かなかったですか。

F ：あれ？友達と沖縄旅行に行ったんじゃなかったっけ。

M ：それが、結局行かなかったんだよ。

F ：えー、どうして？

M ：初めは飛行機で行く予定だったんだけど、友達がお金がないって言うから船で行くことにしたんだ。

F ：安いもんねぇ。時間はかかるけど。

M ：ところが、ちょうど出発する日に台風が来ちゃって…。

F ：それじゃあ、仕方ないわね。

M ：うん、残念だけどね。そのかわり、来週北海道に行ってくるよ。

男の人はどうして沖縄旅行に行かなかったですか。

男女兩人正在交談。男人為什麼沒有去沖繩旅行呢？

F　：咦？你沒和朋友一起去沖繩旅行嗎？
M　：結果還是沒去啊。
F　：為什麼？
M　：我一開始是計畫要坐飛機去的，但是因為朋友說他沒錢，所以改搭船。
F　：便宜嘛，雖然很花時間。
M　：但是出發那天剛好颱風來襲。
F　：那也沒辦法啊。
M　：嗯，雖然很可惜，不過我下禮拜要去北海道。

男人為什麼沒有去沖繩旅行呢？

1. 因為朋友沒有時間。
2. 因為飛機沒有飛。
3. 因為船沒有出海。
4. 因為要去北海道。

58番 (113)

男の人がいわゆる「ツンドク」について話しています。この人は「ツンドク」についてどう考えていますか。

M　：本を買って読まないまま、机の上に積み重ねておく、いわゆる「ツンドク」は世間ではよくないとされてますけど。でも、本って、ないとそもそも読まないっていうか、読めないわけですから、時間が出来たときに読もうと思って、「ツンドク」っていうのも、けっこうなことなんじゃないでしょうかね。そもそも買って読むより、図書館で借りればいいという人もいますけど。借りた本だと何だか落ち着かないでしょう。早く読み終えて返さなきゃって感じで、自分の本なら誰にも文句は言われませんからね。

この人は「ツンドク」についてどう考えていますか。

男人正在談論關於所謂的「TSUNDOKU」。男人對於「TSUNDOKU」的看法為何？

M　：所謂的「TSUNDOKU」，就是指雖然買了書，但沒有閱讀就放在桌上的意思。社會上一般認為這不是個好習慣。但是，與其說沒有書就不看，不如說因為沒有辦法好好閱讀，所以打算有時間的時候看，於是書就這樣一本本的累積起來了，這種情況也很常見。也有人認為與其買書，不如跟圖書館借就好了。但是，借來的書總讓人感覺靜不下心來。覺得要趕快看完趕快還才行。如果是自己的書就沒有人有意見啦。

男人對於「TSUNDOKU」的看法為何？

1. 買了書結果沒有看，這樣很不好。
2. 沒辦法靜下心來看書，這樣很不好。
3. 想看書的時候可以看，這樣很好。
4. 可以早點把書看完，這樣很好。

59番 114

男の人と女の人が会社で話しています。宮田さんはどうして会社を辞めたいと思っているのですか。

F：ねえ、宮田さんがね。会社辞めたいんだって。

M：へえ。昨日社長が宮田君は優秀だ、立派だって褒めてたのに。

F：褒められたから辞めたいのよ。

M：へえ、どうして。叱られたなら分かるけど、あんなに褒められたのに辞めるの?これからは重要な仕事を任されて、給料だってもっと上がるのに。

F：お金は関係ないと思うな。宮田さん、前から夜翻訳を勉強しに行ってたでしょう?もうすぐ初めて訳した本が出るんですって。だから会社では頭を使わない単純な仕事がよくって、あんまり働かされるのは嫌なんだって。

M：んー、そうか。

宮田さんはどうして会社を辞めたいと思っているのですか。

男女兩人正在公司交談。宮田為什麼想辭掉工作?

F：聽說宮田想要辭職。

M：咦?昨天總經理明明還誇獎宮田很優秀，工作表現又出色的。

F：他就是因為被誇獎所以才想辭職的。

M：咦?為什麼?如果是因為被罵我還可以理解，可是總經理都這麼誇獎他了，他卻要辭職?之後應該會被委以重任，薪水也會跟著水漲船高的。

F：我想應該跟錢沒有關係。宮田從之前開始，晚上都去學翻譯對吧?聽說他第一本翻譯作品快出版了，所以希望公司的工作不需要使用頭腦，單純的好，而且他又不喜歡太過操勞。

M：哦，是這樣啊。

宮田為什麼想辭掉工作?

1. 因為不想被操。
2. 因為無法被委以重任。
3. 因為被總經理責罵。
4. 因為薪水很低。

60番 115

男の人と女の人が話しています。今日はどんな天気ですか。

F：あら、山田さん、帰ったんですか。

M：はい、足が痛むって早く帰りました。

F：ああ、前にけがしたところですか。寒さが続くとよくないって言っていましたからね。

M：ええ、このごろ暖かい日が続いていたけれど、今日はね。それに、雨もよくないらしいんですよ。

F　：ああ、降りそうですもんねえ。大変ね。

M　：ええ。

今日はどんな天気ですか。

男女兩人正在交談。今天的天氣如何？

F　：哎呀，山田先生回家了嗎？
M　：是啊，他說他腳痛，所以提早回去了。
F　：啊，之前受傷的地方啊。他說天氣一直很冷的話就會惡化。
M　：是啊，最近天氣都很溫暖，但是今天有點冷。下雨好像也對他的腳不好。
F　：啊，好像快下雨了，糟糕！
M　：是啊。

今天的天氣如何？

1. 晴天且溫暖。
2. 下雨且寒冷。
3. 陰天且寒冷。
4. 陰天且溫暖。

61番 116

男の人と女の人が話しています。太郎君はどうして楽しそうなのですか。

M　：おいおい、今日は朝から随分にぎやかだな。

F　：ああ、うるさくて目が覚めた？

M　：いやあ、さっきから子どもの声がしてるから。あれは太郎の声だろう。

F　：ええ、そうよ。

M　：ずいぶん楽しそうじゃないか。新しいゲームでも買ってやったの？

F　：ううん、そうじゃなくて、友だちが来てるからよ。

M　：友だちって？あんな遠くからわざわざ来てくれたのかい？

F　：まさか。今度の学校の同級生よ。

M　：ええ、もう友だちが出来たのか？

F　：そうなの。引っ越す前はなかなか友だちができなかったらどうしようって心配したんだけど、もう…。

M　：そうか。それであんなにはしゃいでるんだな。

太郎君はどうして楽しそうなのですか。

男女兩人正在交談。太郎為什麼一副很高興的樣子？

M　：喂，今天從早上開始就一直好熱鬧。
F　：啊，你是被吵醒的嗎？
M　：不是啦，從剛才就一直聽到小孩子的聲音，那是太郎的聲音吧？
F　：是啊。
M　：他好像很開心的樣子。你買了新遊戲給他嗎？
F　：不是，因為有朋友來找他。
M　：朋友？從大老遠特地跑來？
F　：怎麼可能。是新學校的同學啦。
M　：嗯？已經交到朋友啦。
F　：是呀。真是的，搬家前我還一直很擔心他交不到朋友怎麼辦，結果馬上就（交到了）。
M　：是喔。難怪這麼熱鬧。

太郎為什麼一副很高興的樣子？

1. 因為買給他新遊戲。

2. 因為以前學校的朋友來找他。
3. 因為最近搬家。
4. 因為新朋友來找他。

62 番 117

男の人が女の人と話しています。女の人は結局現金をいくら使いましたか。

F ：昨日 CD プレーヤーを買いに行ったら、お店が 1 万円引きセールをやってたの。

M ：へえ。それでいいのあった？

F ：うん。6 万円のだったの。だから 1 万円引きで 5 万円。

M ：そりゃよかったね。

F ：それからね。お買い上げのお客様用のくじ引きセールもあったの。で、くじ引いたら、見事 3 万円の割引券があたっちゃって。

M ：すごいついてたね。

女の人は結局現金をいくら使いましたか。

男女兩人正在交談。女人最後花了多少現金？

F ：昨天我去買了 CD 播放器，發現那間店有一萬塊折扣的特惠耶。
M ：哦，有買到什麼好東西嗎？
F ：嗯，一台六萬塊的 CD 播放器，折扣一萬塊之後是五萬塊。
M ：那很棒。
F ：而且有消費的客人還有抽獎折價優惠，我還抽中了三萬塊的折價券。
M ：好厲害喔。真幸運。

女人最後花了多少現金？

1. 5 萬　　3. 3 萬
2. 4 萬　　4. 2 萬

63 番 118

男の人と女の人が引っ越しの荷物について話しています。箱は全部でいくつになると言っていますか。

M ：荷物はどのように入れましょうか。

F ：まず、引っ越してからすぐに使うものはここに分けておいたから、それだけで 1 箱作ってほしいのよ。

M ：はい、分かりました。あとのものはどうしましょうか。

F ：そうねえ、本は全部一緒に入るかしら。

M ：はい、大丈夫ですよ、一緒にして一つ作りましょう。

F ：そうしたら、あとは、食器を一つに。

M ：あ、食器はかさばるから二つにしましょう。

F ：そうね。じゃあ、あとは衣類と靴ね。

M：そうですね、それはあまりないから、一つの箱でいいですか。

F：いいですよ。じゃあ、お願いします。

箱は全部でいくつになると言っていますか。

男女兩人正在談論搬家的行李。總共有多少個箱子？

M：行李要怎麼放進去？
F：首先，把搬家後馬上會用到的東西分到這邊，裝成一箱。
M：好，我知道了。那其他的東西要怎麼處理？
F：唔……書全部一起放得進去嗎？
M：好，沒問題。那就裝在同一箱吧。
F：然後餐具放在同一箱。
M：啊，餐具的體積比較大，分成兩箱好了。
F：好啊。接下來就是衣服和鞋子。
M：嗯。數量不多，裝在一箱可以嗎？
F：好啊。那就麻煩你了。

總共有多少個箱子？

1. 2個
2. 3個
3. 4個
4. 5個

64番 119

お姉さんと弟が電話で話しています。弟の子供は全部で何人になりましたか。

F：もしもし、鈴木です。

M：あ、姉さん。次郎だけど。

F：ああ、次郎。何？

M：今、病院から電話があって、生まれたらしいんだ。

F：そう。おめでとう。で、どっち？

M：女の子だって。

F：よかったねえ。あなたたち2人とも欲しがってたもんね。

M：それで、今日1日、上の子を預かってほしいんだけど。下の子は僕が病院に連れて行くから。

F：いいよ。上だけじゃなく2人まとめて面倒見てあげるわよ。うちの子と3人で遊ばせておくから。

M：ありがとう。そうしてくれると助かるよ。じゃ、すぐ連れて行く。

F：分かった。気をつけてね。

弟の子供は全部で何人になりましたか。

姐弟兩人正在講電話。弟弟總共有幾個小孩？

F：喂？我是鈴木。
M：啊，姐姐。我是次郎。
F：喔，次郎。什麼事？
M：剛剛醫院打電話來，好像生了。
F：是喔？恭喜恭喜！男生還是女生？
M：聽說是女生。
F：那真是太好了！你們兩個一直想要有個女兒。
M：所以，今天一整天我想請妳幫我帶大的。小的我會帶去醫院。

F ：好啊，不只是大的，我可以幫你照顧兩個。讓他們和我們家裡小孩，三個人一起玩。

M ：謝謝，真是幫我很大的忙，我現在就把他們帶過去。

F ：我知道了，路上小心喔！

弟弟總共有幾個小孩？

1. 兩個
2. 三個
3. 四個
4. 五個

スクリプト．㈢ 概要理解

在問題 3 中，題目紙上沒有印刷任何東西。此試題是測試聽取全文內容為何的題型。在會話之前並沒有題目。請先聆聽對話後，再聽取問題和選項，並從 1 ～ 4 的答案中選出最適當的答案。

1番 121

女の人が、飛行機に関するニュースを伝えています。

F ：それでは次のニュースです。東京とアメリカのシカゴを結ぶ新たな空の便が、今年4月に就航することになっていましたが、この予定に関して、半年ほどの延期が本日決定されました。これは昨年末から相次ぐ機体トラブルの影響によるもので、新航路を飛行する予定の飛行機が、当初この機体と同型のものがほとんどを占める計画となっており、航空会社によりますと、安全性を重視するため、十分な確認作業を経たうえで、お客様にご利用いただくことを第一に考えた結果だ、と話しています。また、この会社の発表によりますと、この路線は今年10月の就航を目指す、ということです。

航空会社は、何を決定したと言っていますか。

1. 新航路の就航開始を、4月から10月に変更する。
2. 新航路の路線を、別の都市への発着へ移行する。
3. 機体トラブルの影響で、10月の飛行を中止する。
4. 機体の安全が確認でき、4月に飛行を開始する。

女人在播報關於飛機的新聞。

F ：接下來是下一則新聞。東京和美國芝加哥的新航線，原定今年四月開航。關於這項安排，今天決定要延後半年。這是受從去年底開始接二連三所發生的機身的問題所影響。預定飛行新航線的飛機當初計劃大多數採用和這個機体同一機型的飛機，航空公司表示，這是為了重視安全經過了周嚴的確認作業後，以乘客的搭乘安全為第一考量所做出的決定。還有根據這家公司的發表，這條航線預定今年10月開航。

請問航空公司說決定了什麼事呢

1. 新航線的開航從4月變更為10月。
2. 新航線的航路改為從其他城市起降。
3. 受機身問題的影響，中止10月的飛行。
4. 機身的安全已確認，4月開始飛行。

2番 (122)

男の人が、あるイベントについて説明しています。

M ：本日から、東京都道田市のコミュニティホールで開催されている、中国の伝統文化を紹介するイベント、朝10時の入場開始を前に、長蛇の列ができました。入場を今か今かと待ちわびる来客の中には、日本に住む世界各国からの留学生なども多数見受けられました。では中に入ってみましょう。えー、こちらは、特産物を展示販売するコーナーですが、試食もできる、ということで大人気です。特に、「岩茶」というお茶の一種を紹介するブースでは、日本では入手困難な珍しい商品ということから、多くの人が試飲用のコップに手を伸ばしていました。このイベントは来週15日までで、主催者によりますと、10万人以上の来場者を見込んでいる、ということです。

開催されているのは、どんなイベントですか。

1. 中国の人に、日本の伝統文化を紹介するイベント。
2. 中国の物や文化を、多くの人に知ってもらうためのイベント。
3. 中国への留学生を集めるためのイベント。
4. 中国のお茶について学習するためのイベント。

男人正在針對某一個活動做說明。

M：從今天開始在東京都道田市活動中心所舉辦的介紹中國傳統文化的活動，在早上10點入場前就大排長龍，在急切等待入場的人當中很多都是住在日本的來自世界各國的留學生。讓我們進到會場內看看吧！唔，這裡是展覽販賣特產的攤位。因為可以試吃所以大受歡迎。特別是介紹一種叫「岩茶」的攤位，這是在日本很難買到的珍貴商品，所以有很多的人都去試喝。這個活動到下週的15日為止，根據主辦單位預測會有10萬以上的入場者。

請問所舉辦的活動是哪一種活動呢？

1. 向中國人介紹日本傳統文化的活動。
2. 向大部份的人介紹中國的物品或文化的活動。
3. 聚集要去中國的留學生的活動。
4. 學習關於中國茶的活動。

3番 123

天気予報士が話しています。

F：全国的に晴れ間が広がり、すがすがしい朝になりました。現在気温は19℃、洗濯指数も70と、高い値を示しています。しかし、こちら、南シナ海のほうへ目を向けてみますと、まだ小さいですが、台風2号が発生していることがわかります。風速25メートルの非常に小型の台風ですが、この影響で、上空の湿った空気が日本列島の上に引き寄せられ、午後からは次第に雲に覆われ、一時雨となる地域が多いでしょう。午後の気温は18℃、寒さを感じることはないでしょう。しかしこののち台風は日本列島へ上陸せず、次第に太平洋中心のほうへ抜けるように、ゆっくり移動してゆくでしょう。

気象予報士が伝えている内容に合っているものはどれですか。

1. 天気も気温も安定し、今日は全国的に晴れの一日になる。

2. 今日は気温は次第に高くなり、洗濯するのは午後のほうがいい。
3. 今日の午後台風は日本列島に上陸し、雲が広がり一時雨になる。
4. 台風の発生に伴い、今日は午後から次第に天気が悪くなる。

氣象主播正在播報氣象。

F ：今天全國天氣晴朗，是個清爽的早晨。現在氣溫是攝氏 19 度。洗衣服的指數是 70，數值非常的高。但是往南海方面看，可以看到現在還是很小的 2 號颱風正在形成當中，是風速 25 公尺非常小型的颱風。但是受到它的影響，上空的濕空氣正往日本列島靠近，下午開始雲層逐漸變多，會有許多地區會下短暫雨。下午的氣溫是攝氏 18 度，應該不會覺得冷。但是這個颱風不會登陸日本列島，會慢慢的移動穿過太平洋中心。

請問和氣象主播所播報的內容相符合的是哪一個呢？

1. 天氣和氣溫都很安定，今天一整天全國都是晴天。
2. 今天的氣溫會逐漸的昇高，要洗衣服最好是下午洗。
3. 今天下午颱風會登陸日本列島，雲層會擴展，會下短暫雨。
4. 隨著颱風的發生，今天下午開始天氣會逐漸變不好。

４番 124

男の人がテレビでニュースを伝えています。

M ：昨年、大阪府雨宮市の線路で発生しました電車の脱線事故、多くの被害者が出たことが記憶に新しいですが、今朝、現場に近い市民広場で、事故から1年の追悼記念式典が行われました。この脱線事故の遺族や鉄道関係者など、約180名の参加者のもと、当時事故発生の午前8時10分に合わせて、1分間の黙とうがささげられました。遺族や関係者の中には、今なお続く事故原因を追究する裁判や損害賠償訴訟の長期化に、いらだちを感じていると話すかたもいました。式典は午前11時に終了しましたが、献花台は明日午後5時まで設けられるということです。

ニュースは何を伝えていますか。

1. 電車脱線事故の被害者総数。
2. 電車の脱線事故から今日で1年が経ったこと。

3. 電車脱線事故による裁判の判決結果。

4. 電車の脱線事故による被害金額の大きさ。

男人正在報導新聞。

M：去年在大阪府雨宮市所發生的電車脫軌事故造成許多傷亡者，大家對此應該記憶猶新，今天早上在現場附近的市民廣場舉行事故一週年的追悼記念典禮。電車脫軌事故的遺族及鐵路公司相關人員等約 180 名的參加者在當時事故發生的時間上午 8 點 10 分，舉行默哀 1 分鐘。遺族及鐵路公司相關人員當中也有人表示對於還在持續中的追究事故原因的審判，以及損害賠償的訴訟的長期化，感到焦慮不耐煩。典禮在上午 11 點結束，獻花台預定設置到明天下午 5 點為止。

請問新聞在傳達什麼事情呢？

1. 電車脫軌事故受害者的總人數。
2. 電車脫軌事故到今天剛好過了一年。
3. 電車脫軌事故的審判結果。
4. 電車脫軌事故的受害金額的大小。

5番 125

男の人と女の人が、子ども手当について話しています。

M：市役所は来年から、経費や予算の削減対策をどんどん強化していくって書いてあるね。

F：うん、それね。私も読んだけど、何か不安だわ。もし子ども手当が支給されなくなると、家計にかなり響くのよ。

M：けっこう、それをあてにしている家庭も多いもんね。

F：手当がなくなったら、私も仕事に復帰して、家計を支えなくちゃね。でもまだ子どもも小さいし、保育園にあずける場合、どのくらいお金がかかるのかとかもわからないし…。

M：もし心配だったら、無料で相談できる機関などもあるし、一度電話してみたら？ 子育てに関する法律や公的支援について、いろいろ教えてくれるみたいだよ。

F：へえ、いいわね。わざわざ出向かなくても、電話でできるのは助かるわ。

M ：相談に、子どもを連れて行くのも大変だからね。

男の人は女の人に、何を教えてあげましたか。

1. 子ども手当が市役所でもらえること。
2. 子ども手当が来年中止されること。
3. 子育てに関する相談ができる機関があること。
4. 無料で子供をあずかってくれる保育園があること。

男人和女人正在討論有關小孩的津貼補助。

M ：市公所從明年開始要加強刪減經費預算的政策。
F ：嗯，對啊。我也看到了。覺得有點不安。如果小孩的補助津貼給付沒有了的話，對家計就會有很大的影響了。
M ：有很多家庭是依賴這份津貼的。
F ：如果津貼沒有了，我就一定非要出去工作補貼家計不可了。但是小孩還小，送去托兒所的話也不知道要花多少錢？
M ：如果擔心的話，有免費可以諮詢的機構，可以打電話問看看。會告訴我們各種的養育小孩的相關法律或公家的支援。
F ：喔，不錯耶！可以不用特地去，用電話就可以諮詢，真是太好了。
M ：為了要諮詢還要帶小孩子去也是很累的。

請問男人告訴女人什麼事情呢

1. 小孩的補助津貼可以在市公所領。
2. 小孩的補助津貼明年就中止了。
3. 有機構可以提供育兒諮詢。
4. 有免費的托兒所。

6番 (126)

男の人と女の人が、納豆について話しています。

F ：はい、こちらにずらっと並びました。日本人の朝ごはんと言えばこちら、納豆ですけど、全国こんなにたくさんの種類があるのですね。しかもよく見てみると、豆の大きさや色などが、少しずつ違っているのがわかりますね、先生。

M ：そのとおりです。やはりまず、見た目は重要です。色つやがよく、ふっくら丸い形は採点のポイントと言っていいでしょう。大きさは特に評価しません。この差は豆の種類の関係ですから。

F ：そうですか。そして、次は試食ですね。この時のポイントとしては？

M ：はい、納豆の特徴と言えば、この粘りですね。まずは箸で少しつまんでみて…。

F ：ああ、いい感じに糸が引いていますね。

M ：はい、こちらのは粘りが強いほうだと思います。そして最後、やはり大切なのは味です。

F　：なるほど、ありがとうございます。このように、先生にはこのあと、各種類一つずつ審査をしていただきます。では先生、引き続きよろしくお願いします。

男の人は何をしていますか。

1. 数種類の納豆の出来を評価している。
2. おいしい納豆の作り方を説明している。
3. 納豆を使ったアイデア料理を教えている。
4. 全国の納豆を紹介している。

男人和女人正在談論關於納豆的事情。

F　：是的，在這裡整齊地排開（的是納豆）。要說到日本人的早餐，一定就是這個納豆。啊，全國有這麼多的種類。而且仔細看的話就可以看出豆子的大小或顏色都有少許的不一樣。老師是嗎？
M　：正是如此。首先最重要的還是外觀。色澤優良、圓圓的形狀就是評分的要項。大小並不會特別的去評分，因為這個差異和豆子的種類有關。
F　：是這樣子嗎？接下來是試吃。這時候的要點是什麼
M　：納豆的特徵就是黏度。首先用筷子夾一點看看……。
F　：啊，絲拉的很漂亮。
M　：對，這個的黏度是比較強的。最後，還是最重要的就口味。
F　：原來如此，謝謝您。接下來老師要每個種類一一審查。老師，接下來還要拜託您了。

請問男人正在做什麼事呢？

1. 評價各個種類的納豆的狀況。
2. 說明好吃的納豆的作法。
3. 示範用納豆做的創意料理。
4. 介紹全國的納豆。

7番 127

男の人が、ある会社の状況について話しています。

M　：えー、このたび、わが社経営悪化の各紙報道の広まりを受け、関係者の皆様には、ご心配とご迷惑をおかけいたしましたこと、まず心よりお詫び申し上げます。えー、新聞などの内容にありますとおり、昨年度一年間の売り上げが、思いのほか伸びず、当初弊社が想定しておりました金額の 2/3 にとどまる結果となりました。これにより、年間収益も若干の赤字が見込まれると予想されます。この事態を受けまして、今回、以前から検討しておりました公的資金による援助を受け入れることを、本日、取締会により了承、決定に至りました。とは言いましても、昭和 30 年の創業から守り続けてきました社の業務を、一日も早く再

建すべく、今後も私たち社員一丸となり頑張ってまいりますので、なにとぞご理解のほどを、よろしくお願い申し上げます。

男の人は、今後この会社はどうなる、と説明していますか。

1. 会社が再建できるように努力する。
2. 報道各社へ資金を援助する。
3. 経営悪化で業務を停止する。
4. 売上金額の2/3を今後も継続する。

男人正在針對某家公司的狀況做說明。

M：這次關於本公司的經營惡化的事，經各家報紙的報導，讓相關人士擔心並造成困擾，我們深深的感到抱歉。就如報紙上所報導的，去年一整年的營業額並沒有如預期的成長，只達到本公司當初所設定的金額的 2/3。因此年度的盈收也預計會有若干的赤字。受到這種情況的影響，今天董事會通過決定要接受之前討論已久的政府機構資金的援助。希望從昭和 30 年開始創業並持續至今的本公司的業務能早日的復興。今後本公司的全體員工會同心協力的努力，敬請各位多多諒解。

請問男人說明這個公司今後會如何呢？

1. 努力讓公司復興。
2. 對各報社提供資金的援助。
3. 因為經營惡化所以停止業務。
4. 今後也會持續營業額的 2/3。

8番 128

男の人と女の人が、選挙について話しています。

F：日本もようやく、インターネットを利用した選挙活動ができるように変わっていくみたいね。

M：ああ、次の国会での法案成立を目指すって、総理大臣がインタビューで話してたやつ？でも急には難しいんじゃないかな。

F：急じゃないわよ。もう海外の国ではとっくに行われていることで、日本はその点でかなり遅れているらしいわよ。

M：外国と日本じゃ、考え方や状況が違う部分もあるし、もっと慎重に進めた方がいいっていう意味だよ。ほら、高齢化社会でお年寄りが多い中、そういう人たちがパソコンの使い方を熟知しているかどうかは不明だし、今後の不安材料になるんじゃない？インターネットを使った活動方法がよくないって言ってるんじゃなくて、そうしたこともよく考慮した上で、進めたほうがいいってことが言いたいんだよ。

男の人は、インターネットを利用した選挙活動について、どう思っていますか。

1. もっと深く検討したうえで、法案成立を進めたほうがいい。
2. 外国と日本では考え方が違うので、選挙活動の方法を変えるのはよくない。
3. これを機に、高齢者もパソコンが使えるようになったほうがいい。
4. 国会の議論は難しすぎて、急には理解できない。

男人和女人正在談論有關選舉的事情。

F：日本好像終於也要可以用網路來競選了。

M：啊，總理大臣在接受訪問時所談到的「希望下次的國會能讓法案成立」的那個嗎？但是突然要做會有些困難吧？

F：並不是突然。在外國很早以前就在做了，日本在這方面已落後很久了。

M：我的意思是，外國和日本的想法或狀況有不一樣的地方，應該要更慎重的進行是比較好。在高齡化社會老年人口很多，這些老人家是否熟悉電腦的使用也是狀況不明的，會成為今後不安的因素。我並不是說用網路的選舉活動的方法不好，而是要仔細考慮到這些事情後再進行是比較好的。

男人對用網路競選，是如何認為的呢？

1. 應該更深入的檢討之後，再通過法案比較好
2. 因為外國和日本的想法不一樣，所以改變選舉方法是不好的。
3. 利用這個機會讓年邁人士也會使用電腦。
4. 國會的議論太難了，是無法突然理解的。

9番 129

女の人が話しています。

F：一般的には、富士や紅玉、世界一と言った種類のものが有名なんですが、この地方一帯で作られているのは、もう少し甘みを抑えた、酸味のあるものなんです。そのまま食べるためのりんごというより、ジュースやジャムなど加工品に適しています。私のいちばんのお勧めはですね、りんごのコンポートと言って、砂糖と一緒に甘く煮て食べる方法なんですが、歯触りもしゃきしゃきしていて、格別のスイーツなんですよ。こうしたこのりんご特有の味の違いは、この付近の土壌と関係があり、酸性を帯びた土の影響だそうです。

女の人は、何について話していますか。

1. りんごの種類の多さについて。
2. りんごの木の上手な育て方について。

3. この地方で採れるりんごの特徴について。
4. りんごを使ったいろいろな調理方法について。

女人正在談話。

F ：一般而言，「富士」、「紅玉」、「世界第一」等品種是很有名的。這地區所種植的是減少甜度，且帶有酸味的品種。比起直接食用，這種品種的蘋果是適合用來做果汁或果醬等的加工品。我最推薦的是一種名為「糖煮蘋果」，也就是和砂糖一起煮的食用法。口感很脆，是一種很獨特的甜點。這種蘋果會有獨特的口感，聽說是和這附近的土壤有關，受帶酸性的土壤所影響的。

請問這女人是在談有關什麼的話題呢？

1. 有關蘋果種類的多。
2. 有關蘋果樹的高明栽培方法。
3. 有關這個地區所採收的蘋果特徵。
4. 有關用蘋果所做的各種調理方法。

10番 130

女の人が、ある野球の選手にインタビューしています。

F ：山口選手、今シーズンのリーグ優勝、おめでとうございました。改めて今のお気持ちをお聞かせください。

M ：ありがとうございます。正直、途中までは優勝は難しいな、と感じていたので、結果として驚きと喜びの、複雑な気持ちです。

F ：複雑、と言いますと…？

M ：はい、やはり去年一年を、けがで終わらせてしまいましたので、ご迷惑をかけてしまったチームに、今年は何としてでも貢献しなきゃ、という気持ちが強すぎたんです。それで、シーズン序盤から張り切りすぎてしまい、後半は息切れ気味で、優勝争い時期に、ぼくはあまり活躍できませんでしたから。

F ：しかしリーダーとして、精神的にチーム全体を支えてくれた、と他の選手の皆さんからもうかがっています。

M ：ははは、みんな気を使ってくれているんですよ。まあ、後輩たちも実力をつけてきてくれましたしね、僕も来年はもっとリーダーらしく、プレーでいいところ、見せないといけませんね。

この選手は、今シーズンの自分の様子について、どう言っていますか。

1. 優勝するためにプレーで活躍し、チームを支えた。
2. 後輩のけがで迷惑を被った。
3. けがで一年、試合にほとんど出られなかった。
4. あまり実力が発揮できなかった。

女人正在採訪某位棒球選手。

F ：山口選手恭喜你在本季的大聯盟比賽獲勝。請你再次的告訴大家你現在的心情。
M ：謝謝。老實說直到中間的過程我都感到很難獲勝，所以得到此結果讓我感到驚訝和喜悅，心情很複雜。
F ：複雜？怎麼說呢？
M ：是的，因為去年一年是以受傷結束的，給球隊添了很多麻煩，所以今年覺得非要有所貢獻的心情非常的強烈。因此球季一開始就過度的緊繃，結果到後半期有點喘不過氣來。在冠亞軍爭奪賽的時期，我不太能所有表現。
F ：但是我聽其他選手們說你身為隊長在精神面上給整個隊很大支撐。
M ：哈哈哈，那是大家都很用心。還有年輕的選手們的實力也提昇了。明年我更要有隊長的樣子，在比賽時展現出好的一面給大家看。

這位選手對於這一季，自己的情況是如何說的呢？

1. 為了獲勝而在比賽時非常的活躍，支撐著整個球隊。
2. 因為年經球員的受傷受到了拖累。
3. 因受傷一整年幾乎沒有出場比賽。
4. 沒有發揮實力。

11番 131

女の人が、旅行についての分析結果を話しています。

F ：お正月休みに旅行へ行かれたかたも多いかと思われますが、今年は国外で休暇を楽しむ傾向が目立ちました。これは円高の影響が関係しているとみられます。また、土日を利用すると最大9連休となるサラリーマンも多く、近場の旅行より遠出を選ぶ傾向も見受けられました。海外への出国者数も過去最高となり、行き先については韓国、台湾などの東アジア方面が、5年連続の一位となりましたが、北米やヨーロッパ方面へ行かれた旅行者の割合が、昨年比で10.5ポイント上昇。大型連休を十分に利用した様子がうかがえます。

旅行の何についての分析結果ですか。

1. 国内より海外への旅行のほうがお得な理由。
2. 遠くへの旅行者数増加の原因。
3. 北米やヨーロッパへ向かう旅行者数の増減。
4. 長期休暇の利用価値。

女人正在談有關旅行的分析結果。

F：我想過年的年假有很多人要去旅行。今年要到國外去享受假期的人非常的多。這可以看出是受日圓升值的影響。如果加上週六週日的話很多上班族就有九天的連休了，所以可以看出傾向於選擇到較遠的地方（旅行）。到國外的人數也創下歷年來最高的記錄。旅行的目的地以韓國、台灣等東亞方面，持續5年第一名，前往北美或歐洲方面的旅行的人也比去年提昇了10.5%。可以看出大家都充份的利用了大型的連休。

請問是針對旅行的什麼的分析結果呢？

1. 比起國內，到國外旅行是比較划算的理由。
2. 前往遠方旅行的人數增加的原因。
3. 前往北美或歐洲的旅行人數的增減。
4. 長期休假的利用價值。

12番 132

男の人と女の人が、駅前で話しています。

F ：えっと、ここからはバスかタクシーに乗り換えてっと…。

M ：あの、失礼ですが、本日ご予約いただいている鈴木美紀さんでいらっしゃいますか？私、ますや旅館のものですが。

F ：え？はい、鈴木は私です。

M ：ああ、寒い中わざわざ遠いところ、お疲れさまでした。私、お客様専用車のドライバーの井上と申します。あちらに車が停めてございますので、どうぞこちらへ、旅館までご案内いたします。

F ：まあ、ますや旅館さんは送迎サービス付きだったんですね。

M ：ええ、何せちょっと交通が不便なところにございますもので。

F ：ありがとうございます、ああ、よかった。ここからどうやって向かおうかと思っていたところだったんです。

M ：そうでしたか。バスだとだいたい20分かかるのですが、この車ですと直接参りますので、10分ほどで宿へ到着できます。

F　：そうですか。荷物も多いし、助かりました。

男の人は、駅へ何をしに来ましたか。

1. ますや旅館を紹介しに来た。
2. ますや旅館への行き方を聞きに来た。
3. 女の人を迎えに来た。
4. 女の人を見送りに来た。

男人和女人正在車站前面談話。

F　：聽說從這裡要換搭公車或是計程車……。
M　：啊，很抱歉，請問是今天有訂房的鈴木美紀小姐嗎？我是滿壽屋旅館的人。
F　：啊？是啊，我是鈴木。
M　：啊，在這麼寒冷的天氣您還大老遠的前來，辛苦您了。我是客人專用車的駕駛叫井上。車子停在那裡，這邊請，我送您去旅館。
F　：滿壽屋旅館有接送的服務啊。
M　：因為是交通不便的地方。
F　：謝謝，真是太好了，我正在想從這裡要怎麼去旅館呢？
M　：是嗎？搭公車的話大約要20分鐘。開車的話直接前往，約10分鐘就可以到旅館了。
F　：是嗎？行李也很多，真是太好了。

請問男人到車站來做什麼事呢？

1. 來介紹滿壽屋旅館
2. 來問去滿壽屋旅館的方法。
3. 來接女人。
4. 來送女人。

13番 133

男の人と女の人が話しています。

F　：あれ、ヒロ君、もうみんな外でサッカーしてるよ。

M　：うん、そうみたいだね。

F　：行かないの？

M　：俺はいいよ。このテレビ、おもしろいから。サッカー終わったら、後でみんなでご飯食べに行くんだろ？その時、声掛けてよ。それまでここで待ってる。

F　：またぁ、そんなこと言って。サッカー、楽しいわよ。

M　：だって、寒そうだもん。

F　：冬なんだから、寒いのは当たり前でしょ。体動かした後だと、ご飯もおいしく食べられるわよ。最近運動不足なんだからさ、みんなとひとっ走り、してきなさいよ。

M　：もっと暖かくなったら、サッカーでもバスケットボールでも、何でもするつもりだからさ、今日は勘弁。

F　：はあ、いつもこうなんだから。

男の人は、今どう思っていますか。

1. みんなとサッカーはしたいけど、バスケットボールはしたくない。
2. みんなとサッカーもしたいし、バスケットボールもしたい。
3. みんなとサッカーもしたくないし、ご飯も食べに行きたくない。
4. みんなとサッカーはしたくないけど、ご飯は食べに行きたい。

男人和女人正在談話。

F ：咦，小廣，大家都在外面玩足球哦。
M ：對啊，好像是這樣。
F ：你不去嗎？
M ：我就不去了，這個電視（節目）很有趣。足球結束後大家不是要一起去吃飯？到時候叫我一聲就行了，在這之前我在這裡等。
F ：不要這麼說，足球很好玩哦。
M ：但是，好像很冷。
F ：現在是冬天當然會冷。動一動身體之後，飯也會變的很好吃哦！最近運動不足，去和大家一起跑一下嘛！
M ：等天氣再暖和一點，足球、籃球我都會去玩的，今天就饒了我吧！
F ：你老是這樣子。

請問男人現在怎麼想的呢？

1. 想和大家玩足球，不想玩籃球。
2. 想和大家玩足球，也想玩籃球。
3. 不想和大家玩足球，也不想去吃飯。
4. 不想和大家玩足球，但想一起去吃飯。

14番 134

女の人が気候の変化と生物の数の関係について話しています。

F ：ええ、皆さんご存じのように、この数十年間、地球は温暖化しつつあります。今後さらに暖かくなると動物や植物にも影響を与えることが考えられます。この島は冬の寒さが厳しいことで知られていますから、もしこのまま温暖化が進めば動物や植物にとって住みやすくなり、その数が増えると一般には思われがちです。しかし私たち生物学者はその反対の事態を予想しています。ですから、この島の自然はこのままの姿で変わらずに行って欲しいものだと思います。

地球が暖かくなるとこの島の動物と植物の数はどうなると言っていますか。

1. 動物の数も植物の数も増えます。
2. 動物の数は減りますが、植物の数は増えます。

3. 動物の数も植物の数も減ります。
4. 動物の数も植物の数も変わらない。

女人正在談論氣候變化與生物數量的關係。

F ：如同大家所了解的，在這數十年間地球正持續暖化。可想見若今後地球仍然持續暖化，勢必也會給動植物帶來影響。這個島上冬季的嚴寒是眾所皆知的，如果地球暖化這樣持續下去，環境會越來越適合動植物的居住，一般認為這個島上的動植物數量會因此增加。但是，我們生物學家的預測則和上述相反。因此，我希望這個島上的自然環境繼續維持現狀。

她說地球暖化會給這個島上的動植物數量帶來何種變化？

1. 動物的數量和植物的數量都會增加。
2. 動物的數量會減少，但是植物的數量會增加。
3. 動物及植物的數量都會減少。
4. 動物的數量及植物的數量都不會有變化。

15番 135

男の人2人と女の人1人が話しています。

M1：それでは次の打ち合わせの日程ですが、20日はいかがでしょう。

M2：その日は別の会議が入っておりますので、遅くても4時45分には終わらせていただけないでしょうか。

M1：それじゃあ、20日の1時半から4時半ということでいかがでしょう。

F ：あの…、申し訳ないのですが、その日は午前中に空港に出迎えに行くように言われておりまして、もしかしたら30分ぐらい遅れる可能性があるんですが。

M1：じゃあ、そのときは先に始めていますね。

F ：分かりました。

次の打ち合わせは何時から何時までですか。

1. 1時30分から4時30分までです。
2. 1時30分から4時45分までです。
3. 2時から4時30分までです。
4. 2時から4時45分までです。

兩個男人和一個女人正在交談。

M1：那麼關於下次開會的日期，定在20號如何？
M2：我那天還有其他的會議，所以最晚可以在4點45分結束嗎？
M1：那20號的1點半開始到4點半如何？
F ：那個……，非常抱歉，我那天早上要去機場接機，可能會遲到大約30分鐘。
M1：那個時候我們就先開始吧。
F ：我知道了。

下次開會是從幾點到幾點？

1. 從1點30分開始到4點30分。
2. 從1點30分開始到4點45分。

3. 從 2 點開始到 4 點 30 分。
4. 從 2 點開始到 4 點 45 分。

16 番 136

男の人と女の人が話しています。

M　：来週の午後空いてます?
F　：えーっっと、来週ってもう 9 月ですよね。
M　：ええ。
F　：9 月の水曜日は全然だめなんですよ。一日中。
M　：月曜日とか火曜日とかはどうですか。
F　：えーっと、週の前半はねえ。いまはまだお約束できないですね。
M　：そうか。困ったな。こっちは木、金が厳しくてね。じゃあ、週末にまたご連絡しますよ。それでなんとか時間を空けて。
F　：そうですね。なるべく月、火でお会いできるようにしてみますけど。

2 人はいつ会いますか。

1.　月曜日か火曜日に会います。
2.　木曜日か金曜日に会います。
3.　水曜日に会います。
4.　まだ分かりません。

男女兩人正在交談。

M ：妳下星期的下午有空嗎？
F ：唔，下星期已經是九月了吧？
M ：是啊。
F ：9 月的星期三，一整天我都不行啊。
M ：那星期一和星期二如何？
F ：唔，前半個星期啊……，我現在還不能跟你確定。
M ：這樣喔，真傷腦筋。我星期四和星期五不太行……。那我週末再跟妳聯絡好了。就請妳盡量把時間空下來……。
F ：好啊，我會盡量把事情排開，好能夠在星期一、二跟你見個面的。

兩人何時見面？

1. 星期一或星期二見面。
2. 星期四或星期五見面。
3. 星期三見面。
4. 還不確定。

17 番 137

女の人と男の人が来月の会議の日程を決めています。

F　：来月の日程だけど…みんなが覚えやすい日にしましょうよ。
M　：みんな忘れっぽいからね。
F　：きょうは 10 月 15 日ね。…えっと、来月は、月と日にちが同じ日にしたらどう?
M　：ああ、この間 9 月 9 日にしたら、みんな忘れないで覚えていたしね。

F ：そうね。…っていうことは、この日ね。はい。決まり。

来月の会議はいつになりましたか。

1. 9月 9 日です。
2. 9月 15 日です。
3. 11 月 11 日です。
4. 11 月 15 日です。

男女兩人正在決定下個月的開會日期。

F ：下個月的日程……。選一個大家好記的日子吧！
M ：因為大家都很健忘。
F ：今天是 10 月 15 日。……唔，那就選下個月的月日數字相同的那一天如何？
M ：哦，之前定 9 月 9 日的時候，大家都沒忘記。
F ：是啊。……那就是這天囉。好，決定了。

下個月的會議是何時？

1. 9 月 9 日
2. 9 月 15 日
3. 11 月 11 日
4. 11 月 15 日

18 番 (138)

女の人と男の人が話しています。

F ：あっ、山下君、待った?
M ：ううん。僕も今来たところ。
F ：でも山下君にしては珍しいじゃない。
M ：何が?
F ：山下君のことだから今日も遅れてくると思ったわ。
M ：えへへ。
F ：で、高田さんは?
M ：それが、まだなんだ。
F ：おかしいわね。高田さんが遅れるなんて。何かあったのかな…。

この女の人は山下君と高田さんの時間の守り方についてどう思っていますか。

1. 山下君はよく遅刻するが、高田さんの遅刻は珍しい。
2. 高田さんはよく遅刻するが、山下君の遅刻は珍しい。
3. 山下君も高田さんも、あまり時間どおりに来ない。
4. 山下君も高田さんも、めったに遅刻しない。

男女兩人正在交談。

F ：啊。山下，你等很久了嗎？
M ：不會。我才剛到。
F ：不過你今天還真難得。
M ：什麼？
F ：我以為你今天一定也會遲到的。
M ：什麼啊 ?!
F ：那高田呢？
M ：他還沒到。
F ：好奇怪喔。高田居然會遲到。他是不是有什麼事啊……。

這個女人是如何看待山下和高田的守時觀念的？

1. 山下經常遲到，高田很少遲到。
2. 高田經常遲到，山下很少遲到。

3. 山下和高田都不太準時。
4. 山下和高田都很少遲到。

19番 (139)

女の人が男の人に昨日のパーティーについて聞いています。

F ：どうだった？ 昨日のパーティー。
M ：え？
F ：何人ぐらい来たの？ 100人ぐらい？
M ：そんなには来なかったよ。
F ：じゃあ、7、80人？
M ：それがさ。70人ぐらい来ると思ってたんだけどね。
F ：ああ、全然だったんだ…。
M ：せめて60人くらいは来て欲しかったな。

昨日はパーティーに何人ぐらい来ましたか。

1. 100人ぐらいでした。
2. 70人から80人ぐらいでした。
3. 60人から70人ぐらいでした。
4. 60人よりも少なかったです。

女人正在詢問男人關於昨天的聚會。

F ：昨天的聚會如何？
M ：咦？
F ：有幾個人參加啊？ 100 人左右？
M ：沒有那麼多人來啦。
F ：那 7、80 個人？
M ：嗯。我原本以為大概會有 70 個人來吧。
F ：沒什麼人啊 ?!
M ：本來希望至少有 60 個人出席的啊。

昨天有多少人參加聚會？

1. 大約 100 人。
2. 大約 70 到 80 人。
3. 大約 60 到 70 人。
4. 少於 60 人。

20番 (140)

女の人が町の問題について演説をしています。

F ：市民の皆さん、町にはご存じのように山のように問題があるわけです。どの道路も狭く、その割りには交通量が多く、事故がなかなか減りません。またこの町には病院が1つしかありません。さらにごみ問題も深刻です。ごみは増えるばかりで、ごみを捨てる場所がなくなりそうです。ま、いろいろな問題があるわけですが、この町がまずしなければならないことは、市民の健康と命を大切にすることです。たとえ怪我をしたり病気になったりしても心配ないように、一日も早く何とかしなければなりません。

この人は何を最初に解決すべきだと言っていますか。

1. 道路の狭さです。
2. 交通事故の多さです。
3. 病院の少なさです。
4. ごみの多さです。

女人關於都市問題正在發表演講。

F：各位市民，如同大家所知，這個城市裡有很多問題。每一條道路都很狹窄，相對之下交通流量又非常大，車禍案件居高不下。另外，這個城市裡只有一間醫院。而且也有很嚴重的垃圾問題。由於垃圾量不斷增加，垃圾快要沒有地方可以丟。雖然這個城市存在著各式各樣的問題，但首要工作就是要保護市民的生命與健康。為了各位市民即使受傷或生病也都能無所擔憂，這是必須趕緊設法解決的問題。

此人說什麼問題應最優先解決？

1. 道路的狹窄。
2. 車禍發生率太高。
3. 醫院的數量太少。
4. 垃圾量太多。

21番 141

女の人が資料について話しています。

F：資料は一方ではできるだけたくさん集めながら、他方では不用な物を思い切って捨てるという、一見矛盾したような行為をしないと、資料の山に埋もれてしまいます。このうち「捨てる」ほうが難しいことは既に多くの人が経験済みでしょう。そこで資料を減らす工夫です。古くなった物を捨てていくことも必要でしょうが、何よりも重要なのは収集段階で厳しく選択することです。

一番大切なのは何だと言っていますか。

1. できるだけたくさん資料を集めることです。
2. 不用な資料を捨てることです。
3. 特に必要な資料だけ集めることです。
4. 古くなった資料を捨てることです。

女人正在談論資料。

F：一方面盡可能大量收集資料，同時另一方面要乾脆地把不需要的資料丟掉。 這種乍看之下彷彿是矛盾的行為，但如果這樣不做的話，就會被一大堆的資料給淹沒的。在這當中，許多人已經體會到「丟棄」是比較困難的。因此，我們就必須努力地減少資料。當然舊了的資料要丟，更重要的是在蒐集資料階段就嚴加篩選。

她說最重要的是什麼？

1. 盡可能大量的收集資料。
2. 捨棄不需要的資料。
3. 只蒐集極為需要的資料。
4. 捨棄舊資料。

22番 (142)

女の人が話しています。

F　：えー、いま卵のような形をしたお菓子を買う人がたくさんいるそうです。そのお菓子の中には小さい動物の人形が入っていて、それを集めるために買うんだそうです。特に30代の男性が多いと聞いたので、お父さんが子供のために買ってやるんだろうと思ったんですが、そうではなくて、自分の部屋に飾って楽しむんだそうです。

どんな人が誰のためにお菓子を買うと言っていますか。

1. 子供が自分のために買います。
2. 子供がお父さんのために買います。
3. 男性が子供のために買います。
4. 男性が自分のために買います。

女人正在講話。

F　：現在好像很多人購買外形和蛋相似的點心。點心中放有小動物的造型玩具，據說大家是為了收集那些玩具才買點心的。據說特別是30 幾歲的男性占大多數，所以我原以為是父親為小孩買的，但實際上並非如此，而是父親將玩具拿來裝飾自己的房間，享受樂趣。

她說是誰為誰買的點心？

1. 小孩買給自己。
2. 小孩買給爸爸。
3. 男人買給小孩。
4. 男人買給自己。

23番 (143)

テレビのレポーターが農業について話しています。

F　：最近、新しく農業を始める人が増えています。若い人で、学校を卒業してすぐに親の仕事を継いで農業を目指す人もいますが、会社に雇われて農業を始める人たちが新しい農家の半数を占めるようになりました。これは、食品会社が土地を買い、人を募集して、農業を教え、農家を育てる形式です。このほかに、わずかですが、仕事を引退してから農業を始めた人や不景気で会社が倒産し、町から田舎へ引っ越してきた人たちなどもいます。

新しく農業をするようになった人たちの中で、最も多いのはどんな人たちですか。

1. 食品会社に雇われた人たちです。
2. 親の仕事を継いだ人たちです。
3. 仕事を引退した人たちです。
4. 不景気のため会社で働けなくなった人たちです。

電視台的記者正在談論農業。

F：最近初次從事農業的人逐漸增加。雖然有一些年輕人，剛從學校畢業就以繼承家業，從事農業為目標。但是受雇於公司，從而務農的人，占了首度從事農業農民的一半。這是食品公司買下土地，召集人力，實施農業教育，培育農民的方式。除此之外，雖然僅占少數，但也有人是辭去工作之後才開始從事農業的，也有人是因為不景氣，公司倒閉，因而從城市搬到鄉村來的。

在新開始從事農業的人當中，最多的是哪一種人？

1. 受雇於食品公司的人。
2. 繼承家業的人。
3. 辭去工作的人。
4. 因為不景氣所以無法在公司繼續工作的人。

24番 144

女の人がペットについて話しています。

F：ペットは、昔から人間にとって非常に重要なものでした。特に犬は、かわいがられるためだけではなく、目の不自由な人や体に障害のある人を助けるという役割もしています。最近、お年寄りや重い病気の人がペットと接することによって、元気になったり病気がよくなったりするということもわかりました。つまり、ペットには、人の病気を治すという役割も加わったのです。

この人はペットの新しい役割はどんなことだと言っていますか。

1. 目の不自由な人を助けることです。
2. 病気の人を元気にすることです。
3. かわいがられることです。
4. 障害のある人を助けることです。

女人正在談論寵物。

F：從古至今，寵物對人類而言是非常重要的。特別是狗，不僅是受到人類的寵愛，更扮演了幫助視障以及身障人士的角色。最近也發現老人或患有嚴重疾病的人，可藉由和寵物的接觸，而恢復活力與健康。也就是說，寵物又被賦予了治療人類疾病的任務。

她說寵物的新角色是什麼？

1. 幫助視障人士。
2. 使病人恢復健康。
3. 受寵。
4. 幫助行動不便的人。

25番 145

女の人が話しています。

F：この大学の学生の満足度が高い理由は、何をおいてもその独特の教育方針にあります。また、大学の歴史が長いことを誇りと感じている面もあるでしょうし、施設が整っていることも、その理由と考えられます。さらに、周囲の環境がいいという点も、幾分満足度を高める要因となっているでしょう。

この大学の学生の満足度が高い一番の理由は何ですか。

1. 周囲の環境のよさ。
2. 整った施設。
3. 大学の長い歴史。
4. 独特の教育方針。

女人正在講話。

F：這間大學的學生滿意度高的原因就在於它獨特的教育方針。還有引以為傲的悠久歷史，完善的設備我想也是原因之一。而且學校四周良好的環境也是多少提高滿意度的主要原因吧！

這間大學的學生滿意度高的最主要原因為何？

1. 四周環境良好。
2. 完善的設備。
3. 大學悠久的歷史。
4. 獨特的教育方針。

26番 146

男の人と女の人が、ある物質について話しています。

F：ねえ、この間、新聞で読んだんだけど、眠りには、体の中にある物質が関係しているんだって。

M：へえ、それってどんなものなの。

F：眠るときには、量が増えて、起きるときには、減るんだって。

M：じゃあ、寝る前に、その物質が入った薬を飲めば、すぐ眠れるのかな。楽しい夢を見ながら、とか。

F：睡眠薬じゃないから、そういうわけにはいかないんだけど、朝早く、すっきり目が覚めるんだって。

M：ふーん。

この物質について、正しいものはどれですか。

1. この物質は、飲むとすぐ眠くなる。
2. この物質は、飲むと朝なかなか目が覚めない。

3. この物質は、飲むと楽しい夢を見る。

4. この物質は、飲むと気持ちよく目が覚める。

男女兩人正在談論某種物質。

F：我最近在報紙上看到，聽說睡眠和體內的某種物質有關。

M：哦，那是什麼東西啊？

F：聽說睡覺時，那種物質的量會增加，起床時量則會減少。

M：那如果睡前吃了含有那種物質的藥物，應該可以馬上入睡吧？還可以做個美夢。

F：那不是安眠藥，所以應該沒辦法達到那種功效。不過，聽說一大早醒來心情會很舒暢。

M：哦？

關於這個物質，何者是正確的？

1. 若服用此種物質，則會馬上感到睡意。
2. 若服用此種物質，早上會睡到爬不起來。
3. 若服用此種物質，睡眠中會有個美夢。
4. 若服用此種物質，早上醒來時則會感到精神舒暢。

27番 147

山火事のニュースです。

M：昨夜から燃え続けていた山火事は明け方近くになり、やっと勢いが弱まりました。一時はいつでも逃げられる準備を呼びかけていましたが、もうその心配はないでょう。数時間後には火は消えると思われますが、引き続き注意してください。

山火事はどうなりましたか。

1. 火は明け方に消えました。
2. 数時間で消えました。
3. もうすぐ消えそうです。
4. 引き続き広がりそうです。

以下是關於森林大火的新聞。

M：從昨天晚上開始持續延燒的森林大火，火勢總算在今天清晨減弱了。雖然曾經一度呼籲民眾要做好隨時逃生的準備，但現在已經不用擔心了。再過幾個小時，火勢應該會完全撲滅。不過還是請大家繼續提高警覺。

森林大火的狀況為何？

1. 火勢在清晨時撲滅。
2. 火勢在數個小時內撲滅了。
3. 火勢似乎快撲滅了。
4. 火勢似乎會繼續蔓延。

28番 148

男の人と女の人が話しています。

F ：あの、すみません。これ、やり方教えてください。

M ：え、なに？ああ、これね。表作るわけ？

F ：ええ。だけど中にグラフも入れたいんです。できますか？

M ：うーん、できることはできるけど。

F ：本当？どうやるんですか。

M ：えっとね、あの棚の上に黄色いの、あるよね？

F ：はい。

M ：あれ見て。ねっ。

F ：教えてくれないんですか。

M ：いまそれところじゃないんだよ。

F ：はい。

男の人の言いたいことはどんなことですか。

1. いま忙しいから自分で調べてやって欲しい。
2. やり方は簡単だから自分でやって欲しい。
3. 他の人に聞いて欲しい。
4. グラフはいらないから止めて欲しい。

男女兩人正在交談。

F ：不好意思。請你教我這個怎麼做。
M ：咦？什麼？喔，這個啊。妳要做表格？
F ：對。不過我想把圖表也放進去。可以嗎？
M ：唔，可以是可以啦。
F ：真的嗎？要怎麼做？
M ：唔，在那個架子上有一本黃色的，有看到吧？
F ：有。
M ：妳去看看那個。
F ：你不教我嗎？
M ：我現在沒那個時間！
F ：好吧！

男人想說什麼？

1. 現在很忙，所以希望女人自己查。
2. 做法很簡單，所以希望女人自己做。
3. 希望女人問其他人。
4. 因為不需要圖表，所以希望女人不要這麼做。

29番 149

2人の女の人が最近できたデパートで話しています。

F1 ：このデパート、毎日来ても飽きないわね。食料品から洋服まで世界のいろんなとこの物がずらりと並んでいて…。

F2 ：うん。それにきれいで広々としてて、なんだか外国のどこか素敵な町を歩いてるって感じよね。

F1 ：そうね。ただ、こんなに広いと「これを買いたい」って急いでいるときはちょっと面倒かしらね。

F2 ：それは言えてる。でも、こうやって色んな物を見ながらぶらぶらして行くと、駅に繋がってるから会社の帰りについ行きたくなっちゃう。

F1 ：そうね。夜9時まで全館営業って言うのも考えてあるわね。

2人はこのデパートについて何が不便だと言っていますか。

1. 品物の数が少ないので、買いたいものが見つけにくいことです。
2. 広すぎて、目的のところへすぐ行けないことです。
3. 駅から離れているので、寄るのに不便なことです。
4. 早くしまってしまうことです。

兩個女人正在談論最近新開幕的百貨公司。

F1：就算每天來這間百貨公司也不會覺得膩啊。從食品到衣服，這裡擺滿了世界上各個國家的東西……。

F2：唔，而且環境乾淨又寬敞，感覺好像走在國外的某條漂亮的街道上似的。

F1：是啊。只不過空間這麼寬敞的話，當「我想買這個」這種急忙的時候可能會有點麻煩吧。

F2：可以這麼說。可以像這樣一邊看著各式各樣的東西，一邊閒逛，而且（百貨公司）跟車站相連，這樣下班的時候都會不自覺的想順道逛一下。

F1：是啊。百貨公司也考慮到了這一點，所以全館營業至晚上九點呢。

兩人說這一間百貨公司的哪裡不方便？

1. 因為東西很少所以很難找得到想買的東西。
2. 因為空間太寬敞了，所以沒辦法一下子就走到想去的地方。
3. 因為離車站有段距離，所以不方便順道去百貨公司。
4. 閉館時間很早。

30番 (150)

男の人と女の人が話しています。

M ：ふわああ。

F ：眠いの？飲みすぎ？

M ：違うよ。このごろよく眠れなくてさ。

F ：へえ。職場から目と鼻の先だから、通勤時間ゼロでたっぷり寝られて、もう極楽って言ってたじゃない？

M ：そうなんだよ。家賃も入ったときから変わってないし、商店街も近いし、最高だったんだけどな。目の前に高速道路が出来ちゃってね。ああ、前はよかったのになあ。

F ：ふうん、そうか。

男の人のアパートの今の問題は何ですか。

1. 通勤時間です。
2. 家賃です。
3. 買い物の便です。
4. 騒音です。

男女兩人正在交談。

M ：（打哈欠）。
F ：很睏嗎？還是喝太多了？
M ：不是啦。是我最近都睡不好。
F ：咦？公司那麼近，上下班又花不到什麼時間，還可以睡得飽飽的，你不是說那是天堂？
M ：沒錯啦。自從我搬進來之後，房租也一直沒調漲，離商店街又近，真的很棒。只不過前面蓋了高速公路。唉，之前本來都很好的。
F ：是喔。

男人的公寓現在面臨的問題是什麼？

1. 通勤時間。
2. 房租。
3. 購物方便。
4. 噪音。

31番 151

入学試験の合格発表の仕方について話しています。

M ：ね、先輩。先輩も封筒を開けるとき、どきどきしました？
F ：えっ、何の封筒？
M ：あの、「合格」か「不合格」かを書いた紙が入ってる、あの封筒ですよ。
F ：へえ、私たちのときはそんなのなかったわよ。掲示板に名前と受験番号が貼り出されてたわ、合格した人の。
M ：掲示板にですか。
F ：うん。受験番号だけだったかなあ。名前はなかったかもしれない。
M ：へえ、先輩のころはそうだったんですか。今は個人の秘密がどうのこうのって言うんで、封筒にしたのかな。
F ：そうなの。郵送してくれるなら、見に来る手間が省けていいわね。
M ：いや、もらいに来るんですよ。
F ：へえ。すごく面倒くさいわね。

男の人が受験したとき、合格発表はどのように行われましたか。

1. 試験の結果が入った封筒を大学で渡します。
2. 試験の結果が入った封筒を郵送します。
3. 合格した人の名前と受験番号を掲示します。
4. 合格した人の受験番号だけを掲示します。

（兩人）談論關於入學考試放榜方式。

M ：學姊啊。學姊打開信封的時候，心裡有七上八下的嗎？
F ：嗯？什麼信封？
M ：就是裡面放有寫著「通過」或「未通過」的紙的那個信封啊。
F ：咦？我們那個時候沒有耶。而是將考上的人的名字和準考證號碼貼在公佈欄。
M ：貼在公佈欄啊？
F ：嗯。印象中好像只有貼准考證號碼。也沒有名字。
M ：哦，學姊那時候是那樣啊。現在因為牽扯到隱私，所以才改用信封的吧。
F ：這樣嗎？如果用郵寄的話，就可以省下來看榜單的功夫啦。這樣還不錯耶。
M ：不是，是要過來拿。
F ：咦？還真麻煩。

男人當初考試的時候，是採用何種方式放榜的？

1. 將考試結果放入信封，然後在學校交給考生。
2. 將考試結果放入信封再郵寄。
3. 公佈通過者的姓名及准考證號碼。
4. 僅公佈通過者的准考證號碼。

32番 152

男の人と女の人が話しています。

F ：あっ、痛い。何？このケーキ。サンプルじゃない。

M ：あっ、吉田さんだったかあ。へへへへ。

F ：あんまりよく出来てるから、思わず食べちゃったじゃない。

M ：でしょ？僕もさっき騙されちゃったんだよ。

F ：ったく、人をからかって。

男の人はどうしてそこに飾り物のケーキを置きましたか。

1. 誰が騙されるか知りたかったからです。
2. 吉田さんがきっと食べてしまうと思ったからです。
3. サンプルがとてもうまく作れたからです。
4. 吉田さんをからかうためです。

男人跟女人在說話。

F ：啊，好痛。什麼啊這個蛋糕。這不是樣品嗎？
M ：啊，原來是吉田小姐啊。嘿嘿。
F ：做得這麼像，這樣不會不小心就吃下去嗎？
M ：對吧？我剛才也被騙了。
F ：真是的，這樣捉弄別人。

男人為什麼要放置裝飾用的蛋糕？

1. 因為想知道誰會被騙。
2. 因為男人覺得吉田小姐一定會不小心吃下去。
3. 因為樣品實在做得太好了。
4. 為了捉弄吉田小姐。

33番 153

男の人と女の人が話しています。

M ：音楽会の切符あるんだけど、どう？友達が急に行けなくなっちゃって。

F ：どんな音楽会？

M ：ほら、来月十年ぶりに来日する…。

F ：ええ、あの音楽会？よく切符が手に入ったわね。私2倍出しても欲しかったのよ。

M　：そう。それはよかった。はい、これ。

F　：払わせてね。

M　：いいよ、いいよ。

F　：それじゃ悪いわよ。じゃ、少しは出させて。

M　：いいから、気にしないで。

男の人は音楽会の切符をどうしますか。

1. 買った値段で売ります。
2. 買った値段より高く売ります。
3. 買った値段より安く売ります。
4. ただであげます。

男女兩人正在交談。

M：我有一張音樂會的票。妳要不要？我朋友突然不能去。
F：是什麼音樂會？
M：嗯，就是下個月，睽違十年後要來日本的⋯⋯。
F：哦，是那場音樂會？你竟然拿到票了！我也想要，就算是出兩倍的價錢我也願意。
M：是喔。那太好了。拿去。
F：我付錢給你。
M：沒關係啦，沒關係。
F：那樣太不好意思了。讓我多少付一點。
M：沒關係啦，你不用在意。

男人要如何處理音樂會的門票？

1. 以購買的價錢販售。
2. 以比購買的價錢更高價販售。
3. 以比購買的價錢更便宜販售。
4. 免費送。

34番 (154)

男の学生と女の学生が国際クラブのパーティーについて話しています。

F　：ねえ、来月国際クラブのパーティーがあるんだけど、来ない？

M　：何、それ。

F　：色々な国の人が来てね。その国の料理を食べたり、ビデオ見せてもらったりするの。おもしろいわよ。

M　：でもな、あんまり外国のこととか、言葉とか知らないもんな。

F　：全然知らない国の人と知り合いになれるし、それにおいしいもの食べたり、飲んだりできるわよ。ついでにみんなの記念撮影、手伝ってくれるとありがたいんだけと。

M　：あーあ、そういうことね。

F　：うん。

M　：まあ、おいしい物が食べられるならいいか。

女の学生は男の学生に何をして欲しいですか。

1. パーティーの準備(じゅんび)をすることです。
2. ビデオの準備(じゅんび)をすることです。
3. 外国(がいこく)の人(ひと)と知(し)り合(あ)いになることです。
4. 皆(みんな)の写真(しゃしん)を撮(と)ることです。

男學生正在和女學生談論關於國際社團的聚會。

F：下個月國際社團有舉辦聚會，要不要來？
M：那是什麼聚會？
F：各國的人都會參加，一起品嚐外國料理，看錄影帶等等的，很好的玩喔。
M：可是，我對外國的文化或是語言都一竅不通。
F：你可以認識一些完全不了解的國家的外國人啊。而且還可以吃香的喝辣的喔。如果你可以順便幫大家拍照留念的話，那就太謝謝你了。
M：喔……。原來是那麼一回事啊！
F：嗯。
M：可以吃到美食的話，那好吧！

女學生希望男學生做什麼？

1. 準備派對。
2. 準備錄影帶。
3. 認識外國人。
4. 幫大家拍照。

35番 (155)

男(おとこ)の人(ひと)と女(おんな)の人(ひと)が劇場(げきじょう)について話(はな)しています。

F：この劇場(げきじょう)、引(ひ)っ越(こ)すことになったんだって？
M：最近(さいきん)観客(かんきゃく)が急(きゅう)に増(ふ)えて、いつも入(はい)り切(き)れない状態(じょうたい)だったからね。
F：大体(だいたい)こんな住宅地(じゅうたくち)のど真(ま)ん中(なか)にあって、うるさいって裁判(さいばん)になったんじゃなかったっけ？
M：いや、迷惑(めいわく)じゃないかって心配(しんぱい)したのは劇場(げきじょう)のほうで、近所(きんじょ)の人(ひと)は誇(ほこ)りに思(おも)っていたんだよ。
F：ああ、昔(むかし)からの芝居小屋(しばいごや)だもんね。
M：そう。でももう候補地(こうほち)もいくつかあるみたいだし。
F：そう。

この劇場(げきじょう)はどうして引(ひ)っ越(こ)すことになりましたか。

1. 劇場(げきじょう)が狭(せま)くなったからです。
2. 裁判(さいばん)に負(ま)けたからです。
3. 近所(きんじょ)の人(ひと)が迷惑(めいわく)に思(おも)っているからです。
4. 引(ひ)っ越(こ)す所(ところ)が決(き)まったからです。

男女兩人正在談論戲院。

F：聽說這間戲院要搬遷了？
M：因為最近來看戲的人突然增加，每次總是沒辦法塞進全部的人。
F：這間戲院本來就位在住宅區的正中間，是不是因為製造噪音而挨告啊？
M：沒有，是戲院的人擔心會造成別人的困擾，附近的居民都引以為榮呢！
F：嗯，因為從以前開始，那就是個小劇場。
M：對呀。不過它好像已經有好個預定地腹案。
F：這樣啊？

這間戲院為何要搬遷了？

1. 因為戲院的空間狹小。
2. 因為官司打輸了。
3. 因為覺得會給附近的人帶來困擾。
4. 因為決定了搬遷的地方。

36番 156

2人の女の人が友達の卓也さんについて話しています。

F1 ：ねえ、卓也の趣味って知ってる？

F2 ：卓也の？うーん、いつも額にしわを寄せて、なんか難しい顔してるから。哲学の本かなんか読んでるんじゃない？

F1 ：それがね。小さいときから鉄道にはまってるんだって、卓也。

F2 ：ああ、それでいつも旅行してるんだ。いいよね。今だったら山もきれいで、それに釣りのシーズンも始まったし。

F1 ：そんなことしないんだって。どこも見て回んないらしいのよ。ただただ列車の写真撮るだけで。

F2 ：へえ。

卓也さんの趣味は何ですか。

1. 哲学の本を読むことです。
2. 釣りをすることです。
3. 山の写真を撮ることです。
4. 鉄道の写真を撮ることです。

兩個女人正在談論關於她們的朋友卓也。

F1：卓也的興趣你知道是什麼嗎？
F2：卓也的？唔……，他總是皺著眉頭，一臉嚴肅的表情，大概在讀什麼哲學書之類的吧。
F1：聽說卓也從小時候開始就是個鐵道迷。
F2：啊，所以他經常去旅行啊。好棒喔。現在這個時候，山巒也很美，而且也到了釣魚的季節。
F1：聽說他不從事那些休閒的。他好像不會四處走走看看，只是拿著相機光拍火車而已。
F2：哦？

卓也的興趣為何？

1. 閱讀哲學書。
2. 釣魚。
3. 拍山巒的照片。
4. 拍鐵路的相片。

37番 157

女子高校生が話しています。

F1 ：最近の大人って元気ないよね。うるさく言わないのはいいんだけど。何かねえ。

F2 ：自分達に自信ないから、はっきり言えないんだ。

F1 ：うん。

F2 ：この間もね、親が何にも言わないから、弟を叱ったの、私よ。

F1 ：へえ、かっこいい。

F2 ：そうでもないけど。正直言って、私も時々そうされたいと思ってるの。

F1 ：おかしいけど、私も。

2人は親にどうして欲しいと言っていますか。

1. うるさくしないで欲しいと言っています。
2. 正直になって欲しいと言っています。
3. 何も言わないで欲しいと言っています。
4. 時々叱って欲しいと言っています。

兩位女高中生正在交談。

F1：最近的大人都沒什麼精神耶。不會嘮叨是很好啦，但總覺得哪裡不太對。
F2：因為對自己沒自信，所以不能直接了當地訓斥小孩。
F1：嗯。
F2：這陣子啊，爸媽什麼事都不說，責罵弟弟的還是我。
F1：哦，好帥哦。
F2：也沒有啦，不過老實說，我有時候反而希望他們這樣。
F1：好奇怪喔，不過我也是。

兩人說希望雙親怎麼做？

1. 希望雙親不要嘮叨。
2. 希望雙親率直一點。
3. 希望雙親什麼事都不要說。
4. 希望雙親有時候責罵小孩。

38番 158

男の人と女の人が話しています。

M ：いつもテレビってどのぐらい見る？

F ：帰るとすぐつけて、だいたい寝る前までつけたままなの。

M ：よくそんなに見ていられるね。

F ：特に番組を選んでじっと集中して見続けているわけじゃないし、それにつまらなくなったら違う番組にすぐ変えられるし。

M ：ああ、そう。

女の人はどんな見方でテレビを見ていますか。

1. じっと真剣に見ています。
2. 寝たまま見ています。
3. つまらなくても見ています。
4. なんとなく見ています。

男女兩人正在交談。

M ：妳都看多久的電視啊？
F ：回到家之後馬上開電視，大概都一直開到睡覺前吧。
M ：妳還真能看耶。
F ：我也不是特別選定一個節目拼命看，而且只要覺得無聊我也可以馬上換節目。
M ：喔，是這樣啊。

女人是用何種方式看電視的？

1. 一直認真看。
2. 躺著看。

3. 即使無聊也會一直看。
4. 不知不覺地一直看。

39番 159

男の人と女の人が話しています。

F ：明日、やっぱり出かける？
M ：うん。
F ：あそう。でも天気悪いみたいよ。
M ：別に構わないよ。友達に会うだけだし。
F ：そう。
M ：どうして？
F ：ううん。おいしいお店を見つけたから一緒に行きたかったなって。
M ：だって前から決めてたから。
F ：うん、そうよね。でも明後日、わたし都合悪くなっちゃったし。
M ：じゃあ、どうしろっていうんだい？
F ：ううん。いいの。わたし、家でのんびりしてるから。

明日、男の人と女の人はどうしますか。

1. 2人とも家でのんびりします。
2. 2人でおいしいお店に行きます。
3. 女の人だけ出かけます。
4. 男の人だけ出かけます。

男女兩人正在交談。

F ：你明天還是要出去吧？
M ：是啊。
F ：這樣喔。可是天氣好像不好。
M ：沒關係啦，只是見個朋友。
F ：是喔。
M ：怎麼了？
F ：沒什麼。我發現了一間好吃的店，本來想找你一起去的。
M ：可是這是我之前就決定好的。
F ：嗯，是啊。可是後天我又不能去.
M ：那妳說怎麼辦？
F ：那算了，我在家裡悠哉悠哉好了。

明天男人和女人要做什麼？

1. 兩人一起在家悠閒的度過。
2. 兩人一起去吃好吃的店。
3. 只有女人出門。
4. 只有男人出門。

40番 160

2人の女の人が、昔の歌を聞きながら、懐かしがっています。

F1 ：懐かしいわね、この曲。よく歌いながら踊ったわ。
F2 ：歌はレコード聞いてすぐ覚えたわね。
F1 ：でも踊りはどうやって覚えたのかな、わたしたち。振りも速くて、激しくて、難しかったのにね。あの当時は、ビデオも無かったから、繰り返し見ることもできなかったよね。

F2：ほら、朝起きると、すぐ新聞で歌手がでる番組をチェックして、時間が来るとテレビの前に走っていって練習したじゃない。よく覚えられたわね。やっぱり若かったからよ。

F1：今はできないわ、もう。

踊りはどうやって覚えたと言っていますか。

1. テレビを見て覚えました。
2. ビデオにとって覚えました。
3. 新聞を見て覚えました。
4. レコードを聞いて覚えました。

兩個女人一邊聽著老歌一邊懷念過去。

F1：這首歌真是令人懷念啊。我們以前經常邊唱邊跳的呢！

F2：這首歌聽唱片馬上就可以記起來了。

F1：可是我們當初是怎麼把舞蹈記起來的啊？舞步的速度快又激烈，真的很難。而且那個時候也沒有錄影帶，所以也沒有辦法反覆觀看。

F2：早上一起床，馬上翻報紙看看有沒有歌星出現的節目，時間一到馬上就跑到電視機前練習不是嗎？還真厲害能把舞步記起來。果然是因為那時候還年輕啊。

F1：現在已經不行了啦。

她們說她們是如何將舞步記起來的？

1. 看電視記起來的。
2. 用錄影帶錄下來，再記起來的。
3. 看報紙記起來的。
4. 聽唱片記起來的。

41番 161

男の人と女の人が話しています。

M：わたしはお札を集めるのが趣味で、うちには、日本で今までに発行されたお札がほとんどそろっているんですよ。

F：まぁ、そうなんですか？うちの息子が聞いたら、見たがるだろうと思います。

M：今度お目にかけましょうか。

F：え？本当に？拝見できるんですか？

M：ええ、もちろん。どうぞうちにお越しください。

F：ありがとうございます。

男の人は女の人にどう言いましたか。

1. お札を見せるから、うちに来てください。
2. お札を拝見するから、うちに来てください。
3. お札を見せていただくから、うちに来てください。
4. お札を見てあげるから、うちに来てください。

男女兩人正在講話。

M ：我的興趣是收集鈔票，日本從以前到現在發行過的鈔票，我家幾乎都有。
F ：是喔？我兒子聽到的話，他一定會很想看的。
M ：那下次讓他看看吧！
F ：咦？真的嗎？可以看嗎？
M ：當然可以。請到我家來。
F ：謝謝。

男人對女人說了什麼？

1. 因為要讓兒子她看鈔票，所以請她兒子到家裡來。
2. 因為他想看鈔票，所以請她兒子去他家。
3. 因為讓他看鈔票，所以請她兒子去他家。
4. 因為要幫她兒子看鈔票，所以請她兒子去他家。

42番 162

新(あたら)しい目覚(めざ)まし時計(どけい)について説明(せつめい)しています。

M ：今(いま)までの目覚(めざ)まし時計(どけい)は、ベルが鳴(な)っても止(と)めてまた寝(ね)てしまって、遅刻(ちこく)するということがよくありましたね。
F ：ええ。
M ：この目覚(めざ)ましを使(つか)えば、もう二度(にど)とそんなことはありません。
F ：はあ。
M ：時計(とけい)の上(うえ)に押(お)しボタンがついていますね。
F ：はい。普通(ふつう)の目覚(めざ)ましと同(おな)じですね。これを押(お)してベルを止(と)めるんですか。
M ：ええ。見(み)かけはそうですが、実(じつ)はベルが鳴(な)ってこのボタンを押(お)すと、下(した)から車輪(しゃりん)が飛(と)び出(だ)して、時計(とけい)がそこら辺(へん)を走(はし)り回(まわ)り始(はじ)めるんです。
F ：ええ！
M ：ですから、時計(とけい)を捕(つか)まえて、もう一度(いちど)ボタンを押(お)さない限(かぎ)り、ずっとベルが鳴(な)っていますから、嫌(いや)でも目(め)が覚(さ)めるわけです。
F ：これはすごい！

この時計(とけい)の大(おお)きな特徴(とくちょう)はどんなところですか。

1. ベルの音(おと)を止(と)めにくくしてあることです。
2. ベルの音(おと)の大(おお)きさを調節(ちょうせつ)できることです。
3. 決(き)められた時間(じかん)になると動(うご)いたり、止(と)まったりすることです。
4. ボタンの位置(いち)が普通(ふつう)の目覚(めざ)ましと違(ちが)うことです。

正在說明關於新型的鬧鐘。

M ：到目前為止市面上的鬧鐘，即使鬧鈴響起，我們還是會把它按掉又繼續睡，所以遲到的情形仍然經常發生。
F ：是啊。
M ：如果使用這型的鬧鐘，就不會再有這種情況發生了。
F ：哦？
M ：在這個鬧鐘上面有一個按鈕對吧。
F ：嗯，和一般的鬧鐘一樣啊。按下這個按鈕就可以關掉鬧鈴了。

M ：嗯，表面上看起來是如此，但其實鬧鈴響了之後，只要一按下這個按鈕，輪子就會從下面跑出來，鬧鐘就會開始在附近繞圈圈。
F ：哦？
M ：所以，除非是抓到鬧鐘，然後再按一次按鈕，否則鬧鈴就會一直響，因此就算再怎麼不願意也是會起床的。
F ：這個太厲害了！

何者為這個鬧鐘最大的特色？

1. 難以停止鬧鈴聲的設計。
2. 可調節鬧鈴的音量。
3. 到了設定的時間，鬧鐘就會時動時停。
4. 按鈕的位置和一般的鬧鐘不同。

43番 163

娘(むすめ)と父親(ちちおや)が話(はな)しています。

F ：ただいまー。

M ：お、おかえり。

F ：はー、「しゅうかつ」、疲(つか)れた。

M ：生活(せいかつ)に疲(つか)れた？もう、生活(せいかつ)に疲(つか)れたのか。若(わか)いのに…。

F ：違(ちが)うよ。「しゅうかつ」、就職活動(しゅうしょくかつどう)を短(みじか)くして、しゅ・う・か・つ。アルバイトはそろそろやめようと思(おも)って。

M ：へー、しゅうかつね。最近(さいきん)は、ことばを何(なん)でも短(みじか)くするから、分(わ)からないよ。

F ：お父(とう)さん、そういうこと、言(い)ってると、ますます若(わか)い人(ひと)との差(さ)が広(ひろ)がっちゃうよ。もっとテレビも見(み)て、勉強(べんきょう)して。

M ：何(なに)？勉強(べんきょう)？勉強(べんきょう)はお前(まえ)がやれ。

娘(むすめ)は父親(ちちおや)に対(たい)して、どう思(おも)っていますか。

1. 就職活動(しゅうしょくかつどう)を手伝(てつだ)ってほしい。
2. アルバイトを認(みと)めてほしい。
3. 勉強(べんきょう)を教(おし)えてほしい。
4. 若(わか)い人(ひと)の使(つか)う言葉(ことば)もわかってほしい。

父女兩人正在交談。

F ：我回來了。
M ：妳到家了啊。
F ：就活好累啊。
M ：妳對生活感到疲憊？真是的，妳哪會覺得生活很累，明明還那麼年輕……。
F ：不是啦。是「就活」，「就職活動（找工作）」的縮寫，唸成「sh・u・ka・tsu」。我想我也差不多該把打工辭掉了。
M ：哦，「找工作」啊。最近什麼詞句都可以縮寫，這樣會搞不清楚啦。
F ：爸，你那樣講的話，和年輕人的代溝會越來越大喔。你要多看電視，好好學學。
M ：什麼？學？要學的人是妳吧！

女兒對父親的看法如何？

1. 希望爸爸幫忙找工作。
2. 希望爸爸接受她打工。
3. 希望爸爸教她唸書。
4. 希望爸爸了解年輕人的語言。

44番 164

ラジオの情報コーナーで通訳の募集のお知らせをしています。

F　：次は通訳募集のお知らせです。里山市では、海外からの技術研修生に里山市内にある工業団地の説明や案内などの通訳をしてくださる方を募集しています。外国語ができる、市内にお住まいの18歳以上の方が対象です。国籍や性別は問いません。また工業技術などに関する知識も特に必要としません。お申し込み、お問い合わせは里山市国際交流課、電話番号は043の210…。

どんな人を募集していますか。

1. 外国語ができる日本人です。
2. 外国語ができる工業技術に詳しい人です。
3. 外国語ができる18歳以上の技術研修生です。
4. 外国語ができる18歳以上の住民です。

廣播資訊站現正播報關於招募口譯的消息。

F　：接下來為您播報一則關於招募口譯的消息。里山市正在招募可為國外的技術研習生說明、介紹里山市工業區的口譯。條件為18歲以上，會說外語，並且居住於市區的居民。國籍及性別不拘。另外，不需具備工業技術等的相關知識。報名、詢問請洽里山市國際交流課，電話號碼043-210……。

現正招募怎麼樣的人？

1. 會說外語的日本人。
2. 會說外語，且熟悉工業技術的人。
3. 會說外語，且18歲以上的技術研習生。
4. 會說外語，且18歲以上的居民。

45番 165

男の人が女の先輩に就職に関してアドバイスを受けています。

F　：就職決まった？

M　：うーん、まだ。今迷っているところなんです。いろいろ教えてください。

F　：全ての条件が整っているところなんてないわよ。

M　：うん。この会社は給料はよさそうなんだけど、人間関係が面倒くさいらしいです。

F　：それは注意したほうがいいわよ。そういうのってなかなか変わるもんじゃないから。

M　：んー、そういうもんですか。こっちの会社は小さくて。

F　：大きさはいいじゃないの。ただ仕事がおもしろくなくて辞めたい人を何人も知ってるから、その辺は我慢しないほうがいいわよ。

先輩が就職で特に重要だと言っているのは何と何ですか。

1. 人間関係と給料です。
2. 仕事の内容と会社の規模です。
3. 人間関係と仕事の内容です。
4. 仕事の内容と給料です。

男人正在聽取學姊關於就業的建議。

F　：找到工作了嗎？
M　：唔，還沒……。我現在很茫然。請妳告訴我一些關於工作的事情。
F　：沒有一間公司能囊括全部你想要的條件的。
M　：嗯。這間公司的薪水好像很不錯，不過人際關係好像很麻煩。
F　：人際關係方面注意一下比較好喔。因為那不是說改變就能改變的。
M　：哦，是這樣啊。不過這間公司規模很小。
F　：規模大小是沒關係。不過在我認識的當中，有好幾個人是因為工作枯燥乏味而離職的，我覺得你在這方面不要委屈自己比較好。

學姊說特別重要的是哪兩件事？

1. 人際關係與薪資。
2. 工作內容與公司規模。
3. 人際關係與工作內容。
4. 工作內容與薪資。

46番 166

男の人が理想の奥さんについて話しています。

M　：あーあ。物事はっきり言わない人がいいな。
F　：じゃあ、全然逆じゃない、彼女。
M　：それに遠慮がちでおとなしいタイプ。いつも家で待っててくれるような。
F　：そりゃ、ない物ねだりってもんよ。
M　：細かいこと気にしないのだけはいいんだけどなあ。

男の人の奥さんはどんなタイプの人ですか。

1. 細かいことを気にするタイプです。
2. いつも家で待っていてくれるタイプです。
3. はっきり物を言うタイプです。
4. おとなしいタイプです。

男人正在描述他心目中理想伴侶的樣子。

M　：唉，還是不會把事情講太白的人好啊。
F　：那你老婆不就完全相反？
M　：還有就是個性溫順又客氣，總是會在家等我的那一型。
F　：那你就有點太強人所難了。

M：我老婆她不會在意一些小細節，這點倒是還不錯。

他現在的老婆是哪一型的人？

1. 會在意小細節的人。
2. 總是會在家耐心等待的人。
3. 有事就明講的人。
4. 溫順的人。

47番 167

駅のアナウンスを聞いてください。

M：本日は新幹線をご利用いただき、ありがとうございます。台風19号の影響で、新幹線は運転不可能となりました。これより先へお越しのお客様にご案内いたします。名古屋にお越しのお客様はバスをご用意いたしております。京都へお越しのお客様は、まだ京都鉄道が動いておりますのでご利用ください。大阪までお越しのお客様は、当駅近くにホテルをご用意しておりますので、そちらにお泊りください。そのほかの地域へのお客様は、待合室でお待ちください、どうぞよろしくお願いいたします。

大阪へ行く人はどうしたらいいですか。

1. ホテルに泊まります。
2. バスに乗ります。
3. 他の新幹線に乗ります。
4. 待合室で待ちます。

請聆聽車站的廣播。

M：今天非常感謝您搭乘新幹線。由於受到颱風19號的影響，新幹線已停駛。接下來我將指引欲前往目的地的乘客。欲前往名古屋的乘客，我們已經為您準備了巴士。欲前往京都的旅客請搭乘未停駛的京都鐵路。欲前往大阪的旅客，本站在附近已為您準備了飯店，請您至飯店住宿。而欲前往其他地方的乘客，請於候車室等候。敬請多加配合。

要前往大阪的人應該怎麼做？

1. 住飯店。
2. 搭乘巴士。
3. 搭乘其他新幹線。
4. 在候車室等候。

48番 168

男の人と女の人が話しています。

F：このお菓子どうしたの？

M：この間、突然雨が降ったとき、田中先生に傘をお貸ししたら、お礼にくださったんだ。

F：へえ、良かったね。

M：うん。先週、京都で国際会議があったとき、買ったお土産だって。

F：へえ、何の会議？

M：ほら、これだよ、世界環境会議。この資料も貸してくださったし、参考書も貸してくださったんだ。

男の人が先生に貸したものは何ですか。

1. お菓子　3. 参考書
2. 資料　4. 傘

男女兩人正在交談。

F ：這個餅乾是怎麼回事？
M ：前一陣子突然下雨的時候，我把傘借給了田中老師，這是老師給我的回禮。
F ：哦，很棒耶。
M ：對啊。聽說這是上個禮拜在京都開國際會議的時候買回來的伴手禮。
F ：咦，是什麼會議啊？
M ：妳看，就是這個啊，世界環境會議。老師把這些資料還有參考書都借給我。

男人借給老師的東西是什麼？

1. 餅乾　3. 參考書
2. 資料　4. 雨傘

49番 169

お店でお客さんと店員が話しています

M ：あのう、これ、白だけですか。黒あります？
F ：こちらのですか。はい、少々お待ちください。黒があるかどうかちょっと見てまいります。…あのう、お客様、あいにく…。
M ：あっ、そう。じゃ、これでいいです。

お客さんはどうしますか。

1. 白いのを買う。
2. 黒いのを買う。
3. どちらも買わない。
4. 白いのと黒いのと両方買う。

客人和店員正在店裡面談話。

M ：唔，這個只有白色的嗎？有沒有黑色的？
F ：是這個嗎？好，請稍等一下。我去看看還有沒有黑色的……嗯……先生，真不巧……。
M ：啊，這樣啊。那就這個吧。

客人會怎麼做呢？

1. 買白色的。　3. 兩個都不買。
2. 買黑色的。　4. 黑的白的都買。

50番 170

男の人が、電話で火事の被害について話しています。

M1 ：もしもし、山田さん？実は宿泊しているホテルが火事になって。
M2 ：えっ？それで無事か？
M1 ：私は無事でしたか、部長がやけどを…。
M2 ：だいぶひどいのか？

M1：いえ、軽いやけどです。でも山田さん、あの、先方との契約の書類が火事で…。

M2：わかった。気にしなくていい。すぐ作り直すから。大したことがなくてよかった。

どんな被害がありましたか。

1. 部長がやけどをして、書類も焼けました。
2. 部長がやけどをしましたが、書類は無事でした。
3. 二人とも無事でしたが、書類が焼けました。
4. 二人ともやけどをして、書類も焼けました。

男人正在電話中說明火災的損失。

M1：喂，山田？我們投宿的飯店發生了火災。

M2：咦，你們沒事嗎？

M1：我沒事，但是經理有點燒傷。

M2：很嚴重嗎？

M1：不會，只是輕微的燒傷。可是山田，呃，和對方簽的契約資料因為火災而燒毀了。

M2：知道了。不用在意。我會馬上重做，還好沒釀成什麼大禍。

受到了怎樣的損害呢？

1. 經理被燒傷，資料也遭燒毀。
2. 經理被燒傷，資料完好無缺。
3. 兩人都沒事，但資料遭燒毀。
4. 兩人都被燒傷，資料也遭燒毀。

51番 171

ラジオで交通情報を伝えています。

M：交通情報をお伝えします。先ほどの北山地方の地震の影響で、飛行機の離着陸には若干の遅れが出ていますが、大きな影響はありません。ただ、空港と市内を結ぶ鉄道は、線路の状況を調査中で、運転を見合わせています。

交通機関の状況は今、どうなっていますか。

1. 飛行機はほぼ平常通りだが、電車は止まっている。
2. 飛行機は飛んでいないが、電車は動いている。
3. 飛行機も電車も動いている。
4. 飛行機も電車も動いていない。

收音機正在播報交通情況。

M：為您播報交通新聞。受到剛才北山地方地震的影響，雖然飛機起降出現若干延遲，但並無太大影響，不過連接機場和市區鐵路的鐵軌狀況正在調查當中，目前無法行駛。

交通工具現在的情況為何？

1. 飛機幾乎和平常無異，但電車停駛。
2. 飛機停飛，但電車繼續行駛。
3. 飛機和電車繼續行駛。
4. 飛機和電車停飛、停駛。

52番 (172)

テレビのニュースです。

M：本日午後4時ごろ、公園で遊んでいた2歳の幼児をさらおうとした女性、43歳を女子中学生二人が追いかけ、幼児を取り戻し、女性は警察に捕まりました。その際、この事件で中学生のうち一人が腕に軽い怪我をしました。

どんな事件が起きましたか。

1. 女子中学生が幼児を救いました。
2. 43歳の女性が幼児を救いました。
3. 女子中学生が43歳の女性を襲いました。
4. 43歳の女性が中学生を襲いました。

以下是電視新聞。

M：今天下午四點左右，一名 43 歲女子企圖誘拐一名當時正在公園玩耍的兩歲幼童。兩位女國中生追趕這名女子，並成功救回幼童，女子被警方逮捕。事件中其中的一名國中生手腕受到輕傷。

發生了什麼事？

1. 女國中生救了幼童。
2. 43 歲女子救了幼童。
3. 女國中生襲擊 43 歲的女子。
4. 43 歲的女子襲擊國中生。

スクリプト．㈣ 即時應答

在問題４中，題目紙上沒有印刷任何東西。請先聽取對話，然後再聽回答選項，並從１～３的答案中選出最適當答案。

1番 (174)

M：あれ？もしもし、えっと、これは松本さんの携帯番号じゃありません、よね？

F：1. いいえ、知りません。

　2. はい、失礼しました。

　3. ええ、間違っていますよ。

M：喂，這不是松本先生的手機號碼，對吧？

F：1. 不，我不知道。

　2. 是的，失禮了。

　3. 對，你打錯了。

2番 (175)

F：もしもし、岡田と申しますが、川野部長はいらっしゃいますでしょうか。

M：1. あいにく川野は外出しておりまして…。

　2. 部長にはまだ申しておりませんが。

　3. 岡田は間もなくもどってまいります。

F：喂，我叫岡田，川野經理在嗎？

M：1. 很不湊巧川野現在外出。

　2. 還沒有對經理說。

　3. 岡田等一下就會回來。

3番 (176)

M：この仕事、さっさと二人で片づけちゃおうよ。

F：1. 誰が捨てちゃったの？

　2. そうね、早く終わらせよう。

　3. ゆっくり整理した方がいいしね。

M：這工作我們二個人趕快把它做完吧！

F：1. 是誰丟掉的呢？

　2. 是啊，趕快做完吧。

　3. 慢慢的整理比較好吧？

4番 (177)

F：ちょっと時間、かけすぎちゃったかしら。

M：1. じゃあ、これからは、できるだけ無駄をはぶいていきましょう。

　2. ではこれからも、ずっとこの調子でいきましょう。

　3. それなら今後もあわてず、じっくりいきましょう。

F：是不是花太多時間了呢？

M：1. 那以後做時盡量精簡一下。

　2. 那以後還是照這樣子做。

　3. 那以後也不要太匆促，慢慢的做。

5番 178

F ：結果はどうあれ、努力は認めます。

M ：1. ここにきて、ついに成功をおさめましたね。

2. やっといい結果が出せてよかったです。

3. でも失敗に終わったことには変わりありませんから。

F ：不管結果如何，我認同你的努力。

M ：1. 到這種地步，總算成功了。

2. 太好了，總算有好的結果呈現出來。

3. 但是最後是失敗，還是不變的事實。

6番 179

M ：これは60代の女性にこそ、手に取っていただきたい本なんです。

F ：1. 若い読者を対象としているんですね。

2. 年を重ねてから共感できることってありますからね。

3. 高齢者が持つのは、重くて大変ですからね。

M ：這正是希望60多歲的女性能閱讀的書。

F ：1. 是因此才以年輕讀者為對象，對不對？

2. 因為是上了年紀之後才能產生共鳴。

3. 老人家拿，太重，會很辛苦。

7番 180

F ：これ全部、無理して食べることないからね。

M ：1. でもせっかく作ってくれたから。

2. うん、味は関係ないよ。

3. いや、これだけあれば十分でしょう。

F ：這個不必太勉強全部都吃完。

M ：1. 但是是你特地為我做的。

2. 嗯，和味道沒有關係。

3. 不，有這些就夠了。

8番 181

M ：子どもたちのお迎え、ひろし君が申し出てくれたんだって？

F ：1. うん、ちょうどひまをもてあましてたみたい。

2. うん、もうすぐ産まれるみたい。

3. うん、元気に通学しているみたい。

M ：聽說是阿宏主動說他要去接小孩們。

F ：1. 嗯，好像正好閒著沒事做。

2. 嗯，好像快生了。

3. 嗯，好像很有精神去上學。

9番 182

F　：おかしいなあ、ここだって、ちゃんと伝えたつもりだったんですが。
M　：1. どこでもすぐに思い出せるよ。
　　2. それは伝わってなかったってことだよ。
　　3. 伝えるのはいつでもいいはずだよ。

F　：奇怪，我記得明明有說是這裏。
M　：1. 不管是哪裡，馬上會想起來的。
　　2. 這就是沒有傳達到。
　　3. 轉達應該隨時都可以的。

10番 183

M　：申し訳ありませんが、うちではお引き受けしかねます。
F　：1. それはどうもありがとうございます。
　　2. うちも大丈夫です。
　　3. そこを何とかお願いします。

M　：很抱歉，我們沒辦法承接。
F　：1. 真是太謝謝了。
　　2. 我們也沒問題。
　　3. 無論如何一定要拜託。

11番 184

M　：悪いけど、急ぎでこのデータの分析、頼めるかな？
F　：1. はい、もっと急げばよかったですね。
　　2. はい、よく頼まれます。
　　3. はい、今時間に余裕がありますので。

M　：不好意思，可以拜託趕快分析這個數據嗎？
F　：1. 好，再快一點比較好吧！
　　2. 好，經常被拜託。
　　3. 好，現在有充裕的時間。

12番 185

F　：では次回からの納期変更の件、お願いできますか。
M　：1. この件につきましては、すでに納入済みですが。
　　2. この件につきましては、一度社の方に持ち帰って検討してみます。
　　3. この件につきましては、ぜひご一緒させていただきます。

F　：那有關下一次開始變更交貨期限的事，可以拜託嗎？
M　：1. 有關這點，已經交貨了。
　　2. 有關這點，回公司後再討論。
　　3. 有關這點，請務必讓我同行。

13番 186

M ：あのこれ、この前立て替えていただいた分です。どうもありがとうございました。

F ：1. ああ、もう返してくれなくてもよかったのに。

2. ああ、それならもう両替してありますよ。

3. ああ、ついに立てたんですね、おめでとうございました。

M ：這是之前你幫我代墊的錢，謝謝了。

F ：1. 啊，可以不用還啊。

2. 啊，那個已經換錢換好了。

3. 啊，終於能站起來了，恭喜！

14番 187

F ：このプリンター、また途中で止まっちゃって…。

M ：1. じゃあ、もっと早く止めればいいんだよ。

2. へえ、今回は何人で行ったんですか。

3. もう古いから、買い換えるしかないよ。

F ：這台印表機，印到一半又停了……。

M ：1. 那，早一點停就好了。

2. 咦，這次幾個人去了呢。

3. 已經老舊了，只好換新的了。

15番 188

M ：この写真、ぼくがイメージしていたものとちょっと違うんだけど。

F ：1. どう違うの？

2. よくできてるね。

3. まさにそっくりだね。

M ：這相片和我的構圖有點不一樣。

F ：1. 哪裡不一樣呢？

2. 拍的很好啊！

3. 真是一模一樣。

16番 189

F ：あの、先日そちらへ資料を送らせていただいたのですが、無事届きましたでしょうか。

M ：1. ええ、もうとっくに送付したんですけど。

2. ああ、確かに受け取りましたよ。

3. まあ、ご遠慮なさらずに。

F ：前些天寄資料給你們，不知是否寄到了？

M ：1. 早就交付了。

2. 啊，確實收到了。

3. 敬請不要客氣。

17番 190

M：こんな遠くまで、わざわざすみませんでした。

F：1. いいえ、ついでがあったものですから。

2. はい、思いのほか多かったです。

3. ええ、次は必ず参ります。

M：不好意思，讓你專程跑這麼遠。

F：1. 不會，剛好有事，順便來的。

2. 比想像中的要多。

3. 對，下次一定來。

18番 191

M：あの、恐れ入りますが、高橋さまでいらっしゃいますか？

F：1. いいえ、けっこうです。

2. はい、高橋さんは優しい人ですよ。

3. ええ、高橋は私ですが。

M：很冒昧的，請問您是高橋小姐嗎？

F：1. 不，不用了。

2. 是的，高橋是很優秀的人。

3. 對，我是高橋。

19番 192

F：あの、配達をお願いしていた商品が、まだ届かないんですが。

M：1. お待たせしてしまい、申し訳ございません。

2. お待ちいただけず、申し訳ございません。

3. なかなかお待ちにならず、申し訳ございません。

F：拜託你們宅配的商品，還沒送到。

M：1. 讓您久等，真是抱歉。

2. 無法請您等，真是抱歉。

3. 您不能等，真是很抱歉。

20番 193

F：出かけるときは、一言声をかけてくださいね。

M：1. はい、できるだけ声を立てるようにします。

2. はい、戸締りは忘れないようにします。

3. はい、だまって行かないようにします。

F：要出去時，請告訴我一聲。

M：1. 好，我會盡量發出聲音。

2. 好，我不會忘記關門窗。

3. 好，我不會不告知就出去了。

21番 194

F　：まあ、ずいぶん散(ち)らかしてくれたわね。

M　：1. そんな、つまらないものですよ。

2. いいえ、どうしたしまして。

3. ごめんなさい、すぐ片(かた)づけますね。

F　：弄的好亂哦。
M　：1. 哪有？一點點心意啦！
2. 不，不客氣。
3. 對不起，馬上整理好。

22番 195

F　：みんなへの連絡(れんらく)なら、私(わたし)に任(まか)せて。

M　：1. もう伝(つた)えてくれたんだ。

2. じゃあ、頼(たの)んだよ。

3. それはひどいな。

F　：要聯絡大家的事，包在我身上。
M　：1. 已經有人轉告了。
2. 那就拜託了。
3. 那太過份了。

23番 196

F　：私(わたし)、次回(じかい)からメンバーを外(はず)れようと思(おも)っています。

M　：1. どなたを外(はず)すのですか。

2. いつからメンバーになられますか。

3. では今回(こんかい)が最後(さいご)ということですね。

F　：我想下次開始就要退出。
M　：1. 要把誰去除呢？
2. 哪時候開始成為成員呢？
3. 也就是說這一次是最後一次了。

24番 197

F　：お茶(ちゃ)、熱(あつ)いですからお気(き)をつけください。

M　：1. どうも、恐(おそ)れ入(い)ります。

2. では、涼(すず)しくいたしましょう。

3. いえ、そんなことはございません。

F　：小心，茶很燙。
M　：1. 真不好意思。
2. 那我把茶弄涼吧！
3. 不，沒有這回事。

25番 198

M　：その後、お加減はいかがですか?

F　：1. ではいただきます。

　　2. かしこまりました。

　　3. すっかり良くなりました。

M　：之後，身體狀況如何呢？
F　：1. 那我就收下了。
　　2. 我知道了。
　　3. 已經恢復的很好了。

26番 199

M　：補助金の交付が打ち切られるって、本当ですか?

F　：1. 何でも着られるそうです。

　　2. どうやら今月末までみたいです。

　　3. たくさん払わなければならないらしいです。

M　：補助金的發放聽說要停止了，真的嗎？
F　：1. 聽說什麼都可以穿。
　　2. 好像是到這個月底。
　　3. 好像必須要繳很多。

27番 200

F　：いかがでしょう、お口に合いますでしょうか。

M　：1. はい、できる限り合わせるつもりです。

　　2. そうですね、もう一つ下のサイズはございますか。

　　3. ええ、たいへんおいしくいただいております。

F　：如何呢？合你的口味嗎？
M　：1. 對，我打算盡量配合。
　　2. 嗯，有再小一個尺寸的嗎？
　　3. 是啊，非常的好吃。

28番 201

F　：もう、手は出さないでって言ったじゃない。

M　：1. まだ教えてくれないよ。

　　2. ちょっと手伝っただけだよ。

　　3. え?まだ行ったことなかったけど。

F　：不是叫你不要出手了嗎？
M　：1. 還不告訴我哦。
　　2. 只是幫一下而已。
　　3. 啊？我還沒有去過。

29番 202

M ：袋（ふくろ）は、何枚（なんまい）ぐらいご入（い）り用（よう）ですか。

F ：1. ええ、よく使（つか）います。
　　2. 3枚（まい）あれば、間（ま）に合（あ）います。
　　3. たしか、5枚目（まいめ）だったと思（おも）います。

M ：袋子需要幾個呢？
F ：1. 對，常在使用。
　　2. 3 個的話，就夠了。
　　3. 我記得的確是第 5 個。

30番 203

F ：そういうことは、もっと早（はや）めに言（い）ってくれないと、困（こま）るんですよ。

M ：1. 次（つぎ）からはできるだけ、ゆっくり言（い）うようにします。すみませんでした。
　　2. つい早（はや）い段階（だんかい）で言（い）ってしまい、すみませんでした。
　　3. お伝（つた）えするのが今（いま）ごろになってしまい、すみませんでした。

F ：這種事，沒早點告訴我的話，我會傷腦筋的。
M ：1. 下次開始我會盡量慢慢的說，對不起。
　　2. 太早說了，對不起。
　　3. 很抱歉，到這時候才告訴你。

31番 204

M ：おかげさまで、仕事（しごと）、うまくいきそうなんです。

F ：1. もう行（い）きましたよ。
　　2. じゃあ、もう大丈夫（だいじょうぶ）ね。
　　3. どこでもいいかも。

M ：託你的福，工作看起來可以進行的很順利。
F ：1. 已經去了哦。
　　2. 那就沒問題了，對吧。
　　3. 或許哪裡都可以。

32番 205

F ：この仕事（しごと）、最後（さいご）までやり抜（ぬ）いてくれるんですって？助（たす）かるわ。

M ：1. ええ、途中（とちゅう）で放（ほう）り出（だ）すわけにはいかないですから。
　　2. ええ、途中（とちゅう）で引（ひ）き返（かえ）すことになりそうですし。
　　3. ええ、最初（さいしょ）だけならかまいませんので。

F ：聽說，這工作你可以幫忙做到最後？真是太幫忙了。
M ：1. 對啊，因為不能只做到一半就丟下不管。
　　2. 對啊，好像到一半就要折回。
　　3. 對啊，如果只有一開始的話就沒關係。

33番 (206)

M：新しく来た子たちのことなんだけど、ちょっと面倒見てくれないかな？

F：1. そうですね、よく世話してくれています。

2. どうやって拝見すればいいんですか。

3. あいにく私には荷が重すぎます。

M：那些新來的小朋友，你可以幫忙照顧一下嗎？

F：1. 這個嘛，他們經常照顧我。

2. 要如何的拜讀呢？

3. 很抱歉對我而言責任太重了。

34番 (207)

F：私はもう少しここに残りますので、皆さんと一緒にいらっしゃってください。

M：1. ではお気をつけて、いってらっしゃい。

2. では先に行って、お待ちしています。

3. では半分だけ、ちょうだいいたします。

F：我還要留在這裡一會兒，請你和大家一起去。

M：1. 請你小心，慢走。

2. 那我就先去那裡，等你了。

3. 那我就拿一半好了。

35番 (208)

M：こちらでの携帯電話のご使用は、ご遠慮いただけますか？

F：1. あ、いえ、遠慮だなんて、そんな。

2. あ、どうぞ、お使いください。

3. あ、すみません。どちらでなら使えますか？

M：在這裡請不要打手機。

F：1. 啊，不，說什麼客氣！

2. 啊，請使用。

3. 啊，很抱歉。哪裡是可以打的呢？

36番 (209)

M：郵便局へは、この道をまっすぐでよかったかな。

F：1. ええ、たしかに先週お送りいたしました。

2. ええ、たしか信号を越えたところだったと思います。

3. ええ、もう着いたかどうか、確かめてみます。

M：去郵局，這條路直走嗎？

F：1. 是的，上週的確已經寄了。

2. 是的，我記得過了紅綠燈就到了。

3. 是的，我會確認看看是不是已經到了。

37番 210

F：ご家族の皆様も、お変わりなくおすごしでいらっしゃいますか。

M：1. おかげさまで、何とか。

2. 家内と息子二人の、四人です。

3. いいえ、これで十分です。

F：府上的各位，是不是都很好呢？

M：1. 託你的福，都很好。

2. 我太太和二個兒子，共四人。

3. 不，這樣就足夠了。

38番 211

M：お客様がインドのかたでさ、それでちょっと通訳、君にお願いできる？

F：1. はい、英語でかまわなければ。

2. はい、飛行機のチケットでよければ。

3. はい、インドだけであれば。

M：客人是印度人，所以可以麻煩你做翻譯嗎？

F：1. 好的，不介意用英文的話。

2. 好的，飛機票可以的話。

3. 好的，只有印度的話。

39番 212

F：山本選手、今日は投球にキレがありますね。

M：1. はい、少し疲れが出ているのでしょうか。

2. はい、けがの影響が見られますね。

3. はい、肩の調子がよさそうですね。

F：山本選手今天的投球，非常的敏銳。

M：1. 是啊，是有點累了。

2. 是啊，可以看出來是受傷的影響。

3. 是啊，肩膀的狀況好像很好。

40番 213

M：明日引っ越しなんだって？手伝おうか？

F：1. 業者にお願いしてあるので、お気遣いなく。

2. 忙しそうなので、まちがいなく。

3. 間に合っていますので、遠慮なく。

M：聽說你明天要搬家？需要幫忙嗎？

F：1. 已經拜託搬家公司了，您別費心！

2. 好像很忙，請不要弄錯了。

3. 已經趕上了，不客氣了。

41番 (214)

F　：あっちに座っているから、全部できたら呼んでくれる？

M　：1. 了解、できるだけ急いでね。

2. わかった、じゃあ、あっちで待ってて。

3. そう？じゃあ、すぐ来るよ。

F　：我坐在那裡，全部好了時，請叫我。

M　：1. 了解，請盡量趕快一點。

2. 知道了，請在那裡稍候。

3. 是嗎？那馬上就來了。

42番 (215)

M　：今回は大目に見るけど、今後このようなことがないようにね。

F　：1. あまり気にしなくてもいいですよ。

2. ありがとうございます、以後気をつけます。

3. それじゃあ、しかたないですね。

M　：這一次就不追究了，以後不要再有這樣的情況了哦！

F　：1. 請不要太介意。

2. 謝謝，以後會小心的。

3. 那樣的話，也沒辦法。

43番 (216)

F　：わぁ、速い。さすがベテランは違うね

M　：1. まあ、慣れてるからね。

2. 調子悪いみたいだね。

3. やっぱり若手なんだね。

F　：哇，好快哦。老手果然是不一樣的。

M　：1. 還好啦，習慣了。

2. 好像狀況不太好。

3. 到底是新手。

44番 (217)

M　：せっかくなんですが、さっき食べたばかりなので…。

F　：1. それなら早く召し上がってください。

2. 他のものなら召し上がっていただけます。

3. 無理に全部召し上がることはありませんよ。

M　：謝謝你那麼費心，但是剛剛才吃過……。

F　：1. 如果是這樣請趕快吃。

2. 如果是其他的東西的話，就可以吃。

3. 不用太勉強全部都吃了。

45番 218

M ：これだけじゃ、昼(ひる)までお腹(なか)がもたないよ。

F ：1. じゃあ、もう少(すこ)し続(つづ)けたら？

2. じゃあ、風邪薬(かぜぐすり)飲(の)んだら？

3. じゃあ、もう一(ひと)つ食(た)べたら？

M ：只有這個，是撐不到中午的。
F ：1. 那麼，要不要再繼續一下？
2. 那麼，要不要吃感冒藥？
3. 那麼，要不要再吃一個？

46番 219

F ：飲(の)み物(もの)、これだけで足(た)りるかしら？

M ：1. 冷蔵庫(れいぞうこ)に冷(ひ)やせばいいよ。

2. 冷蔵庫(れいぞうこ)に冷(ひ)えているのがまだあるよ。

3. 冷蔵庫(れいぞうこ)でもよく冷(ひ)えるよ。

F ：飲料，這些就夠了嗎？
M ：1. 放到冰箱冰就可以了。
2. 還有一些冰的在冰箱裡。
3. 冰箱也很冰。

47番 220

M ：渡辺君(わたなべくん)、ちょっと一(ひと)つ、お願(ねが)いできるかな？

F ：1. はい、またお願(ねが)いします。

2. はい、私(わたし)にできることでしたら。

3. はい、もう頼(たの)んであります。

M ：渡邊，可以拜託你一件事嗎？
F ：1. 好的，再拜託了。
2. 好的，我能夠做的話。
3. 好的，已經有拜託了。

48番 221

F ：どうやら会議(かいぎ)、長引(ながび)いているみたいですね。

M ：1. なんでも、意見(いけん)が分(わ)かれているんだってさ。

2. やっぱり、順調(じゅんちょう)に進(すす)んでいるらしいよ。

3. 思(おも)いのほか、早(はや)かったみたいだね。

F ：會議的時間好像已經拖很久了。
M ：1. 聽說好像是意見分歧。
2. 果然是進行的很順利。
3. 好像比預期的要快。

49番 222

F　：ごめんください。

M　：1. あ、誰か来たみたいだよ。

　　2. あ、謝らなくてもいいよ。

　　3. あ、これはあげられないんだよ。

F　：有人在家嗎？
M　：1. 啊，好像有誰來了。
　　2. 啊，可以不用道歉。
　　3. 啊，這個不能給你。

50番 223

M　：やっとお目にかかれましたね。

F　：1. はい、では明日きっとお会いしましょう。

　　2. はい、ついにご覧になります。

　　3. はい、ごぶさたしております。

M　：終於和您見面了。
F　：1. 是的，明天一定和您見面。
　　2. 是的，您終於要看。
　　3. 是的，好久沒有向您問候了。

51番 224

F　：その件に関しましては、私の口からは何とも…。

M　：1. そう言わず、教えていただけませんか。

　　2. どうしておっしゃったんですか。

　　3. くわしく説明してくださったんですね。

F　：有關於那件事，恕難從我的口中……。
M　：1. 請不要這樣說，能不能請您告訴我？
　　2. 為什麼說了呢？
　　3. 很詳細地為我說明了。

52番 225

M　：部長に聞いてみれば、まちがいないんじゃない？

F　：1. そうなの、部長がまちがえたのよ。

　　2. そう、部長は違うって、私も聞いたわ。

　　3. そうね、部長に直接聞いてみるわ。

M　：問經理的話，一定就錯不了的。
F　：1. 是啊，經理弄錯了。
　　2. 對，經理說不對，我也聽到了。
　　3. 好吧，直接問經理看看。

53番 (226)

F ：責任者(せきにんしゃ)のあなた自身(じしん)が、行(い)かないわけにはいかないでしょう。

M ：1. それから行(い)けそうにないみたいだよ。

2. でも行(い)けないものは行(い)けないんだよ。

3. そう、行(い)けない理由(りゆう)があるはずだよ。

F ：你自己是負責人，不去是不行的吧。
M ：1. 之後好像根本是無法去。
2. 但是不能去就是不能去。
3. 對，應該有不能去的理由。

54番 (227)

M ：こちらは、お持(も)ち帰(かえ)り用(よう)ですか。

F ：1. いいえ、私(わたし)は持(も)てません。

2. ええ、そろそろ帰(かえ)ります。

3. はい、包(つつ)んでください。

M ：這些是要外帶的嗎？
F ：1. 沒有，我拿不動。
2. 是啊，差不多該回去了。
3. 是的，請包起來。

55番 (228)

F ：またゲームばっかりして、宿題(しゅくだい)やらなきゃいけないんじゃなかった？

M ：1. わからせてから、やめられるんだよ。

2. わかりつつも、やめさせるんだよ。

3. わかっちゃいるけど、やめられないんだよ。

F ：老是在打電動，不是該做功課了嗎？
M ：1. 讓他知道之後就能戒了。
2. 即使知道也要讓他戒。
3. 我知道，但是就是戒不掉。

スクリプト．㈤ 綜合理解

在問題５中，請先聽取長篇內容。這項考題沒有練習。可以做筆記。

1番 230

小学校の先生が、ある授業について紹介しています。

F1：近頃、子供の「読書離れ」が叫ばれていますね。私が子どもの頃は、時間があると近所や学校の図書館へ行って、おもしろそうな本はないかと探したり、友だちと一緒に読んだりしたものです。人生のヒントを与えてくれる、そんな本のすばらしさを、今の子どもたちにも知ってもらおうと、まずは絵本など、簡単で短い本を授業の始めの 10 分間、ときどき読んであげることにしたんです。すると、子どもたちの反応が思いのほかよくてですね、その後リクエストに応える形で、授業の一環として月 1 回、道徳の時間を利用して行うようになりました。私はそれほど上手な読み手とは言えないんですけどね、みんなはじっと、集中して聞いてくれます。本の読み聞かせのあと、今聞いた話の内容や、感じたことなどを、30 分ほどの時間をかけてクラス全体で討論するんです。するとこれも驚いたことに、子どもたちは次々と本の感想や自分の考えなんかを、きちんと話してくれるんですね。教育面からみて、とてもいい効果があるなと実感しています。

M：へえ、本の読み聞かせか、いい取り組みだね。

F2：うん。ああ、これなら家でも、親子のコミュニケーションとして取り入れることができそう。やってみようかしら。

M：この先生のいいところは、本を読んだあと、みんなで話し合いの時間をちゃんととってるところだね。

F2：そうよね。「ああ、おもしろかった、終わり」じゃ、あとでどんな話だったかとか、今日の授業で何を学んだのかとか、子どもたちってすぐ忘れちゃうから。

M ：こうした子供の考える力を育てるような活動を、どんどん授業で取り入れて、いろいろやっていってほしいよね。

F2 ：ええ、私たちもいい勉強になったわ。

質問1　先生は学校で、どんな授業をしていますか。

質問2　男の人は、この授業の何がいいと言っていますか。

小學老師正在介紹某一堂課。

F1：最近大家都在說「小孩不看書」。我小時候只要一有時間就會去附近或學校的圖書館找看看有沒有有趣的書，或是和朋友一起看書。我想要讓小朋友知道書本可以給與人生的線索的美好之處，因此我首先在開始上課的前十分鐘，讀圖畫書之類的短編的書（給小朋友聽）。結果小朋友的反應比預想的要好。之後就應他們的要求，將此視為上課的一個環節，每個月一次利用「公民與道德」的課（做此活動）。我雖然不能算是很好的朗讀者，但是大家還是會安靜地、專心地聆聽。朗讀完之後會花 30 分鐘的時間全班討論所聽到的內容或感想。結果也很令人驚訝的，小朋友會一個個的將他們對書的感想或自己的想法詳細的說出來。從教育面來看，我確實感受到很好的效果。

M：喔～。朗讀書本給小朋友聽，是不錯的安排。

F2：嗯。啊，如果這樣，在家裡也可以用這個做為親子間的交流。可以試試看。

M：這個老師的優點是在朗讀完之後，會確實留下大家討論的時間。

F2：對啊。只是「啊，好有趣，結束了」的話，之後小朋友馬上就會忘記書上是講什麼內容或是今天在課堂上學到了什麼。

M：希望能夠在課堂上多導入像這種能夠培養小朋友的思考能力之類的活動。

F2：對啊，我們也學到了很多。

問題 1 請問老師在學校上怎樣的課呢

1. 小朋友閱讀老師寫的書的課。
2. 在附近的圖書館找有趣的書的課。
3. 大家討論找出一本好的書的課。
4. 小朋友聽老師朗讀書本的課。

問題 2 請問男人說這個課的優點是什麼呢？

1. 在家裡也可以簡單的模仿。
2. 父母和小孩可以溝通交流。
3. 聽完書本的故事後，針對內容做討論。
4. 不只是小孩，父母親也可以學習。

2番 231

お土産店の女の人が、商品について説明しています。

F1 ：冬は肌の乾燥に悩まされる時期ですよね。家事などの水仕事で手がガサガサ、なんて人も多いと思いますが、そんな皆さんにお勧めしたいのがこちら、ホワイトクリーム、1つ350円。濡れた手の水分を十分にふき取った後、このくらいの量を、ちょっと手の甲にとって、ササッとのばすだけ。べたつきもなく、しっとりした使い心地が大好評なんです。さらにこのクリーム、手だけでなく腕やひじ、ひざなど、全身に使いたいというかたのために、大容量のホワイトボトルクリームもご用意。ご家族皆さまでお使いいただく際にもとても便利ですね。お値段も、容量が2倍にもかかわらず、おひとつ500円。大変お得になっています。この地域特産のハーブエキスが入ったこのクリーム、ご自分用に、お土産用に、ぜひ旅の記念にどうぞ。

F2：この地域特産のハーブエキスが入ってるんですって。お土産にいいわね。

M：うん、これ珍しいし、こういうのって女性へのプレゼントにいいかも。

F2：あら？あなた、プレゼントしたい女性でもいるの？

M：違うよ、何言ってんだよ。会社の、ほら、部下たちにだよ。何ていうか、そういう心遣いって、一緒に仕事やっていく上で大切じゃないか。えっと、3人だから、小さいの3つでいいかな。

F2：ふーん、そう。私は家で使う、大きいのを1つ。あなたも、子どもたちも使うでしょう。あ、おばあちゃんにもう一つ買っていこうかしら。おばあちゃんのは小さいのにしよう。えっと、いくらかしら？あなたの会社用のは、自分のお小遣いから払ってよ。

M：はいはい、わかってるよ。

質問1　女の人は何を買いますか。

質問2　男の人はいくら払いますか。

伴手禮店的女人，正在針對商品做說明。

F1：冬天是煩惱肌膚乾燥的季節。很多人認為做家事碰水會讓手粗糙。對這種人我想要推薦這個美白乳液，1瓶350日圓。將濕的手充分的擦乾後，取大約這樣的量，擦在手背上快速的揉搓就可以了。不黏手、滋潤的感覺深受好評。而且針對不只是想用在手上，也想用於手肘、膝蓋或全身的人準備了大容量的包裝。讓全家都方便使用。價格也是，即使容量多了一倍，但一大瓶只有500日圓，非常划算。這個添加本地區特產的香草精，不論是自用、買來當伴手禮，或是當旅行的紀念品都很適合。

F2：說有添加本地區特產的香草精。用來當伴手禮不錯啊。

M：嗯，這個還蠻罕見的，這種的送給女性當禮物可能不錯。

F2：咦？你有想送禮物的女性對象？

M：沒有啦！你在說什麼啊？是公司的部下們。怎麼說呢？這種用心，對於一起工作的人不是很重要的嗎？嗯，有3個人，所以3瓶小的就可以了。

F：嗯～，是啊。我是在家裡用，一瓶大的。你和小孩們也要用吧。啊，也送奶奶一瓶吧。送奶奶的就買小的。總共是多少錢呢？你送公司的人的，就用自已的零用錢付吧！

M：好，好，知道了。

問題 1 請問女人要買什麼呢？

1. 美白乳液 1 罐。
2. 美白乳液 2 罐。
3. 美白乳液 1 罐和家庭號美白乳液 1 瓶。
4. 美白乳液 1 罐和家庭號美白乳液 1 瓶。

問題 2 請問男人要付多少錢呢？

1. 350 日圓
2. 500 日圓
3. 1050日圓
4. 1500 日圓

3番 232

男の人が、特急電車のチケットについて説明しています。

M1：北日本への新たな交通手段として、今年1月からお目見えしました北部電鉄山陽線、このたびの開通を記念いたしまして、ただ今「特急に乗ろう!お出かけキャンペーン」を実施中です。特急券の料金が、なんと最大50%割引になるこのチャンス。この機会にぜひ温泉やスキーに出かけてみませんか?特急の前売り券ご購入が、30日前ですと10%、60日前なら25%、90日前だと50%の割引になります。通常、乗車には特急券と乗車券のご購入が必要です。例えば東京から青山温泉へは、特急券が500円と乗車券の650円を合わせて1150円のところが、最大割引でお一人900円に!これはお得、今すぐ、お急ぎください!

F：へえ、すごい。青山温泉の特急券が、半額になるんだって。

M2：半額って言っても、500円の特急券分だけが割引対象だよ、わかってる?

F：え、どういうこと?特急に乗るには特急券と乗車券の2つ必要だから、650円は変わらないってこと?

M2：そう。それに3ヶ月も前にチケット買う、普通?

F：もし夏休みとか、もう予定が立てられそうな時なんかは、買えるんじゃない?お得になるんだったら、その機会を最大限に利用しなきゃ。うん、よし決めた。うち、今年の夏の家族旅行は、ここにする。夫と子どもたちと4人で行くわ。

M2：そんな先のチケット、今買っても大丈夫?ぼくも来週青山温泉へ友だちみんなで行くから、おととい予約したんだけど、代金の支払いは当日、みどりの窓口で各自 1150 円払うんだ。割引はないけど、まあ、これぐらいの交通費なら何とかね。

F　：1人と4人じゃ違うわよ。やっぱり、私は少しでも安く行きたいし、さっそく予約するわ。

質問 1　男の人は、何人分のチケットを買いますか。

質問 2　女の人は、夏休みに家族で青山温泉へ行くとき、特急に乗るのに全部でいくら払うことになりますか。

男人正在針對特快車的車票進行說明。

M1　：今年 1 月與世人見面的北部電鐵山陽線，是北日本的新交通方式。為了紀念其開通，現在正在進行「搭乘特快車吧！外出活動」。特快車的費用居然可以打到 5 折。要不要利用這個機會去泡溫泉或滑雪呢？特快車的預售票的折扣：30 天前購買是 10%；60 天前是 25%；90 天前是 50%。一般搭車時要買特快車票和乘車券。例如從東京到青山溫泉，特快車票是 500 日圓，乘車券是 650 日圓，合計是 1150 日圓，而最大的折扣後一個人是 900 日圓。這是很划算的，請現在馬上趕快購買。

F　：啊！太好了。青山溫泉的特急車票，變半價了。

M2　：說是半價，你知道也只是特快車票 500 日圓有打折而已嗎？

F　：咦，怎麼回事呢？因為搭特快車時需要買特快車票和乘車券，所以乘車券的 650 是不變的嗎？

M2　：對，而且一般會在 3 個月前就買票嗎？

F　：如果是像暑假之類的已經先定好計畫的時候，就可以買，不是嗎？如果划算的話，就要好好的利用。嗯，決定了。今年夏天的全家旅行就去這裡。跟老公還有小孩 4 個人去。

M2　：那麼久之後的車票，現在就買沒關係嗎？我是下星期要和朋友一起去青山溫泉，前天已經預約了。車資是當天在售票口各自付 1150 日圓，沒有打折。如果是這個金額的交通費，我還付得起。

F　：一個人和四個人是不一樣的。我還是要買便宜一點的，馬上就去預約。

問題 1 請問男人買幾個人的車票呢？

1. 1 個人　　3. 3 個人
2. 2 個人　　4. 4 個人

問題 2 請問女人暑假要和家人去青山溫泉，搭乘特快車全部要付多少錢呢？

1. 900 日圓　　3. 3600 日圓
2. 1150 日圓　　4. 4600 日圓

4番 (233)

女の人が、美容院について話しています。

F1　：いつもビューティーサロン・アオイをご利用いただき、ありがとうございます。当店はお客様一人ひとりの髪のお悩みカウンセリングを大切にしていますので、完全予約制とさせていただいております。定休日は毎週火曜日と、第二、第三水曜日の、月6日間。営業時間は朝10時から午後7時までとなっております。ご予約専用電話番号は…。

F2：ああ、火曜日と水曜日がお休みなんだ。せっかく今週の水曜日、仕事の休みがとれたから行こうかなって思ってたのに。

M：え、今週だったら行けるんじゃない？第二、第三水曜日って言ってたから。

F2：あ、そうか。今週は3月の第4週目…ってことは、来週の水曜日でもいいってこと、よね？

M：そうだけど、また先延ばしにすると、せっかくのチャンスを逃しちゃうことになるかもしれないから、早いうちに行っておいたら？子どもはぼくが見ておくよ。

F2：うん、じゃあそうしようかな。あ、あなたも髪、切りたいって言ってたわよね？私が美容院から戻ってきたあと、交代で行ってくる？

M：ぼくはちょっと切ればいいだけだから、来週でいいよ。土日は混むだろうから、その次の日にでも…。

F2：でも定休日の前日も混んでるかもしれないわよ。

M：まあ、今から予約しておけば大丈夫だろ。

F2：そうね、じゃあ私とあなたの分、予約するわね。

質問1　女の人は、いつ美容院へ行きますか。

質問2　男の人は、いつ美容院へ行くつもりですか。

女人正在談有關美容院的事。

F1：謝謝大家經常光顧葵美容院。本店很重視每一位客人的頭髮煩惱問題諮商，因此採取完全的預約制。公休是每週二和第二週、第三週的星期三，一個月共有6天。營業時間是早上10點到晚上7點為止。預約專線是……。

F2：啊，週二和週三休息。難得今天週三，請了休假，本想去呢！

M：這星期的話不是可以去嗎？，因為是說第二、第三週的星期三。

F2：啊，對喔！這星期是三月的第四週，所以說下星期三也可以囉？

M：是這樣沒錯啦，但是再拖下去的話，搞不好讓難得的機會溜走了，早一點去比較好吧！小孩我來照顧。

F2：嗯，好吧，就這麼辦吧！你不是也說想剪頭髮。我從美容院回來後換你去吧？

M：我只要剪一下就可以了，下週再剪，

星期六、日人會很多，再隔一天也可以……。
F2：但是休息的前一天說不定人可能也很多。
M ：啊，現在預約的話應該沒問題吧？
F2：嗯，那就預約我的和你的囉。

問題 1 請問女人哪時候要去美容院呢？

1. 本週二　　3. 下週二
2. 本週三　　4. 下週三

問題 2 請問男人打算哪時候去美容院呢？

1. 下週日　　3. 下週二
2. 下週一　　4. 下週三

5番 234

女の人が、今後の予定について話しています。

F1 ：はい、それではここで 90 分の自由時間を設けます。皆さん、このまま博物館内にとどまって見学を続けてもかまいませんし、外へ出てお土産など、買い物をしたいという方もいらっしゃると思いますが、集合時間だけは必ず守るようにしてください。4 時半に、今いますこの場所に集合ですよ。その後バス乗り場へ移動して、4 時 35 分には出発する予定です。トイレは上、この建物の 2 階にありますが、このあとバスで移動しますので、集合前には必ず済ませておいてください。それではみなさん、くれぐれも事故やけがのないようにしてください。それでは、解散！

M ：外に出てもいいって言ってたね。博物館、もう飽きちゃったし、出ようよ。
F2 ：え？ 私、もうちょっと見て回りたかったのに…。早足で、ササッと一周してきていい？
M ：じゃあさ、別行動しようよ。せっかくだし、ゆっくり見てきたら？
F2 ：うーん、そうしようか。じゃあ、あとでね。集合時間に遅れないように、先にトイレ行ってから外へ行ってね。
M ：それは集合時間の前に行くから、今は大丈夫だよ。

質問 1　女の人は、このあと何をすると言っていますか。

質問 2　男の人と女の人は自由行動のあと、どこで会いますか。

女人正在談之後的行程。

F1：好，在這裡有 90 分鐘的自由時間。可以留在博物館內繼續參觀，我想也有人想出去買伴手禮之類的東西。請各位務必要遵守集合時間。4 點半在現在這個地方集合，之後會移動到搭車的地方，預定 4 點 35 分出發。化妝室在上面，也就是這個建築物的 2 樓。之後是要搭車的，所以請在集合之前一定要先去。請各位要多加小心，不要有事故發生或受傷了，那麼，解散。

M ：說可以出去。博物館已經看膩了，我們出去吧。
F2：咦？我想再看一下，可以看快一點去繞一圈嗎？
M ：那就，各自行動吧。難得來了，慢慢的看吧！
F2：嗯～，就這麼辦吧！那待會兒見。先去上廁所之後再出去吧，以免集合時間遲到了。
M ：集合之前再去就可以了，現在還不想上。

問題 1 請問女人說在這之後就做什麼事呢？

1. 參觀博物館。 3. 去買東西。
2. 去博物館外面。 4. 去廁所。

問題 2 請問男人和女人自由行動之後，要在哪裡會面呢？

1. 現在站的地方。 3. 2 樓的化妝室。
2. 博物館外面。 4. 搭巴士的地方。

6番 235

区役所の女性が説明しています。

F1 ：この春、進学や就職で新たにこちらの区へ引っ越してこられた方々の新生活が順調にいきますように、区役所としましても、様々な情報をお伝えしてまいりたいと思っております。しかし、転入してこられたことを、こちらまでお知らせいただかない限りは、お伝えすべき情報もお届けすることができないんです。引っ越してこられた際には、その日から14日以内に必ず住所変更届を、区役所までご提出ください。国民健康保険や納税に関する手続きも、その際にあわせてご説明させていただきます。なお、14日を超えてしまいますと、制裁金が課せられる場合がございますので、ご注意ください。

M ：わぁ、制裁金を払わなきゃいけないんだって、知ってた？
F2 ：ううん、知らなかった。私はもう提出したけど、厳しいのね。まだだったら早くしたほうがいいわよ。
M ：俺もそろそろ2週間だから、急がなきゃ。
F2 ：自動車免許証とか、何か身分を証明できるものを持っていかなきゃだめよ。行ったらまず「見せてください」って言われたから。
M ：他に何か、取り寄せておかなきゃいけない必要書類とかってある？
F2 ：私は特になかったけど、人に

よっても違うかもしれないし、とにかくそれだけでまず行ってみれば？

M：免許証ならいつも財布に入れてあるから、そうだね、まずは行ってみるよ。

質問1　二人は今、どういう状況ですか。

質問2　男の人は、このあと何をしなければいけないと言っていますか。

區公所的女人正在說明。

F1：為了讓今年的春天因為升學或就業而新搬到本區的人的新生活能夠過的很順利，區公所想將各種的資訊傳達給您。但是如果沒有將遷入的訊息告訴我們的話，我們就無法將應該傳達的資訊告訴大家了。因此從遷入的當天算起 14 天之內，請一定要向區公所遞交住址變更申請書。有關國民健康保險或繳稅的手續，也會在那時候一併向各位說明。如果超過 14 天之後就需要繳納罰款，敬請多加注意。

M：哇，你知道需要繳納罰款的事嗎？
F2：不，我不知道。我是已經申報了。真嚴格！如果還沒有申報的話，再好趕快去申報。
M：我也快二個星期了，要趕快了。
F2：沒拿駕照或可以證明身份的東西去是不行的哦。因為去的時候，對方馬上就說「請給我看身份證明」。
M：其他有一定要帶去的文件嗎？
F2：我的情況是沒有其他特別需要的。但是可能會因人而異也說不定。總之先帶這個去看看吧！
M：駕照的話一直放在皮夾內，是啊，總之先去看看。

問題 1 請問這二位現在是什麼情況呢？

1. 男人已經搬家了，女人還沒搬家。
2. 女人已經搬家了，男人還沒搬家。
3. 男人和女人都已經搬家了。
4. 男人和女人都是接下來打算搬家。

問題 2 請問男人在這之後一定要做什麼事呢？

1. 準備必要的文件。
2. 去區公所繳住址變更申請書。
3. 繳納罰款。
4. 在二週之內搬家。

7番 236

ある男の人が、注意を呼びかけています。

M1：冬は暖房器具が手放せないうえ、空気も乾燥しています。火の不始末が原因で火事となり、周囲に火がどんどん拡大してきた結果、大惨事となることも少なくありません。そうならない対策として、まずは出かける前の火の元の確認です。気になるようなら何度もチェックしておいてください。もう一つは夜、お休み前のチェックですね。エアコンや電気毛布などは、就寝前に少し温めるためのものと考え、布団に入るときには電源を切るようにしてください。

ちょっとした心がけで、大きな災害を防ぐことができるんです。

F　：いやだ、なんか私、怖くなってきちゃった。
M2：お母さん、どうしたの？
F　：うん、ちゃんと火の元、消したかしら、と思って…。
M2：さっきお母さん、消してたじゃない？
F　：私じゃなくて、おばあちゃんよ。一人暮らしだし、最近足もよくないから、心配だわ。ちょっと電話してくる。ひろし、お父さんにお風呂を出るとき、ちゃんと電源消しておいてって、言ってきて。
M2：お父さん、もうお風呂から上がって、リビングにいたよ。ぼく、ちゃんと消してあるか、見てくる。
F　：ああ、そう？ありがとうね。

質問1　男の人は、火の元の確認として、どうしたほうがいいと言っていますか。

質問2　お母さんはこのあと、何をすると言っていますか。

某個男人正在呼籲要小心。

M1　：冬天取暖器具是不可欠缺的，而且空氣很乾燥。因為用火不小心引起了火災，周圍的火勢不斷的擴大，造成很悲慘的事件也為數不少。為了避免這種事情發生，首先在外出前要先確認火是否都已關了。如果掛心的話，請多檢查幾次。還有一點就是晚上睡覺之前的檢查。要上床時請把空調或電毯等等睡覺前先暖和一下的東西的電源關掉。稍微的用心注意就可以預防大災害的發生。

F　：討厭，我都變害怕起來了。
M2　：媽，怎麼啦？
F　：嗯，一直想著是不是有確實地關火了呢？!
M2　：剛才你不是關了嗎？
F　：不是我，是奶奶。一個人獨居，最近腳不太方便，真擔心。我去打電話。小宏，跟爸爸說，洗完澡後，要確實地把電源關了。
M2　：爸爸已經洗好澡，去客廳了。我去看是不是確實有關了？
F; 啊，是嗎？謝謝。

問題 1 請問男人說要確認火是否有關了，最好如何做呢？

1. 為了不使暖氣的火擴大，要關 2，3 次。
2. 睡覺前開空調取暖，要開到天亮。
3. 晚上睡覺前要將所有的暖氣器具的電源關掉。
4. 暖氣器具盡可能在有點暖後再開電源。

問題 2 請問媽媽說在這之後要做什麼事呢？

1. 確認浴室的電源。
2. 確認客廳的電源。
3. 打電話給爸爸。
4. 打電話給奶奶。

8番 237

テレビの通信販売で、ある商品を紹介しています。

M1：はい、本日皆様にぜひご紹介したい商品は、毎年この時期に売れ行きナンバーワンのこちら、ビデオカメラです。お子様の卒園式や卒業式にはもちろん、春休みのご旅行や入学式など、3月4月はビデオ機器を使う機会が増えますね。コンパクトで操作も簡単なこちらのホームビデオ「キララ」、色も従来の黒やシルバーのほかに、赤、メタルブルーの合計4色をご用意。おしゃれでつい、いろんなシーンで撮影したくなっちゃいますね。さらに今回は、ビデオカメラの上手な撮影方法やお手入れのしかたなどが詳しく説明されている、こちらのビデオブックをカメラ1台につき1冊、ご購入の皆様にもれなくプレゼント。また同時に、撮影時に便利なこの三脚をご一緒にお買い上げいただきますと、こちらのテーブルや棚の上でお使いいただけるミニ三脚も無料でお付けいたします。これだけあれば、この春の思い出はばっちり記録に残しておけますね。人気商品のため売り切れにはご注意ください。それではご購入方法です。…

F：ふーん、ビデオカメラね。いい機会だし、うちも1台買ってみようかしら。

M2：君、ちゃんと使えるの？買ったはいいけど、結局数回使って、そのうちにあること忘れて放置したまま、なんてことだと、かえって無駄な買い物になっちゃうよ。

F：買ったら買ったで、ちゃんと使うわよ。今まではなかったから、ビデオを撮るって発想がなかったけど、あればそれで子供の成長記録も残そうって気にもなるわよ。

M2：そうかな。

F：この赤いの、珍しい色でかわいいし、これにしようかな。

M2：その色？なんか安っぽく見えない？シルバーのほうがいいよ、それかこのメタルブルー。

F：私が買うんだから、私の好

きな色でいいじゃない。あ、それに三脚か…。

M2：それこそ本当に必要なの?まずはビデオカメラを使ってみて、やっぱりいるって思ったら買えばいいんじゃない?どこにでも売っているんだから、そんなの。探せばもっと安いものだってあるんだし。

F　：じゃあ、それについてはそうするわ。でもビデオカメラは私の好きにさせてね。

M2：君が払うんなら、どうぞお好きに。

質問1　女の人が通信販売で購入したあと、送られてくる商品は何ですか。

質問2　男の人は、ビデオカメラの購入についてどう思っていますか。

電視購物在介紹某一種商品。

M1　：今天要向各位介紹的商品，是每一年這個時期銷售第一名的攝錄放影機。小孩的畢業典禮就不用說了，春假的旅行或入學典禮等等，3、4 月使用攝錄放影機的機會會增加。小巧輕便而且操作簡單的這一台家庭用攝錄放影機「kirara」，顏色除了原本的黑色或銀色之外，又有紅色和金屬藍共 4 個顏色。很時髦忍不住就想拿出來拍各種的場景。而且這一次再加上有攝錄放影機的拍攝技巧以及保養的詳細說明的小冊子，一台攝錄放影機附有一本，送給每一位購買的人。還有同時購買方便攝影的三角架的話。這個可擺放在桌上及架子上的迷你三角架也是免費贈送的。有了這個，就可以將這個春天的回憶毫無遺漏的記錄下來了。因為是人氣商品，請注意可能很快就會賣完了。接著是購買的方法……。

F　：嗯～，攝錄放影機，是個好機會，我們家也買一台吧？

M2　：你會用嗎？買是可以買，但只用了幾次後，就放在那裡，連有買都忘記了。這樣子的話，反而是浪費。

F　：買了就會用啊。現在因為家裡沒有，所以連拍攝錄影的想法都沒有，有的話就會想將小孩的成長記錄留下來了。

M2　：是嗎？

F　：這個紅色的很少見，也很可愛，就買這個吧！

M2　：那個顏色，不會看起來像便宜貨嗎？銀色的比較好，或是這個金屬藍。

F　：是我要買的，就挑我喜歡的顏色。還有三角架……。

M2　：這個真正有需要嗎？首先攝錄放影機先用看看，如果實在是需要的話再買就好了不是嗎？這種的到處都有賣，找一下也有更便宜的。

F　：那關於那個就這麼辦吧。但是攝錄放影機要買我喜歡的哦。

M2　：如果是你要付錢的話，就依你吧。

問題 1 請問女人在買了電視購物後，送來的商品是什麼呢？

1. 紅色的攝錄放影機和三角架。
2. 紅色的攝錄放影機和攝錄放影的書。
3. 金屬藍的攝錄放影機和迷你三角架。
4. 金屬藍的攝錄放影機和銀色的三角架。

問題 2 請問男人對於購買攝錄放影機有什麼樣的想法呢？

1. 因為是自己付錢，所以希望不要挑選銀色或金屬藍之外的顏色。.
2. 如果是女人自己付錢的話，買女人喜歡的顏色也可以。
3. 要買攝錄放影機的話，再好連三角架一起買。

4. 如果攝錄放影機沒有附三角架的話，最好不要買。

9番 238

先生が、合唱コンクールで歌う曲について説明しています。

F1：7月に行われます合唱コンクールの自由曲は、次の4つの中から1つを、クラス全員で選びます。まず一曲目は、去年の課題曲で歌ったことがありますね、「大空をください」という歌です。覚えているでしょう?とてもきれいなメロディで毎年人気の高い曲です。次は「ひとつの星」という曲で、男性と女性が交互に歌うパートが特徴です。少し難しい曲ですが、クラス全員のまとまりが試されると言ってもいい曲ですね。3曲目は去年ある歌手が歌って大ヒットした「メモリーズ」という歌。これもとても明るくていい曲ですから、人気がありそうですね。他のクラスの選曲とも重なる可能性がありますよ。最後の曲は「雨」です。これは自分の妹が病気で亡くなってしまった悲しさを歌う、静かで落ち着いた感じの歌詞とメロディです。はい、以上の中から一曲選びますが、優勝を狙うにはどれがいいか、みんなよく考えて決めましょうね。

F2：せっかく歌うんだったら、元気で明るいのがいいかな。「雨」以外のがよさそうじゃない?

M：でも優勝を狙うなら、あえて他のクラスが選ばないものを、うちのクラスが歌うっていうのも一つの手だよ。

F2：他のクラスが歌わなかったからって、優勝できるとは限らないわよ。やっぱり上手かどうかが大切だし。「大空をください」は去年歌ったから、もう今年はいいや。この男子と女子が別パートで歌うの、うちのクラスには合わないね。だって、男子、6人しかいないし。…となると、これ、か。

M：同じ歌が何曲も続くより、全く違う雰囲気の曲をパッと聞かされた方が印象に残って、加点につながるはずだよ。だからぼくは、明るくなくてもいいと思うよ。

F2：うーん、私はみんなよく知らないより、知っている曲のほうがいいから、絶対これだと思うんだけどなぁ。

質問1　男の学生は、どの曲がいいと思っていますか。

質問2　女の学生は、どの曲がいいと思っていますか。

老師在說明有關在合唱比賽要唱的歌曲。

F1　：7月的合唱比賽的自選曲目，從下面的4首歌曲中，全班選出一首。首先第一首是去年的指定曲有唱過的「給我大天空」還記得吧！旋律很美的曲子，是每年很受歡迎的曲子。接著是「一顆星星」其特徵是男女交互混聲。有點難，可以說是在測試全班的整合度的曲子。第三首是去年某個歌手唱紅的「回憶」。這也是很開朗的好曲子，可能也是很有人氣的，可能會和其他班級的選曲重複。最後的曲子是「雨」。這是唱出自己的妹妹病亡的悲傷，讓人感覺到寂靜和沉穩的歌詞及旋律。從以上當中選出一首，想要優勝哪一首會比較好呢？大家好好的想一想再決定吧！

F2　：既然要唱，就要唱有精神、開朗的才好。「雨」之外的好像比較好不是嗎？

M　：但是想要獲勝，選其他班級不會選的，只有我們班會唱的，也是一種策略。

F2　：即使其他班級不唱也不一定會獲勝啊。還是唱的好不好才是重要的。「給我大天空」去年已經唱過了，今年就不要了。這首男女各自的合聲，不適合我們班，因為男生只有6個人，這樣一來，就只剩這個了……。

M　：比起連續好幾首都是同樣的曲子，來個氣氛完全不一樣的曲子也會加深印象，應該是可以加分的。所以我認為即使不是開朗的曲子也沒關係。

F2　：嗯～，我認為與其是大家都不知道的曲子，反而是大家都知道的曲子會比較好。我認為絕對是這個了。

問題1 請問男學生認為哪一首曲子好呢？

1.「給我大天空」。　3.「回憶」。
2.「一顆星星」。　4.「雨」。

問題2 請問女學生認為哪一首曲子好呢？

1.「給我大天空」。　3.「回憶」。
2.「一顆星星」。　4.「雨」。

10番 239

不動産屋の男性が、賃貸住居の説明をしています。

M1：こちらの桜アパートはですね、地下鉄の駅から徒歩5分以内の、大変便利な立地条件となっており、学生さんには一押しなんです。1Kと、多少の狭さはありますが、トイレとお風呂が別になっていて、住みやすいと人気の物件なんですよ。同じ建物内でこれより家賃がお安いものとなりますと、1Kでユニットバス、つまりトイレとお風呂が一緒になったタイプのものになります。他には1DKの広さがありますカーサ若葉、こちらも駅からだいたい5分くらいですが、1階に中華料理のレストランが入っていらっしゃいますので、夜10時ごろまでは営業している音ですとか、匂いなんかもちょっと気になるかもしれませんね。同じ広さで静かなところ、となりますと、やはり駅から少し離れます。歩いて15分のこちら、中村マンションの1階のお部屋です。ここも人気物件となっておりますが、今のところ1階以外は空き部屋がないみたいです。

F　：へえ、やっぱり人気だなぁ、中村マンション。1階しか残ってないんだって。安全面を考えれば、できるだけ上の階がいいよね、こういうのって。あ、けんじ君も引っ越し考えてるの？

M2：うん、最近忙しいから、もっと便利なところに移りたいなぁと思って。

F　：ふーん、今住んでいるところもけっこういい場所だと思うけど。たしか、地下鉄の駅からすぐだったよね。

M2：交通が不便なんじゃなくて、周りにごはんが食べられるような店があまりなくってさ。コンビニ弁当ばかりの毎日は、もう、ちょっと……。

F　：じゃあ、ここだったら、下に降りたらいつでも食べられるわね。ああ、でも私だったら匂いとか、気になるかも。

M2：そうなんだよ、だからここ、いいなと思って。匂いは別にかまわないよ。窓あまり開けないようにするから。

F　：桜アパートもね、友だちが住んでいるんだけど、周りにはお店がたくさんあって、すごく便利だって言ってたわよ。

M2：今のところも1Kなんだけど、物が増えてきたから、もっと広いところへ行きたいんだ。

F　：じゃあ、ここ気になるんだったら、一度見に行ってみたら？

M2：うん、そうしようかな。

質問1　男の人が引っ越ししたい理由は、何だと言っていますか。

質問2　男の人は、どこのアパートを見に行ってみるつもりですか。

男性房屋仲介正在說明有關租賃房屋的事情。

M1　：這個櫻花公寓從地下鐵車站走路在 5 分鐘之內，有非常方便的地理位置條件，對學生而言是上上之選。1K 是有點窄，但是廁所和浴室是分開的，住起來很舒適，是受歡迎的物件。同一棟建築物當中租金比這間便宜的，還有 1K 是衛浴一體成型的，也就是廁所和浴室是連在一起的類型。其他還有 1DK 的大小的若葉家，這裡也是離車站大約 5 分鐘，但是 1 樓是中華料理餐廳晚上營業到 10 點，聲音或氣味可能會令人在意。同樣的大小但是要安靜的話，就會離車站遠一點。步行需要 15 分鐘的中村大廈 1 樓的房間，這個也是很受歡迎的物件，但是現在除了 1 樓之外沒有空屋了。

F　：中村大廈果然是受歡迎。說只剩下 1 樓。為了安全考量，上面的樓層比較好。啊，健次你也在考慮要搬家嗎？

M2　：嗯，因為最近很忙，所以想搬到比較方便的地方。

F　：嗯～，我覺得你現在住的地方就蠻好的啊。不是離地下鐵車站很近？

M2　：並不是交通不方便，而是附近很少有可以吃飯的地方，每天都吃超商的便當，已經有點……。

F　：那這裡的話，一下樓就可以吃了。啊，但是我的話，會很在意氣味的。

M2　：是啊，所以我也覺得這裡不錯。我不是特別在意氣味，盡量不開窗戶就行了。

F　：我也有朋友住在櫻花公寓，聽說周圍有很多商店非常的方便。

M2　：我現在住的地方也是 1K，東西慢慢多了很多，想搬到更寬敞的地方。

F　：如果對這裡有興趣的話，先去看看啊？

M2　：嗯，就這麼辦吧！

問題 1 請問男人說想要搬家的理由是什麼呢？

1. 想住交通更方便的地方。
2. 因為 1 樓是餐廳，很在意噪音和氣味。
3. 覺得 1K 變得很小了。
4. 周圍沒有超商不方便。

問題 2 請問男人打算去看哪一個公寓呢？

1. 櫻花公寓。
2. 1K 是衛浴一體成型的公寓。
3. 若葉家。
4. 中村大廈。

11番 240

旅行ガイドの男性が、今後の予定について説明しています。

M1：はい、皆さん、お疲れさまでした。それではこちらの「動物ランド」で、自由行動とさせていただきます。スタッフの話によりますと、人気のパンダとコアラですが、本日来場者が多く、それぞれ見るのに 30 分以上の行列ができているとのことです。ご覧に行かれる場合は、集合時間までに間に合うよう、十分ご注意ください。えー、昼食については、園内で皆さま各自お済ませいただくことになっております。軽食などの売店は、園内いたるところにございますが、レストランなどの室内でお食事なさりたい場合は、先ほどお話ししましたコアラ館の隣に、フードコートがございますので、そちらをご利用ください。では「動物ランド」を出発のお時間は3時半、今皆さまがいらっしゃいます、こちらのバス駐車場に、お時間までにお戻りください。では、園内で楽しい時間をお過ごしください！

F　：さてっと、2時間半のフリータイムってことね。どこへ行こうかな。コアラとパンダは外せないわね。

M2：まずは腹ごしらえだろ。お腹すいたぁ。

F　：それならさぁ、売店で簡単に食べられるものを買って、列に並びながら食べようよ。

M2：ああ、時間短縮のためにいいね。じゃあ、コアラ館のほうへ向かおうか。

F　：コアラは園内のいちばん奥か…。実は私、ずっと我慢してたからさ、先にトイレ行ってから、向かうことにしましょうよ。

M2：オッケー。で、奥の方からずーっと戻ってきて…。あ、じゃあパンダは最後か。そこの、正面門の近くだから。

F　：それじゃだめだよ。ガイドさんが言ってたじゃない、余裕を持って見てくださいって。それとも先にパンダ見てから奥へ行く？

M2：うん、それでもいいよ。

F　：じゃ、先に行って列に並んでて。私、後からすぐ行くから。

M2：それならぼく、先に売店で何か買っておくよ。

F　：あ、そうね。じゃあ後で私、売店行くわ。

M2：うん、わかった。

質問1　二人は、どうして最後にパンダを見に行くのはよくない、と思ったのですか。

質問2　二人はこのあとすぐ、何をすることになりましたか。

男導遊在針對今後的行程做說明。

M1　：各位，辛苦了。請在這個「動物島」自由行動。根據工作人員表示，今天因為遊客很多，為了要看受歡迎的熊貓和無尾熊需要排30分鐘以上。如果要去看牠們的話，請注意要考慮到集合的時間，不要遲到了。關於午餐，是在園內自行解決，一些賣簡餐的商店，園內到處都有，如果想要在餐廳之類的室內用餐的話，在剛才所提過的無尾熊館的隔壁有美食區，請多加利用。從「動物園」出發的時間是3點半，請各位在時間內回到現在所處的遊覽車停車場。那就請各位享受到在園內的時間。

F　：有2個半小時的自由時間，要去哪裡呢？無尾熊和熊貓這一定要看的。

M2　：首先先填飽肚子吧，肚子好餓。

F　：這樣的話，先去商店買一些簡餐，再去排隊一邊吃。

M2　：啊，節省時間不錯啊。那就朝無尾熊館走吧！

F　：無尾熊館是園內的最裏面……，事實上我一直忍著，先去上廁所之後再去吧！

M2　：OK，從最裡面走回來……，啊，那熊貓是最後嗎？是在那個正門的附近。

F　：這樣是不行的。導遊不是說要留充裕的時間嗎？或是先去看熊貓之後再去最裡面？

M2　：嗯，那樣也可以呀。

F　：那你先去排隊，我待會兒就去。

M2　：這樣的話我先去商店買點什麼吧？

F　：啊，這樣呀，那待會兒我去商店好了。

M2　：嗯，知道了。

問題1 請問這二人為什麼覺得最後看熊貓是不好的呢？

1. 熊貓館在最遠的地方。
2. 可能排隊排到一半時間會不夠。
3. 熊貓的參觀是從2點半開始的，3點半的集合會來不及。
4. 無尾熊館和熊貓館離的太遠。

問題2 請問二人在這之後馬上要做什麼事呢？

1. 女人去廁所，男人去商店。
2. 女人去商店，男人去無尾熊館排隊。
3. 二人都去動物園的最裡面的無尾熊館排隊。
4. 二人都去商店後再去無尾熊館。

12番 (241)

スーパーで、女の人が新商品の説明をしています。

F1　：いかがですかぁ、新発売のワンカップスープです。スープの素を一袋カップへサササッと入れて、熱いお湯を注ぐだけで出来上がり。従来のあっさり味チキンコンソメ風味と濃厚なコーンクリーム風味に加え、カロリー控えめ、健康志向の方にぴったりの海藻わかめ風味と、寒い冬にぴったりのピリ辛、ちりこしょう風味。新しい2種類も加わりました、どうぞ、ご試食ください！

M　：ああ、ぼくこれ好きなんだよなぁ。買っていこうかな。

F2　：新商品もあるね、味見できるみたいよ。

M　：…わぁ、これちょっと辛いなぁ。僕はいつもの味でいいや。

F2　：寒いときには辛いもので体を温めるのがいいんじゃない？私、せっかくだから新しい味を試してみる。そう言えば、けんじ君っていつもコーンクリームを飲んでいるイメージがあるね。

M　：あっさり味(あじ)もおいしいのはおいしいんだけど、なんか物足(ものた)りないんだよ。この海藻(かいそう)わかめ味(あじ)もたぶんそうだと思(おも)う。これ、カロリー控(ひか)えめって書(か)いてあるから、さっちゃん、試(ため)してみたら？

F2　：え、それどういう意味(いみ)？ 私(わたし)がいつもカロリーオーバーだって言(い)いたいわけ？

M　：そうじゃなくてさ、ほら、さっちゃん、新(あたら)しいものが好(す)きじゃない？

F2　：まあ、確(たし)かにそうだけど、今日(きょう)はこっちの味(あじ)にしとくわ。

質問 1　男(おとこ)の人(ひと)はどれを買(か)うことにしましたか。

質問 2　女(おんな)の人(ひと)はどれを買(か)うことにしましたか。

在超市，女人正在針對新商品做說明。

F1　：覺得如何呢？這是新發售的一杯湯。將湯包倒入杯子內沖上熱開水就可以了。之前的輕淡口味的雞湯風味和濃稠的奶油玉米風味再加上低卡洛里、很適合注視健康的人的海帶芽風味，以及很適合在寒冷的冬天的辛辣胡椒風味，二種新的口味。敬請試吃。

M　：啊，我喜歡這個，買回去吧？

F2　：也有新商品，好像可以試喝。

M　：……哇，這有點辣，我還是之前的口味就可以了。

F2　：天氣冷的時候，辣的東西可以讓身體暖和，不是很好嗎？我要試試新的口味。這麼說來，健次，我好像記得你都是喝奶油玉米。

M　：清淡的口味好喝是好喝，但是總覺得不來勁，我想這個海藻海帶芽可能也是如此。這個寫著低熱量。小幸要不要試試看？

F2　：啊？這是什麼意思呢？你是說我總是熱量過高嗎？

M　：不是啦，小幸，你不是喜歡新的東西嗎？

F2　：是啊，的確是這樣，今天就決定這個口味吧！

問題 1 請問男人決定要買哪一種呢？

1. 雞湯風味。
2. 奶油玉米風味。
3. 海藻海帶芽風味。
4. 辛辣胡椒風味。

問題 2 請問女人決定要買哪一種呢？

1. 雞湯風味。
2. 奶油玉米風味。
3. 海藻海帶芽風味。
4. 辛辣胡椒風味。

13番 242

ある日本語学校(にほんごがっこう)で、男性(だんせい)スタッフが今日(きょう)の予定(よてい)を説明(せつめい)しています。

M1：おはようございます。新入生(しんにゅうせい)の皆(みな)さんは、今日(きょう)が初(はじ)めての登校日(とうこうび)ですね。まずは今(いま)から、この教室(きょうしつ)で日本語能力(にほんごのうりょく)テストを受(う)けてもらいます。これは、明日(あした)から各(かく)クラスに分(わ)かれて授業(じゅぎょう)が行(おこな)われますので、現時点(げんじてん)での皆(みな)さんの日本語(にほんご)レベルをチェックするためのものですが、どうぞリラックスして受験してください。10時半までのテストですが、書き終わった人からこちらに提出した後、となりの教室でのインタビューに進んでください。こちらも日本語のレベルを測るもので、両方のテストを終えた人から、お昼休憩をとってください。昼食は、学校の食堂も11時から開いていますし、学校の外の店へ食べに行ってもかまいませんが、1時の健康診断が始まるまでには、必ず校内へ戻ってきてください。健康診断は男女分かれて行います。男の人は体育館、女の人は3階の教室へ行ってください。そして3時には、またこの教室へ集まってください。入学式が行われます。その後、こちらでは引き続き、新しく寮に入る学生への説明会があります。寮に入る予定の学生の皆さんは、その場に残っておいてください。寮に入らない皆さんは、入学式後、解散となります。

F　：ああ、早速テストかぁ。緊張するね。

M2：筆記試験とインタビュー、両方あるんだね。じゃあ、テスト終わったら食堂で待ち合わせして、そこでご飯食べようか。

F　：うん、そうだね。午後もけっこう忙しいね。健康診断は男女、場所が違うのね。気をつけなきゃ。

M2：入学式のあと寮の説明会があるんだけど、ぼく、参加しなきゃ。

F　：そうね、私も女子寮だから。入学式が終わったら、そのまま一緒に、そこにいればいいのよね。

M2：うん。あ、そろそろ席につかないと。じゃあ、またあとでね。

F　：うん、お互いテスト頑張ろうね。

質問1　この男の学生と女の学生が、このあと最初に会えるのはいつですか。

質問2　テストのあと、男の学生はどの順に移動しますか。

某個日本語學校的男性職員正對今天的行程做說明。

M1　：大家早。各位新生，今天是第一次到學校來。首先今天要在教室做日語能力測驗。因為明天開始要分班上課，是要測試各位現階段的日語程度。請輕鬆的應考。考試考到 10 點半，寫完的人交到這裡來之後，請到隔壁教室接受面試，這個也是要測試日語能力，二種考試都考完的人，可以午休。學校的餐廳從 11 點營業。到學校外面的店吃也沒關係，但是 1 點開始健康檢查之前請一定要回到學校。健康檢查，男女生分開檢查。男生請到體育館，女生請到 3 樓的教室。3 點請再回到這個教室集合。要舉行入學典禮。之後接著有新住宿舍學生的說明會，預定要住宿舍的同學請留在原地，不住宿的同學在入學典禮後可以解散。

F　：啊，一來就要考試，真緊張。

M2　：筆試和面試二種都有。那考完試後在餐廳等，在那裡吃午餐吧！

F　：嗯，是啊，下午也很忙。健康檢查，男女生的地點不一樣，要注意。

M2　：入學典禮之後有宿舍的說明會，我得要參加。

F　：對啊，我也是女生宿舍的，入學典禮之後，一起留在那裡就可以了對吧？

M2　：嗯，啊，要回到位置上了，那待會見。

F　：嗯，考試加油哦。

問題 1 請問這位男同學和女同學，在這之後首先能見面，是哪時候呢？

1. 面試之前。
2. 午餐的休息時間。
3. 入學典禮。
4. 宿舍的說明會。

問題 2 請問考試之後男同學要按怎樣的順序移動呢？

1. 這個教室→隔壁教室→體育館。
2. 體育館→ 3 樓→餐廳。
3. 3 樓→體育館→餐廳。
4. 餐廳→體育館→這個教室。

14 番 (243)

就職セミナーの会場で、男性が会社の説明をしています。

M1：わが社はここ数年、新卒学生さんの採用を控えてまいりましたが、事業拡大に伴いまして、来年度は 3 年ぶりに新卒者を迎えるべく、採用試験を行うことになりました。採用条件につきましては、こちらの募集要項の通りになりますが、他に採用決定後、入社日までに行われます数回の研修を受けていただくことが、必須条件となっておりますので、ご了承ください。無事に研修を終えていただきますと、4 月からの勤務地決定へと続きます。こちらの本社と、大阪支社、さらに九州の福岡支社と、どこへ配属になるかは、研修の結果を見てこちらで判断させていただきますが、今お配りいたしました採用試験エントリーシートに、希望勤務地を書き込む欄がございます。そちらのご本人様の希望ももちろん、合わせて参考にさせていただきます。シートはご記入ののち、この場で提出していただいてもかまいませんし、後日郵送、またはインターネット上でのエントリーも受け付けております。どうぞ、皆様にとって最適な方法でご提出ください。

F　：へえ、この会社、3年ぶりの採用なんだって。たくさんの人数を採用してくれそうね。

M2：うーん、それはどうかな。でも入社までにきちんと研修を受けさせてくれるっていうのは、すごくいいね。いろいろ教えてくれそうだし。

F　：私、大学を卒業したら、入社までの1ヶ月間、アメリカへ短期の語学留学を考えていたんだけど、そうなったらこの研修、参加できそうにないわね。うーん、あきらめるか。

M2：まあ、別にそれは、採用が決まってから考えればいいことなんじゃない？で、配属かぁ、実は僕、地元に戻りたいと思っていたんだけど、名古屋支社ってないんだね。いちばん近くて大阪か、うーん、やっぱちょっと遠いな…。

F　：それこそ、採用が決まってから悩むべきことでしょう？まずはエントリーよ。私、もう書いたから、出して帰るわ。

M2：僕、今日はやめとくよ。インターネットでも受け付けてくれるみたいだし、家でゆっくり書くつもり。

F　：あ、じゃあ、私もそうしよう。しっかりした文章を書いて、採用担当者にアピールしなきゃね。

M2：そうだよ、それってすごく大事だと思うよ。

質問1　二人はエントリーシートをどうすると言っていますか。

質問2　女の人は、アメリカ留学をどうすることにすると言っていますか。

在就職研討會上，男人正在做公司的說明。

M1　：我們公司這幾年來暫時不採用應屆畢業生，但是隨著事業的擴大，隔3年之後，明年度要招募應屆畢業生了，因此要舉行招募考試。有關錄取的條件，就如這裡的招攬要項所記載的，一經採用之後，在到公司報到之前，一定要接受數次的研修，請多加注意。順利的完成了研修之後，接著是要決定4月開始任職的地點。有總公司和大阪分公司以及九州福岡分公司，要分配到哪裡，是由我們依研修的結果來做判斷。剛才發下去的求職申請書有寫希望就任的工作點一欄，我們也會依個人的所期望的地點做參考。寫完之後當場交也可以，或是之後用郵寄或在網路遞交，請大家以最方便的方式提交。

F　：這家公司說是隔了三年才再招考哦。好像會聘用很多人。

M2　：嗯～，這個嘛，但是進公司前會讓我們接受研修就很不錯啊。會教我們各種事情。

F　：我在想大學畢業之後到進公司之前的一個月想去美國短期的語文學習，如果那樣的話就不能參加這個研修了。嗯～只有放棄了吧。

M2　：這個等被聘用之後再做決定不就好了嗎？分發嘛，我想回去家鄉，但是名古屋沒有分公司，最近的是大阪，嗯～還是有點遠。

F　：這才是等被聘用之後才要煩惱的事吧？首先是求職申請書。我已經寫好了，交出去之後就回家。

M2　：我今天不交，網路也可以收件，我打算回家之後慢慢寫。

F　：啊，那我也這麼辦吧。好好的寫文章，向面試的主考官好好推薦自己。

M2　：是啊，我認為這是非常重要的事。

問題 1 請問二人說求職申請書要如何做呢？

1. 男同學和女同學都要當場交。
2. 女同學要現在馬上交，男同學在家寫好後再用郵寄的。
3. 男同學和女同學都要用網路交。
4. 女同學在之後用郵寄的，男同學用網路寄。

問題 2 請問女同學說去美國留學的事決定要如何做呢？

1. 研修請假，去留學。
2. 放棄留學，去研修。
3. 被聘用之前去留學。
4. 確定被聘用後再考慮是不是要去留學。

15番 (244)

あるスポーツ施設で、女の人が説明しています。

F1：こちらの施設内では、バスケットボールや卓球はもちろん、他では珍しい、様々なスポーツを楽しんでいただけます。人気はアイススケート。あちら、左手奥にはスケートリンクがありますので、その手前の入り口でシューズを借りて、リンク内へご入場ください。また、同じリンク上でカーリングというスポーツを体験することもできます。インストラクターがやり方を指導してくれますので、初めての方も十分楽しんでいただけます。汗をかいたあとは、こちらの天然温泉でゆっくり疲れを癒してください。受付でタオルの貸し出しもしております。温泉で温まったから体には…冷たいビール、ですよね。1階の軽食コーナーでは、飲み物はもちろん、おつまみをはじめ、麺類やサンドイッチなどをご用意しております。

M　：へえ、ここ、家族や友だちなんかと、1日遊んで楽しめるね。温泉もあるし、食事もできるし。

F2　：温泉はあとにして、まずは思いっきりスポーツよ。ここにはアイススケートリンクがあるみたいね。

M　：ああ、僕は温泉行って、食堂でビールでも飲みながら待っているよ。寒いの、嫌だし、ひざも痛いし。

F2　：ええー、じゃあ、どうして今日、ここに来たのよ？

M　：いやぁ、天然温泉があるって言ってたから、ひざの治療になるかな、なんて思って。

F2　：そうだったのぉ？じゃあ、ゆっくりどうぞ。私、今日カーリングをしてみたかったんだけど、一人だとつまらないし、アイススケートだけにしとこうかな。で、そのあと体を温めて…。あ、ねえ、一人で先にビールはだめよ。温泉の後で一緒に乾杯するんだから。

M　：え？君は帰り、僕の代わりに運転するんだから、飲んじゃだめだよ。

F2　：はぁ？もう私、何のために今日ここに来たのか、わかんないじゃない！

質問1　男の人は、このあとまず何をしたいと言っていますか。

質問2　女の人は、どうして怒っているのですか。

在某一個運動中心，女人正在做說明。

F1　：在這個中心裡，除了一定有籃球或桌球之外，其他還有很少見的各式各樣運動可以玩。受歡迎的是溜冰，左手邊的盡頭是溜冰場，請在前面的入口租溜冰鞋後，進入溜冰場。在同一個場地也可以體驗叫「冰上滾石」的運動。教練會教如何玩，即使是第一次玩的人也可以玩的很盡性。流了汗之後請到這裡的天然溫泉好好的消除疲勞，在櫃台可以租借毛巾，泡完溫泉讓身體暖和之後，就是冰啤酒了。1樓的簡餐區備有飲料以及零食，麵類或三明治等。

M　：這裡可以和家人或朋友玩上一整天，又有溫泉也可以用餐。

F2　：溫泉待會再去，先盡情的運動吧。這裡好像有溜冰場。

M　：啊，我去泡溫泉，之後去餐廳喝啤酒等你們。我不喜歡冷，而且膝蓋也在痛。

F2　：咦～，那你今天為什麼來這裡呢？

M　：不是啊，聽說有溫泉，心想可以治療膝蓋。

F2　：這樣子啊，那你就慢慢泡吧。我本來很想試玩「冰上滾石」，但是一個人太無聊了，只好去溜冰了。之後才去讓身體暖和……。啊，你不可以一個人先喝啤酒哦。泡完溫泉之後再一起乾杯。

M　：啊？你不是回去時要代替我開車嗎？那就不可以喝酒啊。

F2　：啊？我已經不懂今天自己是為什麼來這裡的了？!

問題 1 請問男人說在這之後想做什麼事呢？

1. 打桌球。　　3. 喝啤酒。
2. 泡溫泉。　　4. 去餐廳。

問題 2 請問女人為什麼生氣呢？

1. 不能玩喜歡的桌球。
2. 男人說不可以去溜冰場。
3. 和男人在一起都不能盡情的玩。
4. 回家時需要開車。

16 番 245

駅のアナウンスが流れています。

F1 ：お客様にお知らせいたします。当駅 7 時 35 分発の京都行急行は、この先の南駅付近で発生いたしました人身事故の影響で、当駅に入ることができず、現在ひとつ手前の浜田駅で停車しております。お急ぎのところ、皆様には大変ご不便をおかけしておりますが、復旧まで今しばらくお待ちください。なお、切符の払い戻しをご希望のお客様は、改札口係員またはみどりの窓口までお越しください。

M ：うわぁ、せっかく急いで来たって言うのに、電車遅れてるみたい。ああー。

F2 ：あなたが寝坊しなければ、もっと早く駅に着けたのにねぇ。

M ：でも電車の予定時間には間に合ったじゃない？うーん、じゃあ、電車はあきらめて、タクシーで行く？

F2 ：わぁ、切符の払い戻しも、あんなに並んでるよ。どうする？

M ：どうするったって、仕方ないじゃない。電車、いつ動くかわからないんだから。取り合えずさ、並んでおいて、復旧次第列から抜ければいいんじゃない？

F2 ：そうね、どちらが早いかしら。じゃぁ、そうしましょう。

質問 1　二人が予定していた電車に乗れない理由は何ですか。

質問 2　2 人はこのあと、どうするつもりですか。

車站在播放廣播。

F1 ：各位乘客。7 點 35 分從本車站發車的往京都的快車，受到在前面的南車站發生事故的影響，車子不能入站，現在停在前一站的濱田車站。可能造成趕時間的旅客的不便，但是請各位旅客在此等候事故的排除。想要退票的旅客，請找剪票口的人員或是到售票窗口。

M ：哇，我特地的趕來了，電車好像誤點了。啊～！

F2 ：如果你不睡過頭的話，就能更早到車站了。

M ：但是不是趕上了電車的預定時間嗎？

嗯～，那放棄搭電車，搭計程車去吧！

F2　：哇，退票隊伍排了那麼長。怎麼辦呢？

M　：說怎麼辦？沒有辦法，又不知道電車哪時候通車。總之先排隊，電車一通行，再脫隊。

F2：是啊，不曉得哪一個比較快。好吧，就這麼辦。

問題 1 請問為什麼無法搭上二人所預定的電車呢？

1. 因為花太多時間買票了。
2. 因為男人睡太晚了。
3. 因為濱田車站發生事故了。
4. 因為電車停在前一個車站不動。

問題 2 請問二人在這之後打算怎麼辦呢？

1. 更早到車站。
2. 放棄搭電車改搭計程車。
3. 去排隊退票。
4. 等恢復通車再搭電車。

17 番 246

ある店の前で、店員がおすすめのメニューについて話しています。

M1：はーい、いらっしゃいませー。うどんにそば、ラーメンはいかがですかぁ。人気ナンバーワン、当店自慢のぶっかけうどんはいかがですかぁ。温かいのと冷たいの、両方ご用意いたしておりまーす。ただ今ならお席へすぐご案内させていただけます。

F　：あれ、ここは麺類しかないのかしら？私、今、麺って気分じゃないのよね…。

M2：えっと、チャーハンならあるみたいだよ。僕はこの人気ナンバーワンのにしようかな。今日ちょっと寒いから、温かいので。

F　：あ、ここのラーメン、珍しい具が入ってるみたいね。ご当地ラーメン、だって。食べてみたら？

M2：へぇ、同じ温かいのだったら、やっぱりそっちにしてみようかな。え？チャーハン、本日は売り切れましたって書いてある。

F　：えー、ショック！じゃあ、もう私、いいわ。太郎君が食べ終わるまで、私外で待ってるから。

M2：ええっ？そんなこと言わないで、付き合ってよ。一人じゃさびしいし、ほら、君はぶっかけうどん、試してみたら？

F　：ううん、もういい。じゃあ私、横に座って、食べるの見ておいてあげる。

M2：…それも食べにくいなぁ。ま、いいか。えっと、すみません。

M1：はい、いらっしゃいませ。お

二人様、ごあんない。

質問１　このあと、男の客はどうしますか。

質問２　このあと、女性客はどうしますか。

在某一家店的前面，店員針對推薦的菜單做說明。

M1　：歡迎光臨。要不要吃點烏龍麵、蕎麥麵、拉麵？最受歡迎的是本店推薦的招牌烏龍麵，本店準備了有熱的和冷的二種。現在就有位置了。

F　：咦，這裡只有麵嗎？我今天不太想吃麵……。

M2　：嗯，好像有炒飯。我想點這個最受歡迎的，今天天氣有點冷，吃熱的吧。

F　：啊，這裡的拉麵好像有放很罕見的料，上面寫說是本地拉麵，你可以吃看看啊。

M2　：啊，同樣是熱的的話，還是試那個吧。咦？上面寫著今天炒飯已經賣完了。

F　：啊，深受打擊。那我就算了，我在外面等你吃完。

M2　：不要這麼說，陪我吃嘛，一個人吃太寂寞了，你要試試烏龍麵。

F　：不，我不要，那我坐在旁邊看你吃好了。

M2　：……這樣也很怪，好吧。不好意思。

M1　：啊，歡迎光臨。二位。請帶位。

問題 1 請問在這之後，男人怎麼辦呢？

1. 點烏龍麵。
2. 點蕎麥麵。
3. 點拉麵。
4. 什麼都沒點，只是坐著。

問題 2 請問在這之後，女人怎麼辦呢？

1. 在店外面等。
2. 點炒飯。
3. 點烏龍麵。
4. 什麼都沒點，只是坐著。

18番 (247)

新幹線の案内を放送しています。

F1　：お待たせいたしました。間もなく1番ホームに参ります列車は、きぼう275号、博多行です。前の1号車から3号車までは指定席、4号車と5号車はビジネス席、6号車から12号車までは自由席となっております。車内自動販売機は1号車、4号車、7号車、10号車の各後方、トイレは奇数車両の各後方に設置しております。なお、新幹線は全席禁煙になっております。お煙草はご遠慮いただきますよう、ご協力よろしくお願いいたします。

M　：わぁ、けっこう人、多いね。座れるかな？

F2　：私、自由席じゃないから、確実に座れるんだ。5号車の…11のAか。

M　：ええっ、どうしてそんな、高い席にしたの？

F2　：うん、本当は普通の指定席を取るつもりだったんだけど、もう満席ですって言われたから、仕方なく。

M　：へぇ、気前がいいなぁ。僕には到底、手が出ないよ。でもまあ僕は、同じ自由席に乗るんだったら、自動販売機もトイレも、両方ついている車両を狙うよ。じゃ、僕、並ぶから、お先に。

F2　：はしゃいじゃって、なんだか楽しそう。

質問 1　女の人は、どんな席に座ると言っていますか。

質問 2　男の人は、このあと何号車に乗るつもりですか。

正在廣播新幹線的搭車導引。

F1：讓各位久等了，1 號月台即將到站的列車是開往博多的希望 275 號列車。前面的 1 號到 3 號車廂是對號座位，4 號和 5 號車廂是商務座位。從 6 號到 12 號車廂則是自由座。車內的自動販賣機在 1 號車、4 號車、7 號車、10 號車廂的後方。化妝室在奇數車廂的後方都有。新幹線是全面禁菸。敬請各位不要吸菸，謝謝各位的合作。

M ：哇，人蠻多的。有位置坐嗎？

F2：我不是自由座。一定會有位子的。5 號車的 11 之 A。

M　：咦～，為什麼買這麼貴的位子呢？

F2：嗯，本來是打算買一般的對號座位的，但是已經客滿了，沒有辦法。

M ：真是大方啊！我是下不了手的啦。但是我如果要坐自由座的話，就要找有自動販賣機和化妝室二個都有的車廂，那我要排隊了，先失禮了。

F2：那麼高興，好像很開心的樣子。

問題 1 請問女人說要坐哪一種的位子呢？

1. 對號座位　　3. 自由座
2. 商務座　　4. 吸煙座

問題 2 請問男人之後打算要搭乘幾號車廂呢？

1. 3 號車　　3. 10 號車
2. 7 號車　　4. 11 號車

19 番 248

店員が、今日のお買い得商品について話しています。

M1：いらっしゃいませ、いらっしゃいませ。本日のお買い得商品、半そでTシャツはこちらですよ。男女それぞれ、サイズもカラーも豊富に取り揃えておりまーす。本日は週末特別価格により、1 枚 950 円、1 枚 950 円と大変お安くなっております。さらに、まとめ買いのお客様のために、2 枚で 1500 円、3 枚だと 2000 円と、買えば買うほどお買い得。ご家族皆さま、まとめてお求めくださーい！

F　：あら、3 枚 2000 円ですって。安いじゃない。種類もこんなにあって、好きな色を組み合わせてもいいみたいね。

M2：安いからって言ったって、まだ家に、同じの何枚もあるだろ。あれ、一回も袖通してないんじゃないか？

F　：あれは女性用。買うのは私のじゃなくて子どものよ。ひろしは体が大きいから、Lサイズね。青と黄色と…。うーん、他の色はもう一つパッとしないわね。ね、青いのをもう1枚買って、あなたが着たら？Mサイズでいいわよね？

M2：じゃあさ、別に無理して3枚も買わなくて、いいんじゃない？俺のはいいよ。Tシャツって、あんまり着る機会ないし。

F　：だめよ。3枚じゃないと、お得感がしないじゃない？じゃあ、青いのは2枚あってもいいか。あの子この色、今まで持ってなかったし。よし、じゃ、お金払ってくるわね。

M2：お前、本当に好きだなぁ、買い物。

質問1　どうして最初、男の人はTシャツを買うのに反対しましたか。

質問2　女の人は、けっきょく何を買うことにしましたか。

店員正在說今天特惠的商品。

M1　：快來看，快來看，這是今天的特惠品，短袖T恤。男女的都有，尺碼顏色都很齊全。今天是週末特價，一件950日圓，1件950日圓，價格降很多了。如果買2件的話是1500日圓，3件是2000日圓，買愈多愈划算。請全家一起買來穿。

F　　：3件2000日圓，不是很便宜嗎？種類也這麼多，好像也可以自由組合喜歡的顏色。

M2　：雖說便宜，但是家裡一樣的東西不是還有幾件嗎？那些一次都沒穿過不是嗎？

F　　：那是女生的！不是買我的，是要買孩子的。小宏塊頭很大要L的，藍色和黃色的。嗯，其他的顏色一點都不起眼。藍色再買1件吧，給你穿。M的就可以了吧？

M2　：啊，也不用勉強一定要買3件，不是嗎？我的就不用了，不太有機會穿的。

F　　：不行，沒有3件的話，就不會覺得賺到了。那藍色有2件也可以吧？那孩子這個顏色的還沒有，好吧，我去付錢。

M2　：你真的很喜歡買東西。

問題1 請問男人為什麼起初反對買T恤呢？

1. 因為家裡有很多兒子的藍色T恤。
2. 以為女人不是要買兒子的T恤，而是想買女用T恤。
3. T恤不太有機會穿。
4. 價格不是很便宜。

問題2 請問結果女人最後買了哪些呢？

1. L號的藍色T恤2件。
2. L號的藍色和黃色T恤各1件。
3. L號的藍色和黃色T恤各1件，M號的藍色T恤1件。
4. L號藍色T恤2件和L號的黃色T恤1件。

20番 249

天気予報士が気象情報を伝えています。

F1 ：昨日から降り続く雨は、しだいに小雨となり、午後には止むところも多く、3 日ぶりに太陽が顔を出すでしょう。気温です。午前中の最高気温は 20℃、午後も 19℃と、昨日同様、今日も日中はそれほど寒さを感じることはありませんが、日没から夜にかけて、気温が再び下がり、冷え込むことが予想されます。今夜のお帰りが遅くなられるかたは、お気を付けください。

M ：お、雨、止むんだって。よかった。ずっとうっとうしい天気だったし、パソコンと一緒に傘持ち歩くの、けっこう面倒なんだよね。

F2 ：あら、でも今はまだ降っているんだから、ちゃんと持っていかなきゃだめよ。

M ：わかってる。帰りはバイト先のロッカーに置いてくるって意味だよ。ジャケットはいいや。

F2 ：夜遅くから寒くなるみたいよ。

M ：バイト、3 時で終わるから、今日はそんなに遅くならないつもりだけど。

F2 ：何時ぐらいになるの？

M ：4 時には戻ると思う。晩ごはん、家で食べるからよろしくね。

F2 ：そう、わかった。

質問 1　昨日の天気はどうだった、と言っていますか。

質問 2　母親は息子に、出かけるときに何を持っていくように言っていますか。

氣象主播正在播報氣象。

F1 ：昨天開始下的雨，漸漸的會變小，下午很多地方雨都會停，隔 3 天之久的太陽可能會露臉。接下來是氣溫，上午的最高溫度是攝氏 20 度，下午也是 19 度，今天同樣不會覺得寒冷，但是太陽下山後到晚上溫度會再下降，預測會有點冷。晚歸的人要多加留意。

M ：哦，說雨要停了，太好了，一直都是陰霾的天氣，帶筆電一邊撐傘，真的很麻煩。

F2 ：啊，但是現在還在下，不可以不帶傘去哦！

M ：我知道，我的意思是說回來的時候要（把傘）放在打工那裡的儲物櫃。夾克就不帶了。

F2 ：好像晚上晚一點會變冷的。

M ：打工 3 點就結束了，今天不會那麼晚的。

F2 ：會到幾點呢？

M　：我想4點就會回來了。晚飯在家裡吃，拜託了。
F2　：是嗎？我知道了。

問題1 請問在說昨天的天氣是怎樣的呢？

1. 逐漸變晴了。
2. 雨逐漸停了。
3. 一直都下雨。
4. 一整天都下雨且很冷。

問題2 請問母親叫兒子出門時要帶什麼出去呢？

1. 電腦
2. 夾克
3. 傘
4. 晚飯的便當

解答

問題 1

1	2	3	4	5	6	7	8	9	10	11	12	13	14	15
4	2	3	1	1	2	4	4	1	2	2	4	4	1	3
16	**17**	**18**	**19**	**20**	**21**	**22**	**23**	**24**	**25**	**26**	**27**	**28**	**29**	**30**
4	2	2	4	3	2	3	2	1	1	4	3	4	2	3

31	32	33	34	35	36	37	38	39	40	41	42	43	44	45
4	3	2	1	3	3	1	1	2	1	4	4	4	3	3
46	**47**	**48**	**49**	**50**	**51**	**52**	**53**							
3	2	3	3	2	1	1	1							

問題 2

1	2	3	4	5	6	7	8	9	10	11	12	13	14	15
4	2	2	1	4	2	4	3	3	1	3	1	4	3	2
16	**17**	**18**	**19**	**20**	**21**	**22**	**23**	**24**	**25**	**26**	**27**	**28**	**29**	**30**
4	2	1	2	2	3	4	1	3	2	1	3	2	4	3

31	32	33	34	35	36	37	38	39	40	41	42	43	44	45
2	4	2	4	2	2	4	3	1	4	1	2	1	3	1
46	**47**	**48**	**49**	**50**	**51**	**52**	**53**	**54**	**55**	**56**	**57**	**58**	**59**	**60**
4	4	3	1	4	4	2	2	3	3	4	3	3	1	3

61	62	63	64
4	4	4	2

問題 3

1	2	3	4	5	6	7	8	9	10	11	12	13	14	15
1	2	4	2	3	1	1	1	3	4	2	3	4	3	1
16	**17**	**18**	**19**	**20**	**21**	**22**	**23**	**24**	**25**	**26**	**27**	**28**	**29**	**30**
4	3	1	4	3	3	4	1	2	4	4	3	1	2	4

31	32	33	34	35	36	37	38	39	40	41	42	43	44	45
1	1	4	4	1	4	4	4	4	1	1	1	4	4	3
46	**47**	**48**	**49**	**50**	**51**	**52**								
3	1	4	1	1	1	1								

問題 4

1	2	3	4	5	6	7	8	9	10	11	12	13	14	15
3	1	2	1	3	2	1	1	2	3	3	2	1	3	1
16	**17**	**18**	**19**	**20**	**21**	**22**	**23**	**24**	**25**	**26**	**27**	**28**	**29**	**30**
2	1	3	1	3	3	2	3	1	3	2	3	2	2	3

31	32	33	34	35	36	37	38	39	40	41	42	43	44	45
2	1	3	2	3	2	1	1	3	1	2	2	1	3	3
46	**47**	**48**	**49**	**50**	**51**	**52**	**53**	**54**	**55**					
2	2	1	1	3	1	3	2	3	3					

問題 5

1		2		3		4		5	
4	3	3	3	1	3	2	2	1	1
6		**7**		**8**		**9**		**10**	
3	2	3	4	2	2	4	3	3	3

11		12		13		14		15	
2	1	2	4	2	4	3	4	2	3
16		**17**		**18**		**19**		**20**	
4	3	3	4	2	2	2	4	3	3

衝刺新日檢 N2 聽解：從考古題突破

作　　者　田中綾子／獨立行政法人國際交流基金／財團法人日本國際教育支援協會
翻　　譯　黃彥儒
校　　對　洪玉樹
封面設計　蔡怡柔
編　　輯　黃月良

內文排版　謝青秀
製程管理　蔡智堯
出 版 者　寂天文化事業股份有限公司
電　　話　+886 (0)2 2365-9739
傳　　真　+886 (0)2 2365-9835
網　　址　www.icosmos.com.tw
讀者服務　onlineservice@icosmos.com.tw
出版日期　2013 年 6 月　初版一刷　160101

ISBN　978-986-318-099-9　(16K 平裝附光碟片)
郵撥帳號　1998620-0　寂天文化事業股份有限公司

- 劃撥金額 600（含）元以上者，郵資免費。
- 訂購金額 600 元以下者，請外加 65 元。

【若有破損，請寄回更換，謝謝。】